为你好

陈晨 著

人民文学出版社

图书在版编目(CIP)数据

为你好/陈晨著.—北京:人民文学出版社,
2024
ISBN 978-7-02-018513-9

Ⅰ.①为… Ⅱ.①陈… Ⅲ.①长篇小说-中国-当代
Ⅳ.①I247.5

中国国家版本馆 CIP 数据核字(2024)第 036879 号

责任编辑 **卜艳冰 张玉贞**
封面设计 **钱 珺**

出版发行 **人民文学出版社**
社 址 **北京市朝内大街 166 号**
邮政编码 **100705**

印 刷 **山东临沂新华印刷物流集团有限责任公司**
经 销 **全国新华书店等**

字 数 **235 千字**
开 本 **890 毫米×1240 毫米 1/32**
印 张 **11**
版 次 **2024 年 5 月北京第 1 版**
印 次 **2024 年 5 月第 1 次印刷**

书 号 **978-7-02-018513-9**
定 价 **59.00 元**

我们每一代人，都有追逐自己的权利。

目录

1. 三　代

这世间大多数的家庭故事，都是从餐桌上展开的，吴家也不例外。

今天是端午节，吴家人难得坐齐一桌。吴庆春准备了一桌家常菜：炒南瓜藤、蒜泥空心菜、雪菜毛豆肉丝、桐庐土鸡煲……基本以清淡和素菜为主，都是自家人，自然就不必讲排场。

吴家三姐妹，每次家庭聚会都是在大姐吴庆春家。倒不是因为她是大姐就理应操办这一切，而是因为只有她家能坐得下这一大家子人。

庆春家是一个三层的排屋。一楼是老人房和客厅，餐厅连着花园的阳光房。女儿和女婿也住在家里，加上老妈沈良珠，一家五口住着都显得空间阔绰。

二妹吴景芳，房子是郊区的两室一厅，四方餐桌只够坐一家三口。

小妹吴南欣还没买房，独自一人在钱塘江对岸的滨江租房子住。

三姐妹虽是亲生，但其实是三代人。

吴庆春是上世纪六十年代生人，从结婚开始就是全职家庭主妇，每天就是在家里洗洗刷刷，人生可能再无大事。

二姐吴景芳是七五后，已步入中年。在某酒店整理了十多年的床单终于混上一官半职，成为后勤主管，被人尊称“芳姐”。虽然月薪涨了三千，但她拖着小学四年级的儿子和脑袋不开窍、赚钱不灵光的老公徐胜强，紧巴巴的日子一分钟都没办法松懈。

小妹吴南欣一九八九年生，今年三十三岁，比大姐女儿孙璐大一岁。独居，未婚，还在国外待过几年。去年才回杭州。

作为不同时代的三代人，无论是生活方式还是思想观念，都大不相同。直白点说，就是没有共同语言。

但也似乎正是因为这一点，三个人的相处一直平淡如水，相安无事。

其实南欣一直不明白母亲沈良珠生孩子的间隔为何都如此之长，更不理解当时母亲都快五十岁高龄了，为何还要冒着风险，生下自己。

这个谜团可能永远都无法被解答了。沈良珠七十多岁就得了阿尔茨海默症，即使吴庆春把母亲接到自己身边尽心照顾，但是病情仍旧急转直下，如今已经连人都认不清了。

“刚才在小区门口的房产中介公司，我瞅了一眼你们这个小区现在的挂牌价，差点没吓晕过去，现在杭州二手房的价格，真是一天一个价，越来越离谱了。”餐桌上，景芳大惊小怪地说。

不知道从什么时候开始，庆春发现在杭州人的饭桌上，谈论的话题除了房子还是房子。

“我们又不打算卖的，二手房能卖多高的价格其实和我们没什么关系。”庆春的口气表面上云淡风轻，心里还是窃喜的。或许连她自己都感到意外，她的人生，包括整个家族的一生，都因为一套房子而改变了。

作为土生土长的杭州姑娘，庆春嫁得并不算好。丈夫孙建国是余杭的农村户口。当时的杭州巴掌点大，余杭只是旁边的郊县。在景芳看来，孙建国就是一个地地道道的农民，对于大姐这样喝着西湖水的城里姑娘来说，绝对是下嫁的。

至于沈良珠为什么要撮合女儿和孙建国在一起，原因就是孙建国的母亲和她从小就相识，刚好孙建国和庆春的年龄也合适。用沈良珠的话来说就是，“知根知底，靠谱”。沈良珠安排两人见了一面，就这样稀里糊涂地结婚了。

景芳曾经私下里问过庆春：“每天烧柴火做饭，喂鸡养鸭，做农村家庭妇女，你甘心吗？”

庆春露出一丝苦涩又无奈的笑容，说：“有什么甘心不甘心的，过日子嘛，不都这样？况且妈定的，没办法。”说完她又补充了一句：“建国家里人都对我蛮好的。”

景芳听了只觉得心酸，她明白这无非就是庆春的自我安慰罢了。她以为大姐接下来的人生都会如此，过着连煤气罐都没有的生活。

没想到，一切在二〇〇七年发生了巨变。

那一年，这座城市的拆迁浪潮才刚刚开始。孙建国的农村自建房幸运地被划分到了拆迁范围里，他们家得到一笔在当时看起来绝对是巨额的拆迁款，时代的红利史无前例地砸中了孙家人。

景芳看得艳羡，一个劲儿地怂恿大姐去搞股票，做投资，好让钱快速地生钱。庆春天性保守，也没有发财梦，她和老孙一合计，现在分的安置房有些小了，孙建国住惯了乡下的大房子，干脆咬咬牙，用拆迁款在附近买了个商品房。

两人都不懂房产，被中介带得来回跑。最终，庆春全款在西溪湿地附近某个别墅小区买下一栋排屋。对于当时的景芳来说，大姐绝对是脑子发昏，人傻钱多。且不说一万出头的单价在当时来说已经算贵了。地段还是在绕城高速之外鸟不拉屎的余杭区，出了小区就是荒地，不要说学校、医院，就连个小卖部都没有。

简直了。

一切都在二〇一三年猛然发生巨变。那个叫马云的男人，带着他的几万将领，像雄狮过江一般，跨过钱塘江，把整个阿里总部从江南岸的滨江迁移至余杭五常，在那片荒芜的湿地之上建起一座淘宝城。庆春亲眼见证她家附近的年轻人渐渐开始多了起来，城建的推土机和私家车一样多。

昔日的荒野变成了现在的未来科技城。而自己紧挨着阿里西溪总部的小区，房价像施了魔法一样开始攀升。

两万,三万，差不多到四万的时候，当年和庆春一起买入的业主已经终于按捺不住兴高采烈地套现离场。但是庆春不为所动，自己买房本来就是用来住的，卖了住哪里去？随之而来，小区的住户开始换血，之前的拆迁户邻居变成了互联网高管，高级码农。这才是庆春做梦都没有想到的事，一套房子，居然改变了自己的生活圈层。

不过，庆春才不关心什么圈层。她每天操心的是，家附近高级的写字楼和小区一栋接着一栋平地而起，但是可以买到便宜蔬菜的地方越来越少了。她现在每天得骑着她的小电动车，用防晒衣把自己包裹成蒙面超人，然后像个女刺客一样骑三公里路，去安置房周围的流动小贩那儿买一斤比超市便宜五毛钱的茭白和黄豆。

曾经在暗地里嘲笑大姐的景芳，面对着大姐家如今的二手房价，掰着手指头算大姐赚了多少倍。一只手已经算不过来，当她举起第二只手的时候，她想不如掐死自己算了。

说得好像当年她买得起一样。

她可从来没这个命。

“景芳，想什么呢？”庆春瞟了一眼看起来有些心事重重的二妹。

“大姐，”景芳放下筷子，“我有点事情想和你商量一下。”

庆春有一种不太好的预感，从今天景芳刚到家的时候，庆春就觉得不太对劲，往日里景芳都是抠抠搜搜地空着手来，今天例外拎了很多山核桃和补品。

“有话直说。”

“大姐，妈退休前的社保一直没断过吧？”景芳问道。

“当然啊，单位一直给交的。”

景芳沉默了一会儿，然后继续问：“妈的名下没有其他房子了吧？”

庆春有点不耐烦，说：“妈唯一的房子之前不是卖了吗？你是觉得她还瞒着你藏着小金库吗？”

“大姐你十三点哦，想到哪里去了，”说完，景芳开始神神经经地念叨，“没有最好，没有最好……”

她如释重负地舒了一口气，然后放下筷子，认真地对庆春说：“大姐，我想用妈的身份去摇号买房。”

“买房？”庆春愣住了，吃了半口的红烧肉也放了下来，“你怎么想一出是一出，你要买房就自己去买啊，用妈的身份去摇号是什么意思？”

一旁的小妹南欣也不由得抬起了头。

景芳叹了一口气说：“你以为我不想自己买？我也是没办法。大姐，你是不了解现在买新房的摇号政策，新房名额基本给人才和无房户，如果有二套房基本没戏，摇中的概率和中彩票差不多。你也是知道我的运气，怎么可能嘛。”

庆春心想这话也不假。

南欣忍不住问道：“二姐，你用妈的名额去摇，以后过户的话会很麻烦吧？”

景芳摆摆手说：“这个你们就不用操心了，只要有名额，其他流程都不是问题。现在开了那么多红盘，有的总价破千万，报名的无房户却有几千户，这些人手头有那么多钱，却在杭州一直没有房子，现实吗，可能吗？不都是用各种各样的手段搞到房票嘛。现在有些中介也搞这种暗箱操作，一张房票，五十万。这个世道哦，比钞票值钱的是房票！”

庆春一边摇头，一边说：“我也在新闻里看到过，真的是胡搞，现在的人为了买房真的和疯了一样。”

南欣一语道破："无非都是为了赚钱，那几个红盘倒挂那么明显，周边二手的价格是新盘的一倍多，买到就是赚几百万，现在做什么能有这个来钱快？所以，个个都挤破头去抢、去摇号。"

庆春一听转过头对景芳说："这种违法的勾当我劝你不要去搞，别到时候偷鸡不成蚀把米。房住不炒，你要和国家的政策对着干，不会有好下场。"

景芳一听急了，说："大姐你真是站着说话不腰疼，你确实不用挤破头去摇号买房咯，那么大一排屋，在房产中介嘴巴里，这叫'终极改善'。我家那个两室一厅都没你家地下室面积大，现在昊昊要念小学了，连个书房都没有，每天坐在餐桌上对着剩菜剩饭写作业。最关键的是，我们家那片的学区不行，对口的那个中学实在太差了，这两年开始教育改革，去年一半多的毕业生居然都只能去职高。你说让昊昊上这样的初中，他这辈子不就毁了吗！"

庆春听完也长长地叹了一口气，她能体会到景芳的无奈。但是，正所谓"可怜之人必有可恨之处"。当时景芳买新房的时候，庆春不是没提醒过她，其实可以把昊昊的学籍挂在徐胜强爸妈的老房子里，毕竟是市区，对口的学校都不错。但是景芳偏不听，觉得既然都已经买了新房了，就要和婆家断得干干净净，以免以后又被婆婆抓着什么把柄。

庆春问："现在有看中的楼盘吗？"

景芳显然准备充分，说："我都去考察过了，我觉得申花那边的房子最合适，生活方便，离你家也不远，关键是学区好。我想让昊昊上实验学校。”

南欣惊呼：“申花的房子可不便宜哪，二手房的报价现在都破十万了！”

景芳笑道：“小妹，没想到你还挺了解行情的嘛。就因为一二手价差大才值得去摇嘛！新房限价才四万多！”刚说完，景芳就有点后悔，她赶紧补充道：“不过，肯定不是为钱，主要还是学区，昊昊的读书要紧。”

南欣忍不住暗自冷笑一声，心想，吴景芳你可别装了，如果不是有大几百万的倒挂红利，你会挤破头去摇号吗？你可以买二手房呀，有成千上万套房源可以给你选，今天买了明天就能搬进去，方便得很。

景芳见庆春不吱声，继续说道：“大姐，现在只有这个办法了。我们家是二套，基本没有希望。妈是无房户，又是‘社保巨子’，这张珍贵的房票来之不易，可千万不能浪费。”

南欣的心里不由得“咯噔”了一下，她用指甲抠着竹筷子，眼珠一转，嘴唇一抿，心想，既然是妈的房票，为什么你那么名正言顺就觉得应该给自己？就只有你是需要摇号买房吗？

眼瞅着庆春就要松口，南欣赶紧抢话道：“二姐，买房那么大的事，怎么可能随口就决定下来？况且妈这样没有行为意识的病人，可以参加摇号吗？”

景芳不过脑子地脱口而出：“我确定的！售楼处的人说的，只要人是活的就行！”

“十三点！说的是什么鬼话！”庆春忍不住把筷子甩在桌子上，

自从母亲生病之后，什么生啊死的，对于庆春来说都是敏感词，都会刺痛她的神经。

倒是刚才还一脸呆滞的沈良珠突然起了劲，像个孩子似的，把面前的碗一推，咧着嘴像是在笑："活的！活的！"然后，把碗"叮咣"一声摔在了地面上，庆春连忙低下头去收拾，其他人安抚住老太太。场面一片混乱。

倒是景芳大大咧咧地笑道："姐，我怎么觉得妈能听懂我们说的话，要不咱们问问她的意见？"

"你个十三点啊，都四十多岁了还像小时候一样疯疯癫癫，没个样子！好了好了，今天不要扯买房啊房票的了，我头痛。改天再说。"庆春用餐巾纸捡起地上的碎片和饭渣，一边说一边走进了厨房。

"姐，那我改天专门再过来和你聊！"景芳在餐厅里喊。

2. 机　遇

景芳刚回到家，老公徐胜强就凑了上来："怎么样？你大姐答应了吗？"

景芳翻了徐胜强一个白眼："你当是借会员卡去超市抢鸡蛋啊？那么大的事，怎么可能吃顿饭就答应下来。"

徐胜强有点失望地撇了撇嘴："不就是让她把你妈的户口本、

身份证拿出来吗？那么简单的事儿，和她又没什么关系。”

景芳冷笑一声：“你怎么就知道和大姐没关系，你真当她傻啊？”

徐胜强一听惊了：“你大姐不会也打妈的房票的主意吧？”

景芳一边收拾着满是瓜子壳的茶几，一边念叨：“我看她今天这个犹犹豫豫的态度，还真说不准——哎呀，说了多少遍了！脱下来的袜子不要乱塞！你塞沙发缝里是要过年当腌菜是不是！”

景芳一脸嫌弃地用手指抽出徐胜强的袜子，扔到他的身上。

徐胜强拎起袜子，念念叨叨地走进卫生间。

景芳满脸嫌弃地看着徐胜强的背影，这个男人随便的一个动作、一句话，都可以瞬间点燃她心里的怒火。徐胜强是一名公交车司机，每天吭哧吭哧出车，一个月下来赚的几千块辛苦钱全上交给景芳。但就算这样，景芳还是横竖看他不顺眼，不会赚钱就是原罪，这点死工资能干什么，现在家里的这点老底，还不是靠自己省吃俭用、勤俭持家积攒下来的？

景芳省钱可谓省到了极致，比如家里用的洗发水、沐浴露，全是从酒店偷偷拿回来的客房小样。

“我怎么就嫁给这么个窝囊废？”景芳无数次地问自己。其实在当时看来，和大姐庆春相比，自己还算是嫁得可以的。至少徐胜强一家是地道的老杭州人。自己不用像庆春那样去农村喂鸡。

徐胜强家在市中心孩儿巷有一套两室一厅的老破小。自从景芳嫁过去之后，她就和胜强爸妈一起蜗居在那个不到四十平方米的老破楼里。刚开始，景芳心里没觉得憋屈，至少走出去几步就是杭城最繁华的地段，生活又便利。但是，人是不能比较的，当大姐庆春搬进大别墅的时候，景芳瞬间觉得自己住得犹如武林夜市阴沟里的老鼠窝。

那一年，景芳再也按捺不住，决定买房带着一家三口搬出去。

景芳想买房的念头也不是从那年开始的。无奈自己的钱包实在太紧，徐胜强爸妈又是貔貅附身，那点老底守得死死的，别说拿钱赞助他们买房，就连平时的菜钱都算得清清楚楚，每个月还必须往家里贴生活费。

直到二〇一五年，终于出现了一个契机。

那年，老太太确诊了阿尔茨海默症，没办法再独居下去了。景芳干脆提议，不如把家里的房子卖了，老太太由大姐照顾，卖房子的钱一部分留给大姐作为老太太的看护费，剩下的钱三个人再平分。那年，小妹吴南欣准备出国，正好缺钱，于是也欣然答应。

二比一。庆春也没有办法，只能硬着头皮卖房。

景芳盘算了一下手上的积蓄，加上分到的房款，总共一百多万。她脑袋门儿清，拥有自己房子的机会终于来了。

那年，温州房地产泡沫破灭的影响还未完全消退，那年也是杭州房价自二〇一〇年开始阴跌的第五年。虽然回望历史，那是杭州房价下跌的最后一年。但是，对于当时的杭州人来说，几乎没有人相信楼市可以起死回生，买涨不买跌，所有人都觉得这不是一个买房的好时机，房价一定还会继续下跌，想抄底更是想都别想，但是景芳等不及了。

人在做重大决策的时候，往往需要一个关键人物推自己一把。

当时，这个改变景芳命运的人物就是她工作酒店的出纳张姐。

这个张姐，是温州人。家境丰厚，手握数套房产，又懂投资，脑子活络，对房市也是了如指掌。听说景芳要买房，热情地给她推荐。

她建议，要买就买江南岸的滨江，或者萧山，听说那边在规划新区，新的体育场，钱江世纪城也正在兴建。现在房价只要一万多，买入以后肯定有升值空间。

于是乎，景芳半信半疑地跟着张姐跑到钱塘江对岸去看房。当时交通不发达，只能坐公交车慢悠悠地晃过去。那边是和成熟的江北岸截然不同的情形，遍地都是荒地、农田，甚至还有人在售楼处周围的田地里放牛。

一切都让景芳嗤之以鼻，生理不适。但张姐的操作更是让景芳惊掉下巴，她显然是有备而来，当机立断就和销售签下两套位于滨江的江景房。

温州人果然疯狂。

回到家，景芳把那天看房的经历告诉给了徐胜强。徐胜强惊呼："温州人的话你都信，他们懂什么？在杭州，过了江就是乡下。什么滨江、奥体，那里都是投资客扎堆的地方，以后都是鬼城，肯定会崩盘。这个张姐太惨了，买了就是套牢，肯定的！"

景芳一想，觉得确实有道理。像奥体那种地方，不要说杭州人，就连萧山人都觉得偏。而且住在江对岸，人生地不熟，工作实在不方便。

徐胜强继续说："我们单位老王推荐我一个地方，我倒觉得不错。那边房子好，还便宜，关键是离市中心也不远，肯定保值。你猜猜是哪里？”

景芳不耐烦：“别搞七捻三！有屁快放！”

“丁桥，”徐胜强神秘一笑，“你别觉得偏，那里还是属于主城区，不比滨江那些乡下地方好？刚好现在新开盘了几个小区，改天我带你去看看。”

景芳按捺不住，第二天和徐胜强转了三趟公交，终于来到位于城北的丁桥。

新房的销售把丁桥板块吹得天花乱坠，还特地带着夫妻二人来到丁桥附近已经建设好的超大型社区——天都城。景芳简直惊呆，开发商居然把巴黎的埃菲尔铁塔、凯旋门、花园广场搬到了小区里。她瞬间被唬住了，觉得太高端、太洋气了。那以后还去什么巴黎呀，直接小区门口转悠就可以了。

那是二〇一五年的秋天，景芳以一万出头的单价，买下丁桥板块的某个商品房，拥有了她人生里的第一套房子。

拿到房本的那一刻，她忽然喜极而泣，用微微颤抖的手仔细地抚摸着大红本上的塑料纹路。

原来有家的感觉是这样的。她终于可以不再为了婆婆的口味每天忍受着清汤寡水的菜色。作为一个本地人，她比那些来这里扎根的新杭州人更渴望这一份尊严。

次年九月，西湖上开始奏响进行曲，G20 峰会把杭州这座城市一下子推到了世界的面前。一石激起千层浪，杭州的房价终于开始高歌猛进，投资客的抢购大潮纷至沓来。景芳盯着一天一个样的房价，内心犹如劫后余生般的欣喜和如释重负，自己真的选对了时机买房，这可捡了一个大便宜！

直到现在的二〇二二年，杭州房价已经连涨七年，依旧没有下跌的趋势。

这是沸腾又飞速的七年，这座城市变化的速度比景芳这样的老杭州们想象得还要快。昔日她看不起的那些“乡下地方”，如今高楼已经拔地而起，各种配套设施正在如火如荼地建设，地价也随之攀升。那些曾经大块农田的荒芜之地，如今摇身一变，成了这个城市里最贵的板块之一。

景芳有一次在滨江无意路过张姐买的那个楼盘，她在小区门口的房产中介公司转悠，惊讶地发现，曾经张姐一万多买入的房子，如今二手价格居然是七万多！她哆嗦着嘴唇问中介：“这报价……乱来的吧？”中介耐心地解释道：“咱们这儿的价格都是真实的哦。这套是低楼层，所以便宜点。如果是可以看江景的，肯定要八万多的。”

景芳听得脑袋一嗡，差点没晕过去。

再看自己在丁桥买的这套，当时价格和张姐买的江景房差不多。如今七年过去，价格从一万多，勉强涨到两万左右。而当时觉得如同巴黎一般高级的天都城，如今已经沦为了杭州的“天通苑”，山寨的埃菲尔铁塔已经生锈，“香榭丽舍大道”上面只有流动的小商贩和跳广场舞的大妈，二手房价比景芳买的小区更惨，甚至有房东抛出一万多的价格。

选错板块，意味着上错了赌桌。庄家甩出的底牌如果只有仨瓜俩枣，就算翻倍也就那样。

每当提起自己这套提不起价格又难转手的房子，景芳就心生郁结，她怀疑自己最近增生的甲状腺结节就是由这个引起的。说买亏了吧，也不至于。但是和当时其他板块的房子相比，简直就是天差地别。

徐胜强倒想得很开，安慰道："也涨了一倍多了，可以了。"

他的话反而激怒了景芳，她大骂道："七年前在杭州买个鸡窝都能涨一倍！"

鸡窝。

谁说不是呢？在杭州涨不起价格的房子就是鸡窝。

时代发展的红利犹如自己的芳华岁月，逝去了就不会再回来。没有抓住，就是无缘。唉，都是命，都是命。但是她吴景芳就是不想认命。因为，又一场没有硝烟的"战争"已经在杭州打响。

景芳知道这个时代没有抛弃自己，她的机会还有，还有。

这场"战争"的名字叫做——摇号打新。

此刻景芳其实很清醒，她还没有被买一套房就改变人生的财富神话所冲昏头脑，毕竟现在自己连加入这场"战争"的入场券都没有。那张宝贵的无房户的房票，现在在母亲沈良珠的手里。她虽然是第一个抢占先机的人，但依旧觉得这张房票摇摇欲坠，可能并不会收入自己囊中。

徐胜强在厕所里刷短视频的声音传了出来，再一次点燃了她内心的火焰。这个无用的死男人每天回家不是窝在沙发里，就是坐在马桶上。

“烦死了！抽风机打开！”她对着厕所大骂道。

3. 关　系

每个周末，南欣都会去找男友石翔。说是男友，其实是未婚夫，也算是半个吴家人了。

石翔工作的互联网公司就在余杭，住得离大姐家也不远。而南欣的公司在滨江，两人相隔三十公里，坐地铁都得一个半小时。哪怕在北京，这都是海淀到通州的距离，绝对属于异地恋了。所以，这段恋爱谈得也颇为辛苦。只不过，苦尽甘来，两人的关系终究还是即将修成正果。

两个人是在互联网公司之间举办的联谊会上相识的。这种聚会，表面看像是公司交流，其实就是相亲会。

南欣眼光毒辣，一眼就瞄准了坐在角落默默无闻的石翔。

石翔是衢州人，高考考到中国人民大学，毕业后在北京工作三年，事业上谈不上飞黄腾达，但也算是大展宏图。当时是二〇一六年，全国正掀起一股“去新一线城市”的热潮，各大城市之间的抢人大战也拉开了帷幕。像石翔这样名校毕业、从事的又是互联网行业的人才，自然成了香饽饽。

几经考量，石翔决定去杭州。一是专业对口，二是离家近。不过最关键的一点，他是真的喜欢杭州这座城市。

当时从北京跳槽来到杭州这家算是中型的互联网公司，石翔心里其实是有一点优越感的。他觉得自己从北京到杭州，属于“降维打击”，在北京一些遥不可及的事情，在杭州理所当然地就可以实现。

比如在北京，他只能紧巴巴地和同事合租在五道口附近的老破小里。而在杭州，同样的价格可以整租一个宽敞的公寓。

比如在北京，他从来没有考虑过买房。但是在杭州，买房的小九九渐渐在心里发芽。

对比北京的房价，当时杭州的房价可真是太香了。在北京只能买老破小的价格，在杭州绝对可以住进有露天泳池的高端小区。无奈当时杭州已经开始限购，但是石翔算了一下手头的积蓄，心想等社保交够了，首付买个新房绝对没有问题。他就怀着这样美好的憧憬，在杭州这座城市开始了“996”的生活。

令他意外的是，也就是从那年开始，杭州的房价开始飞涨。直到他交满社保的那一年，手上的积蓄已经不够付首付了。其实那年，如果他咬咬牙，开口问父母借一笔钱，石翔也能赶上这班末班车。但偏偏他的自尊心作祟，在老家，他是人人都艳羡，一个月赚好几万的有出息的孩子，怎么好意思张口问父母要钱？

那个时候的他还不懂，在该扯下脸的时候要面子，生活就会狠狠地给你一记耳光。

他想，再等两年吧，现在自己的工作也在蒸蒸日上，不怕的。

两年后，比房价上涨更让他绝望的是，买新房要开始摇号了。

他连着登记了好几个未来科技城的楼盘，全部没有摇中。他安慰自己，多摇几个就好了，总能摇中一个。然而，摇号的战争愈演愈烈，中签的比例越来越小。现在，由于摇号的人越来越多，哪怕是像石翔这样的无房户，也要按社保年限来进行排序入围，而像石翔这样的新杭州人，怎么和老杭州们拼社保？

最近的一次摇号，销售给石翔打电话："石先生，因为你的社保年限不够，所以这次没有入围。"

好了，现在连摇号的资格都没有了。

周五傍晚，两个人原本约好一个餐厅共进晚餐。但是刚准备下班就被领导叫住，需要解决一个紧急的技术问题。得，又是加班的意思。

石翔收起包，揉了揉发胀的太阳穴，重新回到了办公桌前。果然人到了三十岁还是不同，身体机能断崖式下降。想当年刚入行的时候，通宵加班到天明都是常事。而现在，到了下班的点就犯困，只想回家躺倒睡觉。

石翔给南欣发了条微信：要不明天再见吧？手上有活，处理完估计很晚了。

两年多的恋爱，两个人已经有一种老夫老妻的感觉，其实也不是每周一定要见面，毕竟两个人都过了可以为一杯奶茶排队一小时的年纪，人生走到了这个节骨眼，各自的事业最要紧。

不一会儿，收到南欣的回复：没事儿，我去你家等你，今天我有事情想和你说。

不作，不闹，保持理性。这是石翔和南欣交往的理由之一。

从公司走出来，已经十点多。一想到南欣等了自己那么久，石翔心生愧疚。路过夜宵摊，打包了几份烧烤，准备回家和南欣一起吃。

石翔租在离公司不远的某个安置房小区里，房东就是本地的拆迁户，拆迁后分得了好几套，自己住一套，其他的房子就拿出来出租。原本的两室一厅隔断成了两个套房，小是小了点，但是互不打扰。石翔记得搬进去的第一天，房东大妈拎着钥匙，有点好奇地看着石翔说："小伙子，你们外地人就是厉害，几千块钱的房子说租就租。不得了哦。"

石翔只能尴尬地笑。

到家，南欣已经靠在沙发上睡着了。这一晚上她也没闲着，在卧室捯饬，把石翔的脏衣服收罗到一起，放进洗衣机里。虽然没住在一起，但俨然一副女主人的模样。

"你晚饭吃的什么，还饿吗？"石翔有点心疼南欣，走到沙发边，在她的脸颊上轻轻地亲了一口。

南欣顾不上回答问题，她把石翔拉到旁边坐了下来，然后有些神秘地说，"前几天我去大姐家吃饭了。结果，我二姐又开始作妖了。你知道她想干什么吗？她想用妈的身份去摇号买房！"

石翔一愣："你妈还有房票吗，这都行？"

南欣说："当然，我妈现在名下没有房子，而且她是顶格社保，去摇号，中的希望很大。"

石翔明白了，想了想说："好像确实可以，我们公司的本地同事还用亲戚的名额去摇号呢，你妈好歹是直系亲属，总比一般的亲戚要靠谱吧。"

南欣点了点头，有些不服气地说："当时我一听就觉得不太对劲，立刻把话题扯开了。要说我二姐是真的精，当初要卖妈妈的房子，也是她的主意。我妈的房子虽然是个老房子，但是地段好，放到现在，至少比当时增值好几倍，这一卖，直接让我和大姐损失了至少上百万。她倒是一点懊悔的表现都没有。现在又要蹭妈的房票，真是想一出是一出。"

石翔问："你大姐怎么说，同意了？"

南欣说："还好没答应下来。这次不能再让我二姐得逞，凭啥什么好处都让她占了？妈的房票，我也想要。"

石翔惊了："你也想用你妈的名额去摇号？"

南欣点点头，说："你想想，我们之前失败了多少次了，现在摇号的人越来越多，我觉得我们的希望只会越来越小。所以，还不如用妈的购房资格去摇摇试试。"

石翔低了低头，说道："这确实也是一个办法。"

南欣越说越激动，她把手勾在石翔的脖子上，把头靠在石翔的肩上说："我做梦都想拥有一个属于我们自己的房子。"

石翔点了点头："嗯，有了房子后我们就结婚。"

南欣突然一愣，她坐起身，认真地问道："你不会是在求婚吧？"

石翔捏了捏南欣的脸，笑着说："不可以吗？"

“戒指呢？”南欣伸出手。

石翔把手伸进口袋，然后拿出一张银行卡，啪的一声塞到南欣的手里，说：“我的工资卡，要不你拿去自己买。”

南欣表面上说着“你怎么那么敷衍，怎么那么不浪漫！”，心里却是美滋滋的，那些单膝跪地手拿戒指的求婚现场，南欣心里想着都觉得肉麻和尴尬，还不如直接交出银行卡来得实在。又或者，她其实根本不需要任何形式主义的仪式，成年人之间的交往，重要的是彼此心照不宣的默契。

从这点来看，她和石翔有这种默契。

尽管，十年前，甚至三年前的吴南欣，都不会想到自己会和石翔这样的男人谈婚论嫁，共度余生。

4. 现　实

乔晶也没有想到南欣会和石翔在一起，甚至到了谈婚论嫁的地步。

乔晶是南欣的高中闺蜜，也是如今南欣唯一还有联系的同学。在乔晶看来，南欣是那种又飒又酷的女生。读书的时候，她窝在宿舍里偷偷地看日本电影《NANA》，她觉得南欣就是中岛美嘉，而自己……她已经记不清另一个演员的名字了，反正性格就如自己一样没有辨识度。

她是绍兴人。从小就被父母送到杭州来念书，初中就开始住校。加上一口绍兴口音，从小就有点自卑。她和南欣唯一的共同点就是，都没什么朋友。

高中的时候，她觉得自己就是南欣的跟屁虫，但是她挺乐意做这个角色的。因为和南欣在一起，让乔晶有了久违的归属感。两个在班里不太讨喜的角色，就这样默默地结为了同盟。

和乔晶每天郁郁寡欢的性格不同，南欣在女生圈子里受到排挤，是因为她身上总有一股莫名其妙的“拽”。她对任何人都冷冷的，好像看谁都不顺眼。高考的时候，大多数同学都选择留在本地，南欣却说“死都要离开杭州”。

乔晶知道南欣为什么那么想离开杭州，但是她不会对任何人说，因为那是南欣的秘密，也是她们的秘密。

在学校，两个人总喜欢偷偷跑到图书馆的天台上。她们在天台上铺了报纸，然后躺下来，偷偷地午睡；或者一起共享一副耳机，听周杰伦的新歌。

南欣偶尔也会不经意地袒露一些自己的心事。

“我恨死我妈了。”她总这样说。

乔晶觉得“恨”这个字实在有点夸张，她和母亲的关系也一般，但无论如何也用不到“恨”这个字。

“你别这样说，你妈无论如何，也是为你好的。”

乔晶的安慰反而激起了南欣内心的怒火，她立刻坐起身，振振有词道：“我最恨的就是‘为你好’三个字，我妈说白了就是自私。当年早早就让我大姐嫁人，现在我大姐就是一个农村家庭主妇，这辈子也就这样了。后来我二姐想上艺校，她又不同意，自作主张让我二姐去读中专，如今我二姐只能在酒店里铺床叠被子。现在轮到我了，我不能再重蹈我两个姐姐的老路。乔晶，我一定要考出去。离她远远的，这样她就管不到我了。”

乔晶被南欣的一番话震惊，支支吾吾地不知该说什么：“你妈对你……也还好吧？至少你既没有早早嫁人，也没有去读中专。”

南欣叹了口气：“你没有这样的妈，就永远不会懂我的。我的什么她都要管。卫生巾没有买她指定的牌子都要被她骂，校服穿多少天能换，剪什么发型……事无巨细，她都要管。乔晶，我真的受够了。我真不明白她一把年纪了还要生下我干什么。高考是我唯一的机会，我一定要考出去。”

南欣果然说到做到。

虽然她的高考成绩一般，勉强过了二本线，但是三个志愿，她偷偷地，全部填成了外地的学校。

现实是残酷的，前两个北京的大学，她都没被录取。但万幸的是，第三志愿终于投档成功，在广东。

南欣偷偷改志愿的事，彻底地摧毁了她和沈良珠之间的关系。沈良珠在这个家的权威史无前例地受到了威胁。既然南欣不听自己的，她向南欣决绝地表示大学的学费和生活费，自己一分钱都不会出。

南欣非常无所谓。吃人嘴软，拿人手短。索性撇得干干净净，倒留一身清风，自己理所当然地走得潇潇洒洒。

整个假期，她都在打工。服务员，送外卖，清洗油烟机，只要上手快能赚钱的，她都干。终于把学费凑得七七八八了。

临走前，庆春偷偷塞给南欣几千块红包。她就这样踏上了南下的列车。

广东的大学不尽如人意。念了两年之后，南欣又费尽周折转学到了北京。这在乔晶看来实在离奇，居然大学都能转学。从那个时候她就觉得，只要是吴南欣想做的事，她就一定可以做到。两人在大学期间仍有联系，乔晶几乎在南欣的每条人人网的状态下评论。直到大四那年，乔晶已经开始了第一份实习，在杭州日报社当见习编辑。南欣告诉她，自己不想在国内了，想出国。她已经填报了加拿大的一所大学，最近在学法语，法语很难，每天都背得焦头烂额。

乔晶连加拿大有些地区是说法语的都不知道。她问，为什么不去说英语的地方，生活还方便。南欣回答，法语区移民容易，只要过了语言关，就可以拿到身份。从那个时候开始，乔晶就有些悲伤地觉得，南欣可能真的不会回来了，自己的青春，终于还是要结束了。

乔晶曾经接到过南欣从加拿大打来的电话，两人已经好久好久没有听到过彼此的声音，但是一切都如往常那般熟悉。南欣告诉乔晶，她现在靠打零工就能应付所有的学费和生活费。乔晶好奇，问她做什么。她说，在冰球和棒球场当啤酒小姐。乔晶听不明白。南欣解释道，就是背着一个啤酒桶，把啤酒倒在杯子里卖给观赛的观众。可以赚很多小费，但是前提是把半个奶子露出来。

乔晶听完便和南欣一起呵呵地笑。

这是乔晶在南欣在加拿大期间接到的唯一的一个电话。

在加拿大待了五年后，南欣还是回来了。她没有拿到身份，现在的生活和大多数普通人也没什么不同，找了一家传媒公司朝九晚五地上班。乔晶很识趣地没有问南欣为什么回杭州生活，她也不是以前那个傻乎乎的女孩了，在外面过得好，干吗要回来？这么简单的道理她自然也懂。但是，南欣会和石翔恋爱，还是让乔晶觉得意外。

对乔晶来说，石翔这样的男生，互联网工作，格子衫，电脑包，随便走进一节杭州地铁，就能揪出好几个。她想，连自己都觉得普通的男人，那必然就是普通到不行。

但南欣不这样认为，她对乔晶说："我在北京和加拿大见过太多所谓的精英男，他们从来不谈一加一大于二的恋爱。要和他们保持一段关系的前提，首先是你得有价值。而且那些男人外表光鲜精致，但是他们只会对自己好，钱都花在了自己这张皮囊上。想在他们身上占到便宜，比登天还难。"

乔晶不解："两个人谈恋爱，要计较谁占谁便宜干吗？"

南欣理直气壮地说："当然了，如果对自己没好处，为什么要恋爱？还不如自己一个人过算了。"

乔晶大大咧咧地问："我怎么觉得你和石翔恋爱，是他占到便宜了？"

南欣笑笑："因为我是本地人？杭州户口又不值钱，只要读个大专就能落户。还是因为我在国外念过几年书？现在海归多如牛毛，国外的文凭有多少水分和含金量 HR 都懂。如今街上哪个看起来光鲜一点的杭州小姑娘家里没几套房？像我这种还在租房子的本地人，可以说是食物链的底层了。”

这番话让乔晶觉得有些心酸，她搂了搂南欣，说：“神经，别这样说。”

南欣叹了一口气，说：“我也是到了这个年纪才明白。年轻的时候，追逐了太多花花绿绿虚无缥缈的东西，现在看起来不过就是一场游戏一场梦。真正的好处是一个都没落着。还不如像你这样踏踏实实的。”

乔晶也苦笑：“我踏实什么？每天坐两个小时地铁上下班，每个月工资五千五。”

乔晶现在晚上住在绍兴，白天在杭州上班，每天切换着两个健康码来回跑。

南欣说：“要不还是在杭州买个房？以后对孩子上学也好。”

乔晶点点头：“到时候看吧，先去摇摇看。”

她其实比南欣更想在杭州留下来，她不像南欣，生是杭州的人，死是杭州的鬼。乔晶因为从小双城生活没有什么地缘感，她也分不清哪里才是自己的故乡。或许拥有一个真正属于自己的房子之后，她才会真的有一种可以扎下根来的安稳感。

南欣有些语重心长地对乔晶说：“小乔，我们不是二十几岁了，我们都已经三十多岁。人过了三十岁之后，时间就飞速地过，我们没有太多机会可以试错了。从现在开始，我们的每一个决定都要考虑资源配置，我们没有脑子一热就拍板做决定的资格了。”

南欣看着乔晶一脸迷糊的表情，知道乔晶仍旧不明白，她顿时觉得自己的话有点多了，为什么要把很多真相点破呢？懵懵懂懂、迷迷糊糊地过一辈子也是一种福气。

南欣觉得自己和石翔在一起，就是一种资源的优化配置，绝对一加一大于二。

她觉得自己可以找到石翔这样的对象，一是要感谢这个世界上傻女人太多，现在的女孩子，听信了太多的情感鸡汤，对自己盲目自信。像乔晶会觉得石翔配不上南欣，终究还是被石翔普通的外貌迷惑了。二是自己慧眼识珠，能透过石翔平庸的外表看到本质——石翔绝对是一只绩优股。

石翔工作的那家互联网公司，即将在香港上市。石翔作为持有公司原始股的元老级员工，上市就意味着可以半财富自由。南欣明白，月薪再高都住不进豪宅，只有拿到可以兑现的股份才可以，这几乎是每个在互联网公司埋头苦干的码农们的终极目标。

她和石翔的关系，更像是一起经营公司。首先是明确彼此持有的资产和资源，然后一起整合、落实，有条不紊地把现在的有限公司打造成上市公司。他们甚至已经规划好了，等买了房子之后就办婚礼，结婚之后就开始备孕。面对未来人生的琐碎和挑战，有了石翔这个战友，让南欣心里莫名地有了底气。她暗下决心，就算生了孩子也绝对不可能做家庭主妇，她会在公司物色一些就算自己在坐月子都可以做的工作，她对自己接下来的人生充满规划和期望。

这一切的基础，是一套真正属于他们自己的房子。

没有人知道那套房子对南欣来说有多重要，毕竟从她十八岁那年离开沈良珠开始，她就再也没有拥有过家。

5. 先　机

南欣和石翔分析，关于房票的事，先声夺人的是二姐景芳。这就导致自己处于劣势。当务之急要做的，就是要扭转局势。总之不能再干等下去，否则大姐把房票给了景芳，那一切都于事无补。

南欣一刻都等不了了，她恨不得现在立刻行动。她和石翔商量，让他今天不要加班，下班一起去大姐家。

傍晚，还没到下班的点，南欣就请了一个小假从公司里走了出来。她先是到附近的商场，给庆春挑选了一套真丝睡衣，然后去化妆品柜台选了一套护肤品，最后去水果店买了一些高级水果。拎着大包小包搭上地铁，跨过钱塘江，前往城西大姐家。

石翔也换了一套稍显正式的西装。南欣让他也准备些礼物，他在公司附近的超市转来转去，最终给姐夫买了两条软中华。

庆春看到两人这般阵势，心里一惊，她走到厨房悄悄地对孙建国说："八成是过来和我说结婚的事情，看来还是挺把我这个大姐当回事的。"

她乐滋滋地做好了一桌子菜，还特地开了一瓶红酒。南欣也看出了这不是一桌普通的晚餐，她心想着大姐是不是已经猜到了她这次来的目的。

碗筷开动，南欣突然有些莫名的拘谨，含糊其辞地不知道该怎么开口。

庆春看着小两口都是一副欲言又止的模样，有些觉得好笑，说道："特地穿成这样过来，不会就是来吃顿饭吧？"

南欣沉了一口气，鼓起勇气说，"大姐，我们来是想和你商量一个事儿。"

"说吧。"庆春姨母笑。

南欣停顿了一下，认真地说道："大姐，我想用妈的名额去摇号买房。"

庆春一愣，她停顿了两秒钟，然后放下了筷子："你怎么也学你二姐，作天作地地搞那么一出？"

南欣似乎已经猜到了庆春的反应，认真地说："大姐，其实我早就有买房的准备了。我和石翔准备结婚，总不能没有房子吧？我们两个人社保年限都太低，摇中的可能性太小了。上半年，我们摇了七八个楼盘了，全都没有摇中。现在竞争越来越激烈，我们的希望越来越小。大姐，我们是真的没有办法啊。否则我怎么会和你开这个口呢？"

庆春心想，这话倒是没错，南欣不是那种随便就开口求人的人。她来和自己提，一定是真的遇到了难处。但是景芳也是这么说的，她也是没有办法，也是无可奈何啊。

南欣看着庆春一脸低沉的表情，继续说："大姐，二姐她好歹有房子了。说实话，如果真的想买，把现在的卖了再买不就是了。何必要来占用妈妈的房票呢？说到底，无非什么便宜都想占。我和她的区别就是，我是刚需，三十多岁了，在杭州连个自己的家都没有。她不同，她是改善，想住更大、更好的房子。说直白点儿，我现在要的，不过是她现在的生活条件罢了。”

南欣其实不想卖惨，但她越说越心酸，哽咽了一下不想再说下去。

庆春若有所思地低了低头，她问石翔：“你是怎么想的？”

石翔一愣，看了一眼南欣，战战兢兢地说：“大姐，我和南欣一直想在未科这边买房，但这边的二手房价格太高了。我和南欣算了一下我们手上的积蓄，勉勉强强只能够得着新房。所以……想以妈的名义去摇号，也是没有办法的办法。”

庆春拨了拨碗里的饭，继续问：“这么说来，你们钱都准备好了？”

石翔点点头，说：“我和南欣手头现在有个几十万，加上年底我们公司应该要上市，到时候我把手里的股票套现一部分，再问我爸妈借一些，凑个首付应该没问题。”

庆春点了点头，然后端起碗，说：“我心里有数了，先吃饭吧。”

餐桌上的气氛有些沉闷，庆春把南欣最喜欢吃的清炒南瓜藤挪了个位置，端到了南欣面前：“你平时上班别总吃外卖，偶尔自己也做一点，不要怕麻烦。”

南欣默默地点头。

吃完饭，庆春也没多留，让南欣和石翔早点回家休息。走出小区的时候，石翔心里没底，有点担心地说：“买房的事儿你大姐都没表个态，也不知道她怎么想的。”

南欣倒是一副胸有成竹的表情，说：“你放心吧，我大姐的风格，从来不会贸然把事情答应下来。而且，那天我二姐说要用妈的名义去摇号的时候，我大姐可是一口否决。但是今天呢？她就从来没有说过一个‘不’字。”

石翔恍然大悟，有点兴奋地说道：“这样说起来，大姐把妈的房票给我们的希望很大？”

南欣点点头：“嗯，我觉得是。”

两人边聊边走出小区，远处未来科技城的高楼已经华灯初上，南欣把头靠在石翔的肩上，亲昵又暧昧地低语道：“我累了，今晚不想回家了。”石翔用略带磁性的声音回答：“你是想来陪我睡觉吧？”

“变态。”南欣一拳轻轻地打在石翔的胳膊上，两人嬉笑着走在回家的路上。

庆春在水池里洗碗。孙建国叼着根牙签走进厨房，走到庆春的旁边，有点幸灾乐祸地看着她。

庆春不耐烦地挡了挡手：“闪一边去，别站在这里碍事。”

孙建国笑了，说：“你这两个妹妹，哪一个都不让你省心啊！”

庆春叹了一口气：“说真的，你觉得这张房票该给谁？”

孙建国连忙摆手，一副撇清的姿态：“别问我，我可不掺和你们吴家的事。不过，我觉得你两个妹妹都还挺像的，都是刺猬，做起事情来疯七疯八的。听不进劝，只要是自己认定的事情，就一定要做到。当时景芳一定要从婆家搬出来买房是这样，后面南欣要出国也是。犟头犟脑的。”

庆春一边擦着碗筷，一边哀声说道：“不管怎么说，我觉得吧，这张房票肯定得给南欣。三十多岁的人了，好不容易要结婚了，我这个大姐其他忙帮不上，这个总得给她争取的。况且，我觉得妈如果脑子还清楚的话，也会把这个名额给南欣。”

孙建国笑出了声：“这可不一定，你难道忘了之前南欣和你妈的关系吗？那真的是水火不容，老死不相往来啊。现在也就因为你妈生病了，脑子糊涂了，要是清醒着，我估计南欣打死都不会开这个口。”

庆春白了孙建国一眼，有点心虚地说：“你可别瞎讲，我妈和南欣，只是表面上关系不好，亲生母女之间，难道还真的有仇吗？”

“那我就不知道了。”孙建国说完便飘出厨房，临走还撂下一句话：“把冰箱里的车厘子给洗了，然后切一盘苹果。”

说完，他像往日里一样，走到客厅里，往沙发上一躺，两腿一搁，叼着一根牙签，开始看《本塘新闻》。

庆春每天在厨房里的活计，都有自己的步骤，先是洗碗筷，洗完之后，再把灶台里里外外擦一遍，最后拿拖把把厨房的地板擦一遍。这一套流程做完之后，她打开冰箱，拿出水果，切好，放盘里端到孙建国面前，小碗里的喂给沈良珠。

等家里人吃好水果，她再把碗盘端到厨房里去洗。这一切都忙完之后，才是真正属于她的夜晚。

她坐到沙发上，拿起遥控器，调到了自己喜欢的电视剧频道。

“干吗啊，我要看《老娘舅》，切回去。”孙建国眼睛都没抬一下。

庆春默默地叹了口气，切回了刚才的频道，然后走出客厅。餐厅地板好像有点脏，她打算再拖一下。

其实，也不是真正属于她的夜晚。从来不是。

6. 无　援

“……天上掉下个林妹妹，似一朵轻云刚出岫。只道他腹内草莽人轻浮，却原来骨格清奇非俗流……”一段优美的越剧唱段从景芳家的厨房里传出。

只见景芳翘着兰花指，拿着一根芹菜，对着水池外的窗外，摇头晃脑地哼了起来。忽然，一个漂亮又专业的转身，手里的芹菜摔进水池里，泛起水花。

每天做饭之前，景芳都忍不住先这么来上一段。景芳从小就爱越剧，这还得归功于当时弄堂里的一个老邻居刘阿姨。刘阿姨是市里小百花艺术团的老演员，她夸景芳声音条件优异，身段好，人也长得漂亮，平日里没事儿就带着景芳唱戏。

景芳从小不是读书的料，初中毕业，她想考省艺校，以后像刘阿姨一样进艺术团当越剧演员。但这个想法被沈良珠扼杀在了摇篮里，沈良珠觉得好好的女孩子，去唱什么戏，既不光彩，也不靠谱，杭州唱越剧的那么多，有几个可以成为何赛飞、茅威涛，这不就和做明星梦一个道理吗？

最终，景芳上了中专技校，学的是当时看起来还很时髦的酒店管理。还没毕业就被学校安排到酒店里去实习，上午打扫客房卫生，一间客房十五分钟，还得掐秒算，超出一秒钟就不合格。下午在晚宴厅当迎宾小姐，景芳心中的那个舞台梦，就在那一声声的“欢迎光临”里，擦身而过了。

突然，搁在水池旁的手机震动了起来。景芳低头一瞅，是大姐庆春。

她在围裙上擦了擦手，然后按了免提键：“喂大姐，什么事呀？我正忙呢。”

庆春在电话里说：“之前你说要用妈的名额去买房的事，我想和你聊聊。”

景芳一听“买房”二字，立刻打起了精神，她赶紧把手机拿了起来，从厨房走到客厅里，在餐桌旁坐了下来：“行，你说。”

庆春有些支支吾吾地说道：“昨天晚上南欣和石翔来我家吃饭了，他们的意思是现在也想买房子，但是……他们的社保年限都太短了，摇号中的概率太低……南欣的意思就是……也想用妈的名额去摇号。”

景芳听完一下子就跳了起来，说：“什么，她也想用妈的名额去摇号！吴南欣这是玩的哪出呀，怎么我提了要房票她也要了？！

大姐，你可得看明白了，南欣绝对是跟风，她就是觉得自己吃亏了，不想让我占了妈的房票，肯定不是真心要买房，你可别被她忽悠了。我和她不同，我是正儿八经需要一个房子给昊昊上学，我是认真的！过两年昊昊就要小升初了，现在初中多关键呀！”

面对景芳机关枪般的喋喋不休，庆春赶紧打断：“我明白，但是，这次南欣应该不是赌气，你知道她和石翔要结婚了吗？”

景芳结结巴巴地说：“是吗……我以为还要再谈几年呢。哎呀，不过现在小年轻谈恋爱找对象，都是意气用事，能不能真的在一起，谁说得准呢？”

其实她对南欣的事几乎一无所知，因为平常两人微信几乎从来不联系。

“还小年轻呢！我看你是连南欣哪年生的都忘了，都三十大几了，我三十多岁的时候，璐璐都上小学了。而且你看南欣以前活得多‘飘’啊，一会儿国内一会儿国外的，她能安定下来真的不容易。现在妈也不好了，我们两个做姐姐的，能帮还是得帮一把，你说呢？”

景芳不吱声了，说：“所以你的意思是……把房票给南欣？”

“嗯，你想想，你好歹还是有房子的，但是南欣呢？还在租房呢。况且人家到了要结婚的这个节骨眼，你做姐姐的，这个时候发扬一下风格，也是应该的，是不是？”

景芳皱了皱眉头，不情不愿地说道：“行吧，我考虑一下。”

“好，这两天你就给我一个答复，我好跟南欣说。”

景芳挂完电话，坐在椅子上像只泄了气的皮球，顿时什么心情都没有了。她噘着嘴不耐烦地解下系在脖子上的围裙，卷成一团往桌子上一扔，然后蹭着心里的邪火对着房间里喊："徐胜强！滚出来做饭！一回家就往屋里一躺，我是你的保姆啊！"

庆春挂完电话，孙建国立刻放下报纸，凑上前问道："你二妹怎么说？"

庆春叹了口气："还能怎么说，肯定不情不愿呗。但是，我清楚的，景芳虽然平时斤斤计较，但是人还是好的。给她几天时间，让她消化一下，她会答应的。"

孙建国笑着说："但愿如此。"

庆春用胳膊肘碰了一下孙建国说道："你阴阳怪气什么？"

孙建国躲回房间，说："我可没有，你们吴家的事情我一概不掺和。"

两天后，庆春接到了景芳的电话。

景芳在电话里说："大姐，买房的事我想明白了。我想组个饭局，让你和南欣来家里吃个饭，有些事儿还是当面讲比较好。"

听她的口气，像是已经不纠结了。庆春欣然答应，转头就给南欣打了电话。

南欣一听便觉察出了其中的端倪。像二姐这种铁公鸡，如果答应把房票留给自己，那必定是不情不愿，怎么可能还会请自己去她家吃饭？必然有诈！但是她一点都不怯场，她倒想看看景芳还能搞出什么幺蛾子。

南欣已经好些年没去过二姐家了。如果不是大姐时不时地在家里组局，她和二姐一年都见不了几次面。话不投机半句多，南欣实在有点看不惯景芳身上的小市民气质。其实，景芳也同样看吴南欣不顺眼，她觉得南欣仗着自己念过大学，还出过国，眼睛长在脑门上，说起话来姿态老高，牛哄哄的。事实嘛，三十多岁了还孑然一身，也没赚多少钱，还不如自己。

这场“鸿门宴”，南欣做足了准备。石翔有点不放心，想和她一起去。南欣果断地说：“你在场有些话我反而不好开口，你放心，我绝对不会妥协，这张房票我要争到底。”

石翔笑：“真的好像要去打仗一般。”

南欣底气十足地说：“当然，就是要上战场了。”

去二姐家之前，南欣特地换上了一身杀气腾腾的黑色小西服。打开门，景芳却是一张难得的笑脸：“来啦，哎，你男朋友怎么没一起来？”

“他要加班。”南欣摆着一张死鱼脸，皮笑肉不笑。她看到二姐递过来的拖鞋，摆摆手说：“不用，我穿鞋套就行。”

晚餐只有姐妹三人，气氛有些安静，南欣只顾自己低头夹菜，她才不想当最先开口的那个始作俑者。

庆春问道：“昊昊和胜强怎么没在？”

景芳回：“这几天在他爷爷那边住，白天在市区少年宫上兴趣班。唉，现在小孩过暑假才是烧钱，各种兴趣班、夏令营，一个夏天过去，大几千就这么没了。”

庆春点点头，说："现在想起来，还是以前养孩子好养。璐璐和南欣小时候，什么课外班都没有，是吧？"

南欣敷衍地说"是"。她只比大姐的女儿孙璐大一岁，两人就是同辈人。

景芳抬头看了一眼南欣，问道："听说你要和石翔买房子？"

南欣心想，终于切到了正题。她不由得放下了筷子，认真地说道："是的，我们打算结婚，总得有个自己的家吧，否则还是像现在这样各自租在外面吗？"

景芳忍不住嘟囔道："我又没这个意思。"她叹了一口气，然后说："小妹，不是二姐我不想把房票让给你，是我也没办法。现在昊昊就要上初中……"

还没等景芳把话说完，南欣内心的火苗已经忍不住往上蹿，她反问道："让给我？二姐，你怎么好意思用'让'这个字？这是妈的买房资格，和你有什么关系，你就默认是你自己的了，是吗？"

景芳也不甘示弱，说道："是我先提的，先到先得你懂不懂？而且，别怪我揭穿你，你也不是真心想买房，你就是眼红，就是也想占便宜！"

南欣笑了出来，说："二姐，你这个'也'字，不就暴露了自己就是想占便宜的事实嘛，何必呢？兜兜转转，拿小孩上学来说事。"

景芳哆嗦着嘴唇，说道："我……我说不过你。你最厉害了，我们家就数你最会说！你……你就当让着昊昊不行吗？"

南欣冷冷一笑："让什么让？又不是我儿子，人各有命。会读书的人，就算在大山沟里都能考到清华、北大。如果不是学习的料，就算有了学区房，也不一定可以考上好的学校。”

景芳啪的一声摔下筷子，转过头对庆春说：“姐！你听听她说的是什么话，她好歹是做小姨的！”

南欣毫不示弱，一点都不想忍，说道：“妈的房票该给谁，和我是谁的小姨半毛钱关系都没有，你不要偷换概念。如果你今天请我来吃饭，是为了让我断了用妈的名额去摇号的念头，那这顿饭我吃不起了。”

景芳无奈地朝庆春摊了摊手，说：“姐，你看到了吧？我是真心实意找你们过来商量，你看她就这个态度。吴南欣我告诉你，这个家没人欠你！你别因为自己还没嫁出去就总摆出一副怨妇样！”

南欣阴阳怪气地冷笑一声：“像你这样我还真宁可一辈子单身。”

景芳也躁了，用力地一拍桌子说道：“我怎么了，这个家从里到外，哪怕是一双袜子一块洗碗布，哪个不是靠我？吴南欣你别眼高手低的，等你以后结婚了就知道了，没几个人能把媳妇做成我这样的！”

庆春有些忍不住了：“瞧你们都扯哪里去了。今天是来讨论买房的事，你们要这样扯开来吵，那今天的饭就别吃了。”

南欣和景芳听大姐这么一说，都默默噤声。

场面僵持了一会儿，景芳对庆春说道：“大姐，从小我们就把你当长辈看。现在妈病了，只能你来拿主意。我的意思表达得很明确，我这个做姐姐的，不是不想让，是没有办法。要怪就只能怪我太穷，只买得起限价的一手房。”

南欣瞟了景芳一眼，也不紧不慢地说道：“那我也表达一下我的意思。我也不是不想让，是让不起。我和石翔不是没努力过，我们摇了不下十次楼盘，都没摇中。不像二姐你，只是纸上谈兵，恐怕一次都没去摇过号吧？”

景芳被怼得哑口无言，在餐桌上一声不吭。

庆春无奈地叹了一口气，说：“反正你们谁都不让就是了。”

景芳和南欣齐齐的朝庆春点了点头。

庆春回到家，家里其他三人正坐在客厅里看电视。一看到她回来了，都从沙发上了坐了起来，不约而同地问道：“怎么说，房票给谁？”

庆春不耐烦地摆了摆手，说：“别提了，来回三个小时，白吃了这顿饭，两个人谁都不让。”

女儿孙璐和孙建国对视一眼，异口同声地说：“猜到了。”

孙建国说：“你这两个妹妹，从小就不对付，指望她俩‘孔融让梨’，想都不要想。”

庆春放下拎包，活动了一下胳膊，叹了口气，说道：“话说南欣也是不聪明，我今天过去，其实就是去帮她说话的。她今天要是嘴巴软一点，卖卖惨，我再顺水推舟一下，房票的事儿就能定下来。没想到这家伙性格还是跟以前一样，今天她二姐说了几句她不中听的话，整个人就炸了起来，在饭桌上就和景芳吵了起来。”

孙璐说："我倒喜欢小姨的个性。不装，也不服软。二姨心眼太多了，说的话也不知道哪句是真的。"

庆春说："你以为嘴上逞强就是好事？吃亏的还是她自己。不过景芳确实也是，一点做姐的样子都没有。对自家人说话都尖酸刻薄，难怪南欣从来没把她当姐看过。"

孙建国说："为难你这个做大姐的了，接下来你打算怎么办？"

庆春叹了口气："还能怎么办？走一步看一步呗。"

南欣独自一人走在回家的路上。刚走到小区门口，眼前闪过一个人影，把她吓了一跳，是石翔。他背着双肩包，也是一副刚下班的模样。

南欣惊讶地问道："你怎么来了？那么远。"

石翔手里拎着一个西瓜，说："你没回我微信，我有点不放心，就过来看看你。"

南欣心里突然有些感动，抿了抿嘴唇，说："我手机没电了。我们回家再说吧。"

石翔一看南欣郁郁寡欢的表情，就猜到了大概，他走过去搂了搂南欣，说："没事儿，先回家吃西瓜，我渴了。"

南欣租的那个小公寓，迷你沙发刚好只够坐两个人。她把西瓜切成两半，然后拿了两个勺，和石翔窝在茶几边一起吃。

南欣开门见山，说："房票的事没谈拢，我二姐不同意，她说要去买学区房。"

石翔点点头，安慰道："猜到了，没事，我们俩继续去摇呗。

我们两个人，希望总是大一些。”

南欣却把叉子往西瓜里狠狠一插，斩钉截铁说道：“不行，这次我绝对不会妥协。”

石翔笑道：“我怎么觉得你这个架势像在复仇？”

南欣说：“差不多吧。你可能想象不到她以前是怎么恨我的。”

石翔有点哭笑不得，说：“你们亲姐妹，她恨你做什么？你也太极端了。”

南欣瘫坐在沙发上，把头靠在石翔的肩上，有些哀伤地说：“从我出生的时候开始，我二姐就看我不顺眼。小的时候，元宵节我们一起去灯会玩，她就故意把我扔在人群里，只管自己回家。从那个时候开始，我就知道她一直不希望我存在，她想把我丢掉。后来长大了，无论我做什么决定，去外省念大学，出国，甚至回到杭州生活，她都是各种冷嘲热讽和阴阳怪气，这难道不就是冷暴力？其实我也不懂，她为什么那么恨我，我到底哪里做错了。”

石翔默默地听完了南欣说的话，心里涌起一阵莫名的酸楚。其实他很难理解这样的关系和感受。他是家里的独子，加上从小成绩又好，在大家族里几乎所有人都捧着他。

“唉，你是不会懂的。不是每个亲人都希望你过得好的。”南欣把头靠在石翔的大腿上，对着天花板轻声说道。

她忽然想起那无数个独自熬过的长夜。在蒙特利尔零下二十摄氏度的寒夜，她从奶茶店打工回到那个红砖墙的小公寓里。那个晚上，她发烧了。在昏昏沉沉的睡眠里，她又做了那个梦。

梦里的她又一次回到了杭州，回到了她童年时走过的那条满是红灯笼的街道，周围熙熙攘攘，唯独她身处在黑暗里。她用力地挤在人群里，奋力地向前跑。然而，身边的人都像是看不到她一般。她想回家，而那条街却像是没有尽头。

后来的她明白了，自己早就没有家了。也就是在那一刻，她开始穿上盔甲，准备与这个孤立无援的世界战斗。

7. 姆　妈

深夜，景芳躺在床上辗转反侧。徐胜强不耐烦地埋怨道：“你有完没完！还让不让人睡觉了！”

景芳索性嗖的坐了起来，然后啪地拉亮了床头灯。

她神神叨叨地自言自语道：“我真的越想越不对劲。”

徐胜强拿起枕头蒙住眼睛，挡住刺眼的灯光，埋怨道：“我看是你不对劲，从我今天晚上回来后你就没正常过。”

景芳懒得理会徐胜强，继续说：“从今天晚上姐的态度来看，我怎么觉得这张房票她其实是想给小妹的。”

徐胜强一听也坐了起来，说道：“这可不是个好征兆，如果你姐向着南欣，那这张房票很有可能最后就给南欣了，我们得想办法才行。”

景芳皱皱眉头，说：“能有什么办法呀？该说的都跟姐说了。”

徐胜强说："你说你，平时挺精明的，到了关键时刻脑子反而不好使了。现在决定权在你姐这边，你当然要做点什么拉拢一下关系，讨好讨好你姐呀。亲兄弟还要明算账呢，就只凭你唠叨一通，人家凭什么帮你？"

景芳恍然大悟："你说得对，这个时候是该走走关系。"

徐胜强接着说："对呀，买点你姐喜欢的东西，过去看看她。那个动什么情，晓什么理。"

景芳激动地说："那我明天就去你妈家，把昊昊接回来。"

"接昊昊干吗？"

景芳做了一个兰花指，用越剧的唱腔唱道："因为我要动什么情，晓什么理呀。"

去大姐家之前，景芳带着儿子先去了小区门口的超市选购礼品。她在里面转悠了三圈，都没下定主意。买点水果吧，觉得太寒碜，显得不够用心。买点补品呢，看到标签上的价格又下不去手。昊昊不耐烦了，赖在原地不想走了。景芳骂骂咧咧地掏出五块钱，打发昊昊去买冰淇淋。自己走到柜台前，有点不好意思地问营业员："那个……麻烦问一下，你们这儿档次高一点，但是价格实惠点的礼品有推荐吗？"

营业员是一个中年大姐，她一听就揣摩出了景芳的意思，问道："送男的还是女的呀，什么年龄？"

"女的，六十来岁。"

中年大姐听完朝景芳神秘地使了一个眼色，说道："你算是问对人了。送给这个年龄段的女人，东西既要有面子，又要实惠能用。来，你过来看看这个品牌。”

中年大姐带着景芳走到货架区，拎起一只褐色的背包，说道：“这个，爱牛仕。这可是大商场里的专柜货，原单的。在我们超市就是商场柜台里不到五分之一的价格。来，你先试试看，不买没关系的。”

大姐一边说，一边把包递给景芳。景芳在落地镜前比画了一下，说道：“还真挺有派头的哈。”

大姐一拍大腿：“可不嘛，要不这样吧阿姐，我再送您一条丝巾，专门和这个包搭配的。你看，把这个丝巾缠在手柄上，很优雅的，老有档次的。”

景芳看着她一脸殷勤的模样，警惕地问道：“这包多少钱？”

大姐回答：“不贵，五百八十八。”

“那么贵？！”景芳惊呼。

大姐连忙解释道：“专柜卖两千多。不信你去银泰转转。”

景芳看着手里的爱牛仕高端背包，犹豫了一下，但她转念一想，既然都已经决定送礼了，算了，这次真的豁出去了。

她上上下下、里里外外仔细地检查了一遍包，不情不愿地对营业员说：“行吧，帮我包起来吧。”她像是突然想到了什么，赶紧叫住刚转身的大姐：“对了，超市的打折卡能用的吧？”

就这样，景芳带着儿子昊昊，拎着她的爱牛仕高端贵妇包，来到了大姐家。

庆春一看二妹这架势，就大概摸清了她此行的目的，她一边从鞋柜里拿着拖鞋，一边说："怎么来之前也不吱个声啊，万一我不在家，你不是扑空了吗？"

昊昊从景芳背后钻了出来，亲切地叫着："大姨好。"

"哎，昊昊也来了呀，"庆春看到孩子立刻洋溢出了笑脸，说道，"好久都没见着你了，大姨想你了。"然后她转过头问景芳："这大中午的你们吃了没，我吃饭早，要不我现在再去给你们做点？"

景芳连忙拦住大姐，说道："我们不吃饭，就是昊昊想你了，带他来见你一面我们就走。"她一边说，一边把手里的爱牛仕塞到庆春的手里。

"这是干什么呀？"庆春有点摸不着头脑。

景芳笑着说："这不前段时间逛商场，在专柜里看到这只包，觉得特别适合你，就买了。"

庆春觉得欣喜，说道："这是太阳从西边出来了，还给我买上礼物了。哎，你别说，这颜色我还真的蛮喜欢的。"

景芳吹捧道："可不是吗，这是国外品牌，专柜货。大姐，我看你平时出门就背个环保袋，咱们女人也得对自己好一点。"

庆春有点不好意思，说道："我平常出去也就买个菜，所以都懒得打扮了。"她一边说，一边去厨房泡茶。

昊昊调皮地跑到庆春身边，说："大姨，我想喝冰可乐。"景芳听到立刻在客厅里怪叫起来："喝什么可乐，牙齿不要了是不是?！"庆春不理会，从冰箱里拿出一罐冰可乐，塞给昊昊，然后转身对景芳说："偶尔喝一次有什么要紧？你管得也太严了。"

景芳本想反驳，但一想这次来的目的，立刻改口说："你啊，就是宠昊昊，难怪他和你那么亲，我觉得他都快认你做妈了。"

庆春把茶端到景芳面前，懒得再和她说这些不着边际的客套话，开门见山地说："那么大老远跑过来，还是为了房票的事吧？"

景芳尴尬地笑了笑，说："还是你聪明，姐，上次回去后我好好地考虑了。我觉得我这个做二姐的，有的时候真的挺失职的。自己妹妹的事，我是什么都帮不上。怪也只能怪我没用，我就是个拿死工资的。既没关系，更没钱。"

庆春笑笑，说道："你还没钱？你都要去摇号买申花的学区房了。讲真，你们这些年没少攒钱吧？"

景芳尴尬地噘了噘嘴，说："都是些辛苦钱，每天吃腌菜萝卜攒下来的。况且这点钱，以后还得拿出一部分给昊昊读书用呢。不过胜强跟我说了，如果能摇到号，他去问他爸妈借一点，然后问他姐借一点，七拼八凑，应该能凑出个首付。"

庆春无奈地说："你这是下了决心了啊？"

景芳凑上前，说："大姐，南欣说我摇号是为了赚钱，那是因为她根本不懂我的处境，钱有昊昊的前途重要吗？如果有钱就能上重点初中，我才不费那么大劲买房，我就窝在现在的房子里一辈子好了。"

庆春说："也不是说上不了重点初中，孩子这辈子就毁了。你看璐璐上的就是普通学校，不照样考上了大学吗？而且现在不是课改了吗，国家都倡导给孩子减负了，你也该与时俱进一下了。"

景芳叹了口气，说道："大姐啊大姐，就是因为课改了，补习班都不让上了，所以学校才显得更重要呀。只要中考和高考还在，小孩的竞争就不会小。现在的家长，都是另辟蹊径，为了上重点初中，给小孩报各种特长班，音乐、美术、体育……就是为了升学能加个几十分。我们家是真的没这个条件……昊昊，你到处乱翻什么？还有没有样子了，快过来！”

景芳有点恨铁不成钢地看着儿子，她把昊昊拉到身边，说：“快和你大姨说说，你是不是很想上实验中学？”

昊昊有点愣愣地点了点头。

“你看，孩子还是上进的。大姐，这个时候只有你能拉昊昊一把。否则以后昊昊万一只能上个职高，他就毁了……我们这个家也算是毁了。”

景芳越说越动容，就差眼泪没掉下来了。庆春听得也不舒服，拿孩子来说事，这是把多大的责任和担子往自己身上砸啊。但是她觉得景芳说得也没错，争来争去，还不都是为了孩子。

哎，哎。

庆春摆摆手：“行了，我心中有数了。中午在这儿吃饭吧，我想起来了冰箱里还有些饺子，我下点去。”

景芳连忙站起身，说：“不吃了不吃了，我下午还要上班呢。”

庆春问：“周六还上班啊？带着孩子赶来赶去，也不嫌折腾。”

景芳有点不好意思地说：“加班嘛，三倍工资。”

庆春埋怨道：“你不看看妈再走？”

景芳一拍脑门，她赶紧叫上昊昊，两个人一起去房间里看沈良珠。

昊昊放下可乐，一边叫着“外婆”，一边小跑着去一楼的房间。

老人房连着客厅和厨房，无论庆春在家里的哪个位置，都能很容易看到房间里的状况。景芳走进房间，看到母亲坐在阳台的摇椅上，一言不发，手里像儿童一样捏着一只玩偶。

庆春说道：“这几天倒是很乖，不哭也不闹，就这样坐着，也不知道在想什么。”

景芳走到母亲身边，还没多看几眼，就忍不住拿起手机看时间，心不在焉地说：“姐，我真的来不及了，得走了，迟到的话得扣工资。”

庆春无可奈何地挥了挥手：“行吧行吧，你去吧。”

庆春送走景芳后，一个人坐在沙发上发呆。不一会儿，有人开门，是女婿绍东。今天是周末，他在单位只要值半天班，现在已经是下班时间。

他一边换着拖鞋，一边说：“姆妈，外面热死了，杭州的天气好像就要热起来了。”

姆妈是杭州话里“妈妈”的称呼。绍东也是本地人，在政府街道办上班，是所有杭州丈母娘眼里的好工作。绍东和孙璐结婚后，一直在庆春家里住。两室一厅的婚房是绍东爸买的，如今已经出租掉，租金全部给庆春，就当是生活费。

自己有小家不住，却要住在丈母娘家里，在丈母娘眼皮底下生活。每个月要上交生活费，家中还有一个时不时抽风的老外婆。同事们不理解，都是九〇后，他们这代年轻人，自由是比金钱更重要的东西。住家犹如坐牢，谁会稀罕？他们嘲笑绍东不像九〇后，像上个时代的人。

绍东自己也承认，但他觉得就这样陪着老婆、丈母娘一起老去就挺好。

绍东的亲生母亲在他幼年时就去世了，父亲在他小学时就已再婚。他由大舅一家拉扯大，寄人屋檐下十多年，他比一般人更懂为人处世的道理。

他和孙璐是高中同学。一次小组作业，绍东去孙璐家讨论课题，庆春见绍东的校服全是破洞，忍不住趁他们在学习的时候，随手把绍东的校服拿进房间补好。两个人学习到很晚，庆春又做了消夜，是青菜煮年糕。年糕是手打的，绍东从来没吃过那么好吃的年糕。

回家的路上，绍东低头看着缝补好的校服补丁，心想，原来有妈的感觉是这样的啊。

十七岁的他在公交车上捂着眼睛，哭了出来。

之后，绍东就有意无意地找着各种借口去孙璐家。他叫庆春孙妈，青春期的孩子，性格大多有点别扭，比如孙璐就是，她嫌弃着家里的一切，讨厌庆春的任何一句唠叨。庆春很久没见过这样开朗大方的男孩子，居然会和自己唠家常，还对自己撒娇说想吃青菜年糕。

后来，孙璐每次和朋友提及两人的恋爱史，都跟朋友们说，你们不知道绍东当时是怎么追的我，高中的时候三番五次找借口去我家里。周围人起哄，原来追人要趁早，绍东看似老实巴交，原来小小年纪就学会如何步步为营。绍东听闻也只是笑笑，他连孙璐都没有告诉过，他那么喜欢去她家，真的只是为了那一口青菜年糕，还有庆春。

谁的青春没有做过梦？绍东也是。

他也曾幻想过自己有姆妈。

“哟，姆妈，终于舍得买新包啦？”绍东一边咕咚咕咚地喝着水，一边瞅到了放在沙发上的新包。

庆春叹了口气，说：“你二姨送的，你回来的时候她刚走。”

绍东立刻就明白了怎么回事，笑着说：“她又过来讨好你啦？”

庆春无奈地摆了摆手，说：“我现在被你小姨和二姨夹在中间，难做人哪。不知道你小姨会使什么招呢，我觉得她是不会罢休的。”

庆春的话还没说完，门外的敲门声已经响了起来。

“大姐，你在家吗？我是南欣。”

8. 交　换

庆春慌里慌张地把包拎起来扔进房间里，然后整了整头发，一边喊着“来了来了”，一边小跑着去开门。

绍东看着丈母娘这般慌张的模样，觉得有点想笑。

庆春打开门，只见南欣也拎着一个袋子，明显也是不约而同地过来送礼。庆春顿时觉得有些头晕，问道：“你怎么来了？”

南欣笑着说："今天我来未科这边开会，就顺道过来讨口饭吃。"

庆春不由得舒了一口气，以为南欣真的只是过来吃个便饭。倒是一旁的绍东一眼识破，以小姨这样的性格，平时一年到头除了逢年过节，都没见过她的人影，怎么可能随便来家里吃饭？

绍东和南欣打了个招呼，便溜回了楼上房间午休。

南欣走到厨房，对庆春说："姐，随便给我下个面就行。我减肥，吃不了太多。"

"都那么瘦了还减什么肥！"庆春一边说，一边拿出挂面和酸菜，准备做片儿川。

把酸菜和笋片翻炒几下，然后熟练地加入水、调料、面料、肉片，煮上几分钟，一碗简单的家庭版片儿川就出锅了。

南欣像是真的饿了，直接夹起一筷子就往嘴里送，一边咀嚼还一边说："太好吃了。"但她口是心非的只吃了两口，便停下了筷子。

"怎么不吃了？"庆春问。

"我下午还要开会，吃太多碳水就会想睡觉，头会晕。"

庆春埋怨："又是什么稀奇古怪的理论，多浪费。"

南欣像是突然想起了什么，她拿起搁在茶几上的纸盒，递给庆春，说："姐，上午客户送了盒凤梨酥，给你。"

庆春笑着说："我最喜欢吃凤梨酥，就是最近血糖有点高，不敢吃。"

"就知道你喜欢，姐，你是懂我的，我这个人别看嘴损，经常得理不饶人，但其实分寸我是拿捏得住的。人不犯我我不犯人。但如果得到了什么好处，我一定会等量的偿还，我一分钱都不会想着欠别人。就连我和石翔也是，现在我们出去吃饭，都是我付一顿，他付一顿呢。所以姐，摇号的事情，如果我占了好处，你放心，肯定不会亏待你的。”

终于还是把包袱抖了出来。

庆春被南欣的一番话说得有点尴尬，说道：“都是一家人，说什么好处不好处的。难道是做生意？你这副口气好像是来贿赂我似的，说得我心慌。”

南欣心里想，如果是生意就好了，就不会这么兜兜转转的。最好就是直接谈判，自己最不擅长的就是打感情牌。

一楼的老人房传来呜咽的呻吟声，南欣突然有点紧张，问道：“妈怎么了？”

庆春倒是见怪不怪，说：“没事，应该又是尿裤子了。”

庆春和南欣一起走进老人房。只见母亲沈良珠正在轮椅上来回挪动，两个女儿进来的时候，她噘着嘴巴，就像是一个做了错事的孩子一般可怜巴巴地盯着她俩。

庆春熟练地指挥：“你帮我去床头柜第二个抽屉里把纸尿裤拿来。”

南欣翻出纸尿裤，庆春熟练地架起沈良珠，把沈良珠搀扶到料理床上，扒下了母亲的裤子，母亲裤裆上的纸尿裤果然已经渗出排泄物，南欣忍不住用手抵住鼻子别过脸去，庆春麻利地帮母亲脱下脏的纸尿裤，用湿巾擦好身子，然后撕开新的纸尿裤，帮她换上，最后把垃圾袋熟练地打了一个死结封住。

房间里的味道让南欣觉得有点作呕，而这些在庆春眼里似乎是不存在的。她打开窗户，通了通风，一切如常。

庆春对沈良珠说："给你看电视好不好？"

沈良珠嘴里含糊地说着："看，看。"

庆春把电视打开，屏幕上正播着《甄嬛传》。她笑着转过头对南欣说："妈最喜欢看这个，一看这个她就不闹了。"

两人从房间里走了出来，庆春说："妈还是和以前一样，喜欢一个人待着。如果房间里没人，她倒是很安分。如果有人在旁边，她就要开始作了。"

南欣问："她是怎么作的？"

庆春叹了口气，说："比三岁小孩还不如，把能扔的东西全部扔在地上。还抓你的头发，你看看，我后脑勺这一块秃的就是被妈给扯下来的。不过，这些都算是好的，苦的是半夜在你睡着的时候开始发疯，把大便拉在身上，又用手去抠，然后搞得床和房间里到处都是，每次我都要清理老半天，那个苦啊。"

南欣的心里听得不是滋味，问道："这种情况一个礼拜大概有几次？"

庆春叹气回答："最近开始多了，得有个三四次，医生说可能是因为病情加重了。哎，没办法的事，这个病也不是说治就能治的。"

"实在不行，就在睡觉的时候把妈的手给绑起来。否则这样折腾你怎么吃得消？"南欣提议道。

“也不是没想过，但毕竟她是妈啊，你真忍心看着她绑着手睡觉吗？”

南欣低了低头，说：“也是。”

有的时候，连南欣自己都会悲哀地想，为什么面对母亲的“劫难”，自己内心深处会是一片毫无波澜的死寂。

尽管之前沈良珠刚确诊的时候，她也撇下脸联系了以前的老同学，费尽周折挂到了北京知名医院的专家号，千里迢迢地带着沈良珠去北京看病。在北京，医生下了最终的“判决”，已经到了中度后期，这个病无法治愈逆转，只能通过家属的照料延缓病情。

两个姐姐在一旁泣不成声，南欣接过病历，对医生说：“谢谢，明白了。”

回到酒店里，南欣独自走到大堂，给乔晶打电话。她对着窗外北京灰蒙蒙的夜色，有点难过地对乔晶说：“我也不知道，当得知妈妈病情的那一刻，心里居然那么平静。乔晶，我是不是太冷血了？”

乔晶支支吾吾地说：“也不能怪你，你离家那么多年，你和她的感情淡了也是正常的。”

挂完电话后，在酒店大堂的角落，南欣一个人哭了一场。

那年她刚满三十岁，直到很多年之后，她才明白自己为什么会在那天哭。不是因为沈良珠，而是为了她自己。这个世界上，似乎再也没有什么人可以让她牵肠挂肚，她已经准备好了这样凉薄又自私地走完这一生。

从她懂事时开始，她就清楚，自己是母亲最不喜欢、最拖累她的那个女儿。这个认知就像一颗种子，随着她的长大慢慢生根、发芽，直到现在长成了大树，可以遮蔽掉她内心的凉薄。

她也明白因为自己的孤立无援，那些别人轻而易举就可以得到的东西，她都要靠抢，靠拼。

只有她自己可以帮自己。

从庆春家出来之后，南欣去找了石翔。今天是周末，她不想窝在石翔的那个出租屋里，她找了一家咖啡馆，准备在外面简单地喝个下午茶。

“你真的去贿赂你姐了？”石翔惊讶地问道。

南欣抿了一口咖啡，一脸淡定地说：“当然。现在这个社会，你真以为动动嘴皮子，说几句好话，别人就会帮你？”

“毕竟你们是亲姐妹，还用得着这样‘行贿’吗？”石翔惊讶南欣的家庭关系。

南欣面不改色：“不要说兄弟姐妹，就连亲生父母，不也是这样？你过年回家给你妈多塞几个红包，她自然就会对你好一点。你空手回家试试看？看看他们对你会不会有好脸色。”

石翔点点头：“被你这么一说，好像确实是这么一回事。”

南欣不屑地笑了笑，说：“我二姐就永远不会懂这个道理。她就是觉得自己最聪明，别人都是傻子，永远都想着去占别人的便宜，天底下哪里有这种好事？我猜她私下肯定也去找过大姐了，最多也就拎点香蕉、苹果。”

“你们这一家人，争来算去，和《宫心计》似的。”石翔笑道。

南欣白了石翔一眼：“你少得了便宜还卖乖，在这边装好人。我这样做是为了什么？说白了，房子就是我们的共同财产，里面还不是有你的一半？”

石翔说：“我就是怕你真的和你二姐闹僵了，这关系以后还怎么处啊？”

南欣一脸无所谓的表情：“闹翻了更好，正好找个理由不用来往了，我也不用在逢年过节的时候去餐桌上赔笑了。”

石翔劝南欣：“做事还是不要太绝，留条后路比较好。”

南欣抿了一口咖啡，不以为然地说：“瞻前顾后，到时候什么都没有。”

石翔不说话了，因为他知道再辩证下去，两个人又要开始吵架。况且，自己怎么可能说得过南欣。

石翔早就发现了，南欣对任何人都是一副得理不饶人的姿态。只要自己认定的事情和观点，就不会对任何人有妥协。一般男人不喜欢这样刚的女人，觉得不好掌控，但是石翔是个例外。虽然家境一般，但他作为大家族中唯一的长子，从小是被宠大的。突然有个女人敢这般“忤逆”他，让他好奇又着迷。

晚上，孙建国回到家，看到庆春独自一人躺在沙发上。

“怎么就你一个人？”孙建国一边换鞋，一边问。

庆春有点有气无力地回答：“璐璐和绍东今天晚上和同事聚餐，估计要晚点才回来。”

孙建国看着庆春微微皱着眉头，捂着小腹，问道：“你这是怎么了，胃不舒服？”

庆春回答：“最近小腹总是痛，不知道是吃了什么吃坏了肚子。”

孙建国笑道：“最近和你那两个妹妹吃了那么多顿饭，消化不良也是正常。”

庆春白了孙建国一眼：“你还别说，估计就是这个原因。今天中午景芳带着昊昊又来家里，结果刚走不到半小时，南欣就来了。”

“她们这次又使了什么招？”孙建国有点幸灾乐祸地问道。

庆春指了指茶几边的大袋子说道：“喏，景芳拎来的，长那么大，还是第一次送我东西。哎，收也不是，不收也不是。这包看起来还挺贵的，她应该很肉痛吧。”

“南欣拿什么来讨好你，她应该更大手笔吧？”

庆春舒了一口气，说：“还好她没让我为难。她说在附近开会，顺道来看看我和妈，就捎了一盒凤梨酥给我。”

庆春一边说，一边拿起桌上的凤梨酥。

那盒凤梨酥沉甸甸的，庆春欣喜地打开，一捆厚厚的人民币从里面掉了出来。

9. 交　易

石翔在衢州的父母知道了南欣要用沈良珠的名额去摇号买房的

事，石翔妈对这种操作完全不熟悉，听得有些稀里糊涂，她听完只问了一句：“那房产证上的名字写谁？”

“当然是写她妈的名字，毕竟这算是她妈摇的号。”

石母震惊，说道：“那算怎么回事，买房要你出钱，然后写她妈的名字，这不就是给她妈买了一个房子吗，这房子和你们有什么关系？！”

石翔解释道：“你们不懂，现在很多杭州人都是这样去摇新房，很正常的。南欣说了，到时候去找中介做个过户手续就可以。”

石母半信半疑地听完，还是有点不放心：“儿子啊，有些话妈不得不提醒你，你们说到底还没有结婚。就算你们结婚了，到时候南欣不愿意在房产证上面加你的名字，你怎么办，你这不是被她牵着鼻子走吗？”

石翔有点不耐烦：“早知道就不和你们说了，我自己心里会没数吗，你们把我当傻子是不是？我觉得可以这样做，就一定有自己的道理，你们就别瞎操心了。”

石母赶紧噤声：“好好好，我不说了不说了……前几天给你寄的酱鸭你收到没？”

当初石翔和南欣谈恋爱的时候，石翔爸妈听闻南欣是个杭州姑娘，立刻好感度拉满。他们太清楚石翔一个人在外地打拼的辛苦，如果有个本地人里应外合地帮衬一下，生活自然会过得容易一些。但了解了之后，发现南欣的家族毫无资源可言，父亲早逝，母亲还得了阿尔茨海默症，听起来真的惨得可怜。而且南欣没车没房，无论是工资还是工作，哪点都没法和石翔比。石翔爸妈立刻对南欣没了好感，虽然高铁只要一个多小时，但是一次杭州都没去过。

石翔自己心里也很清楚，虽然父母都没有明说，但他知道爸妈都不怎么认这个准儿媳。但他无所谓，只要自己喜欢就好。况且结婚后，生活是他和南欣两个人过。

只是这次，母亲无意地提醒，他有点往心里去了，因为这种事情不是没有发生过。

前阵子公司附近一个刚交付的小区闹出业主要跳楼的事件，起因就是男生和女友准备买房结婚，但是因为男方没有购房资格，就用了女友的名字去买房。结果等新房交付，两个人已经闹掰分手，女方又不愿意更改房产证名字。男生忍无可忍，只能爬到天台扬言要跳楼。

石翔回忆着那个狗血的事件，不由得把自己代入，居然和自己的情况都吻合。他不由得倒吸一口凉气。

同事陆文在他面前晃了一个响指，问道："愣着想啥呢？上周的周报就差你了。"

石翔回过神来，有点手忙脚乱地打开电脑："好，马上。"

陆文转身就要回到自己的工位上去，石翔像是想到了什么，他喊住陆文："文子，陪我去楼下买杯咖啡好吗？"

这个陆文，虽然职位和石翔相当，但是在公司可是响当当的人物。整个公司都流传着他靠买房，把一百万变成一千五百万的故事。

二〇一三年，刚工作一年的陆文就开始了自己的买房之路。他掏空钱包，外加父母赞助的小几十万，买下市区一个五十平方的老房子，总价一百多万，艰难上车。

二〇一五年，他又想换房。这次，他瞄准了位于蒋村附近某个小区面积八十九平方米的新房。他借了钱，还清了老房子的贷款，把老房子卖了，凑齐了新房的首付。那年开始，他再次回到了租房的生活。直到二〇一七年，新房交付。

二〇一九年，陆文又开始折腾了。这次他瞄准了江河汇顶级板块的新房项目。此时他二〇一五年买的房子价格已经翻了两倍，他果断把现在的房子卖了，再次沦为无房户。用卖房的钱，凑齐了新房的首付。在这期间，陆文申请到了人才名额，摇号概率大大增加。果然，在二〇二〇年，他如愿摇到了新房。

现在，新房已经交付，陆文买的那套二手成交价是一千五百万。

这种故事，如果不是发生在自己身边，石翔是绝对不会相信的。现在的这些自媒体公众号，最会虚张声势，贩卖焦虑。羡慕之余，石翔冷静地分析了一下陆文究竟是如何用最开始的几十万，完成了资产和阶级的飞跃。

首先，陆文成功地抓住了每一次杭州的发展红利，什么时候买，什么时候卖，几乎每一步都踩得无比精准。

其次，他的每一次卖房，买房，都如此的果断。甚至愿意为了买新房，重新去租房子住。每一个买的房子都只住了两年，就想着去置换。这一点恐怕大多数人都接受不了，也无法做到。

这样分析下来，陆文靠买房实现了阶级跨越的成功故事几乎是必然的。因为把握住时代的机遇和红利，加上个人的坚持和果断，放到任何一件事，一个行业里，都能取得巨大的成功。石翔真的心服口服。

再对比自己，买个房子思前顾后，畏畏缩缩，无论是在北京还是杭州，他都没有把握住城市发展的红利。这种教训是刻骨的，也是惨痛的。往往就落后那么一小步，可能一辈子都追赶不上。他和陆文表面上都是大厂里的螺丝钉，只是出了这栋玻璃大楼，他回他的江景豪宅，自己回的是合租小屋。

虽然都是这个社会的芸芸众生，但是蜗居的躯壳不同，人生自然也大不一样。

在公司楼下的咖啡馆，石翔以一副学生向老师讨教的姿态跟陆文说了南欣想用母亲名额去摇号买房的事。

陆文沉默了一会儿，然后说："这个操作怎么说呢，对你来说确实风险不小，但是能规避的办法总还是有的。"

石翔好奇都凑上前："怎么说？"

"去做个公证，或者签个代持合同不就可以了？找律师，把谁出了多少钱，以后占多少份额，白纸黑字，条条框框写清楚了，不就完事儿了？"

石翔一听有点犹豫："这样会不会不太好？搞得好像我不信任她似的。"

陆文笑着回答："你本来就不相信她啊，你要是信任她，还来问我干吗？"

石翔一时语塞，支支吾吾地辩解："我怎么不相信她了……我只是随便问问，心里有个底嘛。"

陆文笑了："你啊，就像个二十岁出头的小男生似的，难怪被你女朋友拿捏得死死的。"

整个上午，南欣都忙得飞起，她一个人操作三部手机，登上三个微信，扮演着不同的身份：网红经纪人、产品对接、售后监管。她所在的这家网红公司，由于捧红了几个带货主播，工作量瞬间变大好几倍，人员根本不够用，老板是个九〇后，自己亲自上马，从早忙到晚。

有年轻的员工感慨："连老板都那么拼，自己有什么理由不努力？"

南欣听得噗嗤一声笑出来，她有点不屑地说："妹妹，人家老板努力赚多少，你努力赚多少？这就像有的人送一单外卖赚五块，有人送一单赚五千。我要是那个送一单赚五千的，肯定把电瓶车骑到自燃爆炸才罢休不可。"

实习生听得一愣一愣的。

南欣懒得多说，直接下达命令："把明天直播的样品准备好发表格给我，现在就去。"

实习生刚转身，就有前台走进办公室，说："吴姐，前台好像有你的亲戚找你？"

南欣一愣，一边嘟囔着"我能有什么亲戚"，一边走出办公室。

是庆春。她拎着景芳送给她的爱牛仕站在公司门口。

"大姐，你怎么来了？"

庆春神情冷淡地说："我想找你聊聊。"

南欣有点为难，说："我正忙呢，要不晚上回去我给你打电话？"

庆春说："我知道你忙，所以特地过来的。现在是中午，吃个饭的时间总有吧？"

南欣恍然大悟，懊恼地想自己真的是忙晕了，如果不是重要的事，大姐怎么可能特地找过来？她赶紧回办公室带上工卡和背包，然后和大姐一起下楼。

写字楼下有一家居酒屋，南欣找了一个小隔间，和大姐坐了下来。

南欣说话风格向来直接，她不想浪费时间，直截了当地说："大姐，你这次过来是想和我聊聊房票的事吧？"

庆春点了点头，问道："南欣，你在盒子里塞的那三千块钱是什么意思？"

南欣已经猜到了，说道："大姐，你不要误会，我不是贿赂你的意思。我这个人不太会说话，只能通过行动来表现。"

"你想表现什么？"庆春的眼睛盯着南欣。

南欣解释："我想说的很简单，无论如何，于情于理，于公于私，我都不会让你吃亏的。大姐，你帮我是情分，不帮我是本分，我不想占你的便宜。这点钱不算什么，只是先表明一下我的态度，如果这次你帮了我，我肯定会回馈你更多的。"

庆春用手搓着陶瓷杯，问道："你打算怎么回馈我？"

南欣从包里拿出一纸合同，说道："大姐，口说无凭。我这个人做事，喜欢明明白白，清清爽爽。这是一个草拟的合同，我专门找律师朋友做的，你看看。”

庆春接过合同，扫了一眼上面的条款：“若甲方吴南欣利用其母亲沈良珠的名额购房成功，吴南欣愿意支付十万元报酬给吴庆春”。

庆春看呆了，愣在那边半天不说话。

南欣说道：“姐，亲姐妹明算账，你别不好意思。如果你答应了，你就在上面签个字，这事儿就这么定下来了。”

庆春突然笑了：“亲姐妹，明算账？”说完后，她拿起合同，在餐桌上把它撕碎，然后扔到地上。

南欣看着这一幕，惊讶地说道：“大姐，你搞搞清楚，我没有恶意的。我是不想让你吃亏，是站在你的角度想问题，你怎么这样？”

庆春的眼眶一下子湿了，她强忍着泪，说道：“房票是妈的，你们两个人谁都别打主意了。想买房就自己去摇号，摇不到也别怪谁。这件事情就此了结，你和景芳谁都别来跟我提这事了。”庆春说完便拎起包，头也不回地往外走。只留吴南欣一个人呆坐在隔间里。

南欣长叹一口气，像一只泄了气的皮球，瘫坐在沙发上。

庆春有气无力地回到家，就听到女儿孙璐在房间里喊：“妈，你总算回来了，外婆又开始作了！”她一听便知道是怎么回事了，走进母亲的房间，发现她的手上全是污秽的排泄物，把轮椅，地板，衣服抹得到处都是。

嘴里还嘟嘟囔囔地胡言乱语着："千色色，拜菩萨，菩萨叫你阿德德。"

她回过头对孙璐说："你先出去，我来就行。"

庆春看着母亲傻笑的模样，突然蹲在地上哭了起来，她努力地压低着声音，不想让家里的其他人听到。这个动作她已经驾轻就熟，多少次，多少个深夜，她都这样，偷偷地哭过。

她呜咽着对沈良珠说："妈，我们这个家，我们三姐妹，怎么都变成这样了啊？妈，我不懂啊。"

10．会　面

南欣在公司开会，二姐景芳的电话突然响了起来。她把电话按掉，然后把手机翻了个面，继续和同事交谈。但是，那电话依旧心急火燎地响了起来。

南欣太清楚，这就是吴景芳的作风。随心所欲，完全不会顾忌别人在干什么。她和同事打了个招呼，走出会议室不耐烦地把电话接了起来。

"二姐，我在上班。"南欣没好气地接起电话。

电话那头也同样没有好语气，景芳在电话里劈头盖脸地质问道："吴南欣，大姐是不是把妈的房票给你了？"

南欣被问得莫名其妙，一股无名火直接窜了上来，回答道：

“是的。之前爸在西湖边还有一套价值过亿的别墅，也留给我了。你直接去问大姐，别来问我。”

景芳在电话里骂：“吴南欣，你神经。你一天到晚对我发什么邪火？我打电话过来不是来和你吵架的。”

南欣冷笑：“那你就是想来打架的？”

景芳深呼吸一口气，说：“我真的不想和你吵，我就想确认一件事，大姐是不是把房票给你了？”

南欣实在无奈，说道：“我最后和你说一遍，没有。而且她说让我们俩别打房票的主意了，你死心吧。”

电话那头沉默了一下：“我就是奇怪，大姐的态度怎么转变得那么快。吴南欣，是不是你把大姐惹生气了，你到底做了什么？”

南欣突然有点心虚，但她还是佯装出一副不耐烦的口气：“你先问问你自己做了什么吧，我要忙了，以后工作的时候不要给我打电话。”南欣说完便挂了电话，走回了会议室。

晚上，石翔来找南欣。两人在商场吃饭，南欣全程都有点心不在焉。

石翔安慰道：“别想了，大不了我们自己去摇。”

南欣叹了口气，说：“现在隔年如隔代，我和两个姐姐很多事情是想不到一块去的。思维方式、世界观都不一样，我们就不是同一个世界的人。”

石翔说：“所以也正常，我早就说了，你直接和你大姐‘拟合同’，还不把她吓坏了。很多事情点到为止就好。”

南欣不理解：“为什么要点到为止？我就不喜欢把事情处理得那么不清不楚，不明不白。说到底，把条款说清楚，是减少她不必要的风险，对她来说有什么坏处，还能让她吃亏不成？”

南欣不想再继续说下去，低头开始吃饭。

本就不是同一个世界的人，却还要做家人。

真难，真累。

石翔说：“下周我爸妈要来杭州，他们想见见你。”

南欣一愣。“那么突然？”

石翔点点头。“可能是因为我和他们说了买房的事。”

南欣明白了，这是来亲自视察。

石翔有些支支吾吾地说：“我和他们说了你想用你妈的名额去摇号的事，所以……他们想见一下你家里人。”

南欣一听差点晕倒，把筷子往桌上一摔：“你怎么八字都没一撇就跟你爸妈说了？现在好了，房票的事已经黄了，多尴尬。”

石翔嘟囔着嘴说：“要不……你和你大姐商量一下，配合着演个戏，到时候再随便编个理由，说房子买不了之类的，不就行了吗？”

南欣愈发无语：“你以为你是在拍电视剧吗？我不会做这种幼稚的事，而且我也不想骗你妈，我今天撒这个谎，明天说不定就要用更多的谎来圆，我不想给自己惹那么多麻烦。反正这个篓子是你捅出来的，你自己去和你妈说清楚。”

石翔勉强答应了下来，其实他是不想让二老对南欣有不好的印象。也怪自己嘴太快，说这些干吗？现在好了，莫名的让南欣骑虎难下。

回家后，石翔给家里打电话，硬着头皮说明了情况。没想到石妈冷冷地哼了一声，说道："我就知道她家靠不住，不过倒也好，否则这个房子买的还真是担惊受怕。"

石翔趁热打铁："那这次杭州你们也不用过来了，大热天的。"

石妈说："那就更要来了，我们要和南欣聊聊买房的事，这次一次性说清楚。"

"说清楚什么啊？"石翔有点着急。

"你们结婚，房子理应由我们男方来买，她就不用操心了。"石妈说。

这话让石翔颇为意外，他没想到爸妈那么大方，居然主动提出要给自己买婚房。但他作为"好儿子"的包袱又出现了，于是犹豫地问道："你们……有那么多钱吗？"

"你也太小看我们了。咱们家虽然是工薪阶级，但是给儿子准备婚房的钱还是有的，况且，我们都有退休工资，还有社保，老了有国家养，你不用操心我们。"

以前死活不肯拿爸妈一分钱的石翔，听了这话居然也心安理得。或许是因为被现实接连暴击后，他也悟出了这个道理，靠自己的一己之力在大城市安家，真的太难太难了。况且，拿父母的钱买房也不算是消费，这是对家族财产进行合理的资产配置——这话是陆文告诉他的，靠石翔的机器脑袋，是悟不出这些的。

但是石翔没有告诉南欣这件事，他决定给南欣一个惊喜。他兴致勃勃地给南欣回电，让她好好准备这一次会晤。

南欣被他搞得莫名紧张，这次石翔父母点名要见南欣的家人，看来是正儿八经的谈婚论嫁。

南欣拿着手机发呆，她是真的不想给大姐打这通电话。但是也没办法，现在的她也是骑虎难下。本来她就冥冥中觉得石翔父母好像看不太起自己，现在两个人特意来杭州，让他们吃个闭门羹实在说不过去。南欣犹豫再三，还是拨通了大姐的电话。

电话里，庆春的口气似乎还没有完全消气。

南欣硬着头皮说："姐，石翔爸妈要来杭州，他们想……想和你们一起碰个面。"

电话里的庆春愣了一下："是要来商量结婚的事？"

南欣支支吾吾地说："只是想认识一下，结婚没什么好商量的，我这边的情况他家都知道的。我和石翔早就说清楚了，彩礼我不要，但是如果要办婚礼，这一切的费用都他家来出，我什么都不管。"

庆春没有发表意见，她想了想，然后说："那既然来了就一起来家里吃个饭吧，两家人都互相认识认识。"

"行，那我转告石翔。"南欣终于如释重负，又一个任务达成。

挂完电话后，庆春坐在床边发呆。孙建国坐在床头，一边刷着手机，一边问："又是你妹妹的电话？"

庆春没有回答他，呆坐在床上。过了一会儿，她有些难过地自顾自说道："我突然想起来，我结婚的时候，虽然家里穷，但是嫁给你的时候，我也算是风风光光的，爸准备了好几扁担的嫁妆，你还记得那床刺绣的蚕丝被不？当时有几户人家能用得起那么好的被子呀，爸妈可真的一点都没委屈过我。”

孙建国笑着说：“那是因为我家里人好，就算你空着手嫁进来，他们也不会看不起你。”

庆春翻了一个白眼，说：“你少给自己脸上贴金，”然后她长长地叹了口气，“像南欣这样，没有娘家的人，可怜啊。没有娘家人提彩礼，怕是就被对方看轻了。以后结婚后吵架了，连个躲的地方都没有，被婆家拿捏得死死的。”

孙建国安慰道：“要说其他人我还真的担心，但是你小妹，我觉得你是多虑了，她能不去欺负婆家就不错了。”

庆春笑道：“也是，你看石翔不就什么都听她的。南欣也是运气好，这个年纪还能碰上石翔这样的男孩子。”

孙建国说：“人都是互补的，只要两个人能在一起，总有道理。算来算去，其实没有人会是吃亏的。”

庆春瞟了孙建国一眼：“看来你挺懂的嘛，平时看你蛮老实的，没想到你也挺精的。”

孙建国立刻闭嘴，他伸手去关了台灯，然后钻进毯子里，说：“困了困了。”

庆春笑骂道：“十三点，把灯打开，我药还没吃呢。”

庆春走下床，最近她总是腹痛，有的时候小便也痛。她去社区的卫生站配了点消炎药，吃了两天，症状似乎好了一些。

终究还是年纪大了，身体就像一辆老旧的自行车，能骑，但是“吱嘎吱嘎”，“摇摇晃晃”，也说不清楚是哪里坏了，反正过一天是一天，就这样吧。

招待石翔父母那天，庆春一大早就去了菜场，准备了一大桌比年夜饭还要丰盛的菜色。石翔爸妈也把礼数做到了位，两人拎着大包小包，亲切地说道：“这是我们开化农村老家亲戚自己养的土猪肉，特地让那边杀了新鲜的送过来，整整一头。你家人多，吃得完，吃得完。”

庆春听了心里乐开了花，如今谁家有口农村的正宗土猪肉吃，才是值得炫耀的事。

石翔爸又拎过两大袋精致的礼盒，说道：“这是给大姐夫准备的，铁皮枫斗和冬虫夏草。我平时都吃，效果很好的。”

孙建国连声说：“太客气了，太客气了。”

南欣看着两家人其乐融融的画面，心里也开心，看得出来，石翔爸妈还是重视自己的，否则也不会大老远地带那么多礼品过来。

石翔爸妈去房间看望沈良珠。

沈良珠盯着眼前的两个陌生人，嘴巴里含糊地说着：“丽君，丽君啊，是你吗？”

庆春解释道：“又说胡话了呢。”

石翔妈看得心里酸酸的，耐心地握着沈良珠的手说：“南欣妈妈，我是你女儿男朋友的妈妈呀。我来看你呀，你好好的啊。”

沈良珠眨巴着眼睛：“男朋友，妈妈，丽君要结婚了？啊，丽君要结婚了，结婚了。”

石翔妈不解释，顺着她的话继续说：“嗯，要结婚了，结婚了。

你放心啊，不要担心啊。”

沈良珠突然哭了，说道：“嗯，我不担心，不担心。丽君啊，你要挺住啊，结婚了就会好起来，好起来。”

庆春拉了拉石翔妈，说道：“她就这样，晚期了。谁都不认得了。说的话也没有逻辑的，您别见怪。我们出去吃饭吧，菜都准备好了。”

众人退出房间，在餐桌前坐了下来。这桌子菜实在是丰盛，两家人谈笑风生，氛围十分和谐。

石翔妈感慨：“都说长姐如母，我听石翔说，你对南欣，就像对自己的女儿一样。刚开始我还不信，现在我算是知道了。大姐，你一个人操持着一大家子的老老小小，你不容易啊。”

庆春被说得有点不好意思：“我平时也没什么事，就是一个家庭妇女，多做一点也是应该的。不容易的是南欣，现在年轻人工作压力多大。我们这代人，年轻的时候有国家分配工作，老了有国家养，算是运气好的。”

石翔妈点点头：“大姐，咱们就是想一块去了。我早就和石头说了，你把自己照顾好，就是在帮我们。我和石头爸现在两个人的退休工资加起来一个月一万多，算下来一天三四百，哪里花得完呀。说得直白点，我们活一天，就是赚一天。所以操心我们干吗？把他们自己的小家顾好我们就谢天谢地了。”

庆春连声附和：“是的，是的。一代人管一代人，要管到什么时候去，何必给自己找麻烦呢？”

石翔妈继续说：“不过大姐，虽然话是这么说，但是有的时候，该拉的时候还是得拉一把。我听石头说，他和南欣本来想用老太太的名额去摇号买房？”

庆春愣了一下，然后尴尬地说：“之前……之前确实有这么回事。”

石翔妈说：“杭州果然是大城市，去买新房还得摇号，而且还得拼社保，我听了石翔说这些，真的脑子就要晕掉了。后来我也向我们单位的小姐妹打听了一下，自己研究了一番，确实好像用老太太的名额去摇号，摇中的概率会大很多。”

石翔妈看到庆春面露出难色，继续说：“不过很多事情，我们也体谅的。毕竟这一大家子人嘛，也不是大姐你一个人说了算，是不是？不过，我和石翔爸都觉得，不管怎么样，房子肯定是要买的，买不了新房，我们就去买二手。价格贵点就贵点了，结婚总得要有个房子，这毕竟是刚需，大姐你说是吧？”

庆春点着头说道：“是的，现在很多小年轻觉得可以租房结婚，他们是太天真。租房，生小孩了怎么办？连学都上不了。”

“是的，这房子必须买。我和石头爸都想好了，毕竟咱家是男方，在我们老家，结婚男方买房是天经地义的。所以，买房子的钱，都由我们家来出。”

石翔妈的一番话说完，餐桌上的吴家人都愣住了。南欣不由得放下筷子，瞟了石翔一眼。石翔则是一副早就知道的表情，朝南欣挤挤眼睛。

庆春看看石翔妈，再看了一眼南欣，然后断断续续地说：“这……毕竟买房不是买衣服，那么多钱……”

石翔妈连忙笑着打断了庆春的话："哎呀大姐，这个你就不用操心了。我们既然开了这个口，自然是有这个实力。不过有些事情，我觉得还是先说清楚比较好。这虽然是给他们小两口的新房，但是名字得写在石翔的名下。"

南欣听完立刻瞪了石翔一眼，石翔也惊到了，他朝南欣做了一个无辜的表情，表示自己并不知情。

石翔妈见没有人回应她的话，继续说道："反正都结婚了，婚后就是共同财产，写谁的名字都一样。留着南欣的购房名额，就多一张房票，以备后患，你们说是吧？"

庆春尴尬地笑笑，不知道该说是还是不是。

南欣啪的一声放下筷子，说道："我不同意，买房的钱我和石翔两个人的积蓄足够了，不用你们操心。叔叔阿姨的钱，还是留着自己养老吧。"

石翔妈完全没想到这个准儿媳妇会如此果断又坚决地拒绝，一点余地都不给自己留。但她还是沉住气，佯装出一副平和的口气说道："我们养老有医保，你们以后结婚要花钱的地方多得是，你们自己的钱就留着养孩子就好了。现在上个好一点的幼儿园，一个月都得大几千，就你们那点死工资，没有积蓄得过的多吃力。"

南欣笑着反驳道："工资是死的，人是活的。有压力才能过得更好，谁还不是这么过来的？"

石翔妈被怼得哑口无言，但是她做了三十多年的教导主任，怎么可能三言两语就败下阵来？她心里的火焰在燃烧，也懒得藏着掖着了，说道："说实话，之前你说要用你妈的名额去摇号，我们也是赞同的。但是现在这事儿不是没谱了吗？我听石头说，是把名额给你二姐了，是吧？”

石翔急了，赶紧打断：“妈，我哪里这样说过？！”

石翔妈不理会，继续说道：“房票给谁都不重要，那是你们吴家的事。南欣，我们想拿出钱来给你们买房子，是好意，你不要想太多。”

南欣低着头，不说话。

石翔妈朝庆春看：“大姐，你觉得呢？”

庆春夹着筷子，停顿了半天，然后慢悠悠地说道：“还是先吃饭吧，房子的事情之后再说。”

南欣真的对庆春失望透顶，她最讨厌的就是把事情处理得拖拖拉拉，拖泥带水。能在吃饭的时候就解决的问题，何必留到饭后？南欣顿时毫无食欲。但是，她也知道自己第一次和石翔爸妈见面表现得实在有些剑拔弩张，也确实应该闭嘴了。

吃完饭后，石翔爸妈就要回酒店。南欣跟在后面准备一起送，石翔妈说：“你就不用麻烦了，帮你大姐收拾收拾，石头送我们回去就行。”

南欣明白，这是石家人要说悄悄话，开家庭会的意思。便识趣地退下避嫌。

石翔爸妈刚走，孙璐就凑上前，一脸崇拜的模样说，：“小姨，你刚才也太酷了，在餐桌上直接怼的石翔妈话都说不出来。”

庆春冷笑：“有什么酷的，活要面子死受罪，你真以为背个三十年的房贷很容易？有人送你房产证都不要，我也不知道你怎么想的。”

南欣嘴犟，说道：“这年头哪里还有免费饭票？就算有，也除非是对方不在乎，施舍给你的。我清楚石翔家的情况，不过是普通的小康家庭，杭州的一套房也算是他爸妈半辈子的积蓄。我也能理解他们不想让我占到便宜，但是他们不用这么兜兜转转的，我今天说的话已经算客气了。”

孙璐凑上前，说：“小姨，那你不客气的话会怎么说？我想听。”

庆春瞪了女儿一眼：“你别凑热闹，帮我把碗筷端厨房去。”然后她转过身，对南欣说：“就算写石翔的名字又如何？本来你也没出钱。而且，你急什么？等以后生了孩子，你再要求把名字加上去不就可以了？傻！”

南欣一脸不屑，说：“本来就是我买得起的东西，我何必要来这么一出，把自己搞那么廉价，难道我生孩子就是为了房子吗？”

庆春叹了口气：“你啊，就是世面见得多了，莫名其妙的原则也多了。你觉得是自己不想占别人便宜，别人反而觉得你傻，看不起你。不要怪我说话难听，我觉得嘛，一切都是因为你没要彩礼。你不要彩礼，他们家才会觉得你好欺负。”

南欣冷笑了一声说：“谁帮我去要彩礼，我自己吗？要来这笔钱给谁，给妈吗？”

庆春的手哆嗦了一下，不知道该说什么。

南欣继续说：“姐，璐璐结婚的时候，你们要了彩礼，那是因为你们家和绍东家旗鼓相当，他们家出多少彩礼，你们家就出多少陪嫁，说到底，这笔钱最终都是给他们小两口作为安家费，所以你们才要得出口。门当户对收彩礼，是博个彩头，图个喜庆。我这个情况再去问他家要彩礼，就是不要脸，是要被看轻的。大姐，今年我三十三岁了，除了有几十万存款，其他什么都没有。但还好我有这笔钱，我可以和石翔一起凑个首付，安个家。我不想连如此卑微的一点愿望都被剥夺。不过嘛，你不懂我也不意外，这个家本来就没什么人懂我。”

南欣这番波澜不惊的话让庆春听得心里难受。但是她们这代人，心里越难受，嘴上却越硬。她一边擦着桌子，一边说：“你又不是三岁小孩，难道还要人来哄你？很多话我们也只能点到为止。”

南欣听完立刻站起身，拎起背包，冷冷地说了句：“我要回去了，明天早上还要上班。”

庆春在后面喊：“就说几句不中听的你就甩脸，我今天忙活那么一大桌子菜是为了谁？”

南欣回过头，说道：“放心，我以后都会还给你们。我不会欠这个家的人任何东西。”说完，南欣就打开门离去。

庆春回过头对孙建国说：“你看，她还是像以前一样。说走就走，头也不带回的。”

11．牵　扯

石翔妈在车上忍不住对南欣破口大骂：“这个吴南欣，她到底有没有教养？当着那么多人的面给我甩脸子。她要搞清楚，是我们要出钱给你们买房子，谁占便宜拎拎清楚？！”

石翔忍不住埋怨道：“你们怎么不把房子写我名字的事儿提前和我说清楚啊？”

石翔妈冷笑一声：“我就是想看看她的反应，没想到一试就试出来了。别嫌我说话难听，我觉得，她对你不是真心。”

“瞧你说的，她图我啥？我既没有答应给她买房，也没有送她一克拉的戒指，她想和我一起凑首付，还贷款，然后房产证上写上自己的名字，这个要求也不过分吧？”石翔说。

石翔妈继续振振有词：“我们说的不是一回事。你妈我年轻的时候可是学过心理学的，最会捕捉人的微表情。我今天特意观察了，当我说出钱给你们买房的时候，吴南欣的心里是窃喜的。而当我说房子要写你的名字之后，她的脸色唰地一下就变了。”

石翔忍不住笑了：“怎么和玩谍战似的，还要揣摩对方的微表情。”

“可不是嘛，你也别嫌妈烦，我们毕竟和她没有接触过，对她怀疑提防点也是正常的。况且……她还比你大几岁。”最后那句话的声音明显弱了很多，但这却是石翔妈最介意的点。

石翔妈虽然是知识分子，但是对于一些根深蒂固的老观念却特别执着，特别是女生年龄大这件事。她自己就吃过晚生晚孕的苦，三十岁才生的石翔，在手术台上大出血，昏迷了七天才抢救过来。本来她还想拼一把二胎，但是身体不允许了，她把这一切都归结于自己生石翔太晚。

当时石翔透露了南欣的年龄的时候，石翔妈就特别抵触。什么“女大三抱金砖”，如果石翔二十二岁结婚，找个二十五岁的当然无所谓。但是现在儿子已经三十岁了，再大三岁，等生孩子的时候妥妥的就是高龄产妇。

石翔妈在车上越想越纠结，忍不住默默地哭了起来。

石翔被吓了一跳：“你这是演哪出戏啊？”

石翔爸安慰道：“你妈这是受了委屈了，哎……”

石翔妈摆摆手，对石翔爸说：“没事，他开心就好。是他自己找老婆，以后的日子还是他自己过，他的路也是靠他自己走，我们也只能帮到这里了。”

原本还想和爸妈争论一番的石翔，被这番话说得心里发酸。他瞬间一个字都说不出来了，只是看着窗外发呆。等把爸妈送到住所，才发现老两口居然订的是一个火车站附近的招待所。潮湿的房间里，居然还有上世纪小旅馆里才会出现的热水瓶。石翔想到餐桌上爸妈说要给自己全款买房的那副阔气的模样，他们不是没有钱，只是想把每一分钱都花在自己身上啊。而现在自己已经三十而立，却连个让他们栖身的地方都没有。

石翔的心不由得揪在了一起，他觉得自己真的很悲哀。

从大姐家出来之后，南欣给石翔打了两个电话都被挂了。南欣不用问也知道，他们正在悄咪咪地开家庭会呢。南欣索性不联系了，管自己洗澡睡觉，但是直到第二天中午，石翔都没给自己回电话，甚至连条微信都没有。

南欣还是按捺不住了，她最讨厌这种莫名其妙的冷战，走到茶水间外面的露台上，给石翔打电话。

电话刚被接了起来，南欣就劈头盖脸地问道：“从昨晚到现在，你像消失了一样是什么意思？”

“没什么意思啊，上班呢。”电话里是石翔漫不经心的口气。

南欣一听就更来气了：“昨天你妈说的那些你就当没发生过是不是，你和你妈说清楚没有？房子的事他们两口子就不用来掺和了。”

石翔的语气也突然硬了起来：“吴南欣，你真的很莫名其妙。一上来就劈头盖脸地来教训我一顿，指挥我做这个做那个，我妈都没你这样。”

南欣也被怼得莫名其妙：“这不是我们之前都聊好的吗，怎么变成我指挥你了？”

“有什么话可以好好说，不用这副谁都欠你的样子。本来我想忍过去了就算了，但是今天你又提起来我就索性和你说清楚。南欣，我觉得昨天在你大姐家，你在餐桌上对我妈说的那些话很不合适，我希望你可以向我妈道歉。”

南欣被石翔的这番话震惊了，她激动的舌头打结：“我……我向你妈道歉?！”

“对，你要向我妈道歉。不管怎么说，我妈是一片好意。你以为买房子对他们来说是容易的事吗，他们掏空家底给我们买房有什么错?！”石翔振振有词。

南欣也提高音量，毫不示弱：“那是给‘我们’吗？是给你!

你妈说得清清楚楚，是写你的名字！和我没有半毛钱关系。”

“呵，”手机里传来了一声石翔的冷笑，“吴南欣，你果然和我妈说得一模一样。”说完后，他就啪的一声挂断了电话。

南欣缓慢地放下手机，愣在原地，她突然有点万念俱灰。

完了，石翔妈才来杭州两天，就成功地把他洗脑了。千里之堤，毁于蚁穴。之前两人磨合成功的统一战线，因为石翔妈这只小蚂蚁的出现而功亏一篑了。

整个下午，南欣都心不在焉。和厂家的视频会议，对方说了半天，她都没有半点回应，只好拿网络不好的借口来解释。

她的脑子里想的全是和石翔有关的事。

道歉？自然是不可能的。现在就服软了，以后怎么收场，不就彻底让石翔爸妈看轻自己原来只是只纸老虎吗?

硬扛？更不理智。现在石翔已经倒戈，她现在就是以一敌三，寡不敌众。

所以现在只能先咽下这口气，静观其变，等石翔爸妈回去了再说。

心里有怨气却无处发泄，南欣实在是觉得憋屈。突然，乔晶来电。南欣像是被这通电话突然给解救了，迫不及待地接了起来。闺蜜之间有时候就是如此心有灵犀。

“晚上出来吃饭吧，我抢了两张团购卷，西湖边新开的西餐厅团购打一折，才六十多块钱。”乔晶薅羊毛的能力简直是一流。

“行。你说去哪里就去哪里，我这几天太郁闷了。”南欣欣然答应。

“那等会儿不见不散。”

晚上，南欣迫不及待地把石翔爸妈要给他买房的事儿告诉了乔晶。乔晶的回答也没有让南欣有多意外，她一边把牛排往嘴里塞，一边说：“这不挺好的吗？本来结婚男生买房就是天经地义，这个时候你就别觉得落不下面子了。要是我结婚的时候，苏平家里可以出钱给我们在杭州买个房，我真的得谢谢他全家。”最后这句话，现在听起来，多半是有一点怨气的成分在。

“而且嘛，不写你名字很正常好不好，你才和石翔爸妈见过几次面？对他们来说，你简直就是陌生人嘛。等以后你和他们接触多了，慢慢了解了，在房产证上加上你的名字，不就是顺理成章的事情吗？”

乔晶越说越起劲，她脸上那种错失又懊恼的表情，就好像是自己错过了一个房子似的。

南欣非常不屑地说：“其实就算加上我的名字，我也不想让他爸妈出钱。这世界上所有的事情都是等价交换，以后都是要还的。今天他们出钱买了房，抓到了把柄，以后还有我说话的分儿吗？”

“哎……”乔晶长长地叹了一口气，“想那么多干什么呢，现在能得到的好处就先揣进口袋再说。结了婚，以后的日子不管有房没房，有名无名，都是难过的，不会有你想的那么容易。”

南欣笑道：“看来你是过来人。”

“不过，我怎么觉得石翔这家伙有点像妈宝男，怎么之前说得好好的，他妈一来就立刻就变卦？”

南欣倒一脸无所谓："对付妈宝男我也有办法。既然是妈宝，那我就做他妈。"

乔晶笑："看来你是吃定他了。"

南欣摆摆手："我也是倦了。做个体户太久了，也想尝试一下'合作有限公司'。因为一点鸡毛蒜皮就放弃一段关系是小女生才做的事，只要大局稳住，其他的缺陷都可以缝缝补补。"

乔晶点头，她佩服南欣这样始终知道自己要什么的女人。而自己，似乎总是活得浑浑噩噩，看似每天都过得忙忙碌碌，有条不紊，其实内心像无头苍蝇。

"所以接下来你打算怎么办，继续耗着？"乔晶问道。

"多耗一天，就多浪费一天时间。最近又有很多楼盘开盘，我想再去试试。"

"你自己去摇，恐怕中签的概率还是小。"

南欣点点头："是的，所以还是得靠我大姐。我仔细想了想，之前石翔爸妈知道我们要用妈的房票去摇号，也没说什么。但是一听房票没了，立马就来杭州搞这一出。问题还是出在这张房票上面。"

"但是之前你姐都把话说那么绝了，她会回心转意吗？"

南欣做了一个无奈的表情，说道："之前是我策略失误，没想到我大姐根本就不吃这一套。但是现在房票的事还没有尘埃落定，只要房票没到我二姐手里就意味着我还有机会。"

"接下来你想怎么做？"乔晶问道。

南欣露出了一个自信的神情，说道："我自有办法。"

庆春在厨房里忙活，刚把焯干净的排骨放进砂锅，手机里南欣的电话就响了起来。说实话，这段时间她都有点条件反射了，只要电话一响起，她就觉得是她两个妹妹又来给她出难题了。

“大姐，忙什么呢？”

口气倒温和了很多，不像是来吵架的样子。

“厨房里呢。”庆春一板一眼地回答。

“下午有空吗？”南欣问。

“怎么了？”

“陪我去一趟售楼处呗，离你家也不远。我看中了一个房子，想让你帮我拿拿主意。”

“行啊。”庆春答应了下来。

南欣挑的楼盘就在庆春住的未来科技城。记得庆春刚搬进来的时候，这边只能用荒芜两个字来形容。当时街道两边除了农田就是杂草丛生的湿地。甚至有附近的村民在荒地上放牛，种菜。如今荒地已经大变样，各式各样的小区，创业园区，互联网大厂的总部，高楼大厦在这片荒地上面拔地而起。

还没走到售楼处，庆春就看到挤在门口的乌压压的人。她窝在角落给南欣打电话。

只见南欣一只手摇晃着手机，另一只手拿着厚厚的一叠资料，满头大汗地从人群里挤了出来。

“看房的人怎么那么多？”庆春看着乌泱泱的人脑壳就痛。

“今天还是工作日，要是双休日这里更可怕，进售楼处还得取号排队的，和吃海底捞一样。”南欣一边说，一边领着庆春往大门口挤。

两人终于挤进售楼处，南欣带着庆春来到沙盘前。

“姐，你看看这个楼盘的地段，往北是在建的杭州西站，往南一公里是万象城，旁边还有在建的未来科技城六小、天元公学。这交通、商业、学校配套都有了。”南欣指着沙盘给庆春做介绍。

庆春一边听，一边问南欣：“都没有销售来接待吗？怎么每个人都和无头苍蝇似的到处乱窜。”

“这些红盘怎么可能接待得过来哦。这些销售脾气都可差了，一副你爱买不买的死样子，我宁可自己研究，自己看。”南欣说。

庆春感慨道：“这和我当时买房还真不一样。我买那个排屋的时候，售楼处还有自助餐呢，三四个小姑娘围着我端茶倒水，那服务好得来。”

两人在售楼处转悠了一大圈，好不容易找了座位坐了下来，南欣拿出楼盘的宣传册，翻开对庆春说：“姐，我和石翔准备买这个户型，九十八平方，三房两卫。格局南北通透的，关键是价格很合适。首付一百万出头。贷款嘛，我和石翔两个人一起还，压力也不算太大的。”

庆春看着户型图，点头道：“这户型也挺方正的，关键南北通透，通风好。”

正在这时，一个销售顾问行色匆匆的从座位边经过，南欣赶紧把她拉住：“你好，我有关于公积金的问题想咨询一下。”

那个销售明显手头还有工作要处理，但还是强颜欢笑地坐了下来。还没等南欣一板一眼地问完，销售就忍不住打断了南欣的话：“那个，想问一下您和您爱人的社保交了几年呢？”

“我才三年，但我男朋友已经有六年的社保了。”

销售听了这个回答顿时笑了：“看您那么年轻应该就能猜到社保年限应该不会太长。怎么说呢，我觉得现阶段不用太考虑户型啊、公积金这些问题，可以先报名看看有没有摇号资格。运气好的话，说不定可以入围，等拿到摇号资格，或者摇到号了再考虑这些也来得及。”

“所以你的意思是，连摇号的资格可能都没有？”庆春惊讶地问道。

销售点点头，说道：“不好意思哈，现在报名的人太多了，要触发社保排序了，你们估计希望不大。不过也没事，我们这个楼盘离高架那么近，以后噪声影响估计也不小，交房也晚，要到大后年才能交房，而且因为摇号的人太多，估计要触发五年限售。您想呀，买个房，算上中间等交房的三年，再加上限售的五年，差不多要八年后才能转售，如果是投资的话，还是不合适的。”

等销售走后，庆春惊讶地对南欣说：“以前去这些售楼部，里面的人总是把楼盘吹到天上去。这种挑一大堆自家毛病的销售，我还是第一次见。”

南欣却见怪不怪：“她说这些就是想劝退你，这些红盘来登记摇号的人实在太多，他们根本不愁卖。参与登记的人少一点，他们还能减轻一点工作量。”

庆春感叹：“现在这世道，买个房和去超市抢鸡蛋一样。”

南欣带着庆春去看样板间。庆春更是震惊，长队一直排到电梯口，参观的人从里面走出来一个，才能进一个，而且什么介绍都没有，自己看。两人排了半小时，终于走进样板间，里面的情况却更让人震惊，空空荡荡的样板间里什么布置都没有，妥妥一个大空房。

庆春在里面只觉得空气浑浊，到处都是人的汗味，整个人顿时晕头转向。

南欣却看得津津有味，她毫不在乎这简陋的样板间，说道："相比那种虚假的'卖家秀'，我还是喜欢这种实实在在的，交付是什么样，样板间就是什么样，一目了然。姐，你看这精装标准还是可以的，有中央空调、地暖，就连洗碗机也是配好的。"

从样板间里走出来，庆春算是明白了，她那个喝着茶，跷着二郎腿挑房子的年代已经过去了，现在是房子挑人，一套房源就像半空中扔出去的绣球，底下一堆人哄抢。而且要想伸手抢，还得先经过层层筛选拿到入场券才行。

庆春忍不住对南欣说："现在摇号买新房也太夸张了，买个房得伤筋动骨。"

南欣指了指售楼处对面的那个小区，说："马路对面那个小区前年才交付的，装修标准和新房都差不多。要买的话，十个中介陪着你，但是价格至少比新房贵一倍。倒挂太严重，所以但凡手上有房票，所有人都去抢新房。毕竟摇中一套房，就是赚几百万。"

"所以这些人，你以为他们是来买房，其实都是来赚钱。当然了，还有像我这样真的只够买得起新房的'穷人'。"南欣苦笑。

庆春算是明白了，南欣把自己约出来，是为了让她来亲身体验一番杭州现在摇号买房之难——光凭努力是没有用的，说到底还是一张房票的事儿。

“石翔爸妈说要给你们买房，看来你还是没同意？”庆春问道。

南欣点点头：“美其名曰给我们小两口买房，但是名字只写他们儿子的名字。这是摆明了欺负我，不给我面子。我要是同意了，就彻底被这家人看轻了。我算什么？一个不收钱的租客？还说用我的钱来装修和养孩子，算得可真精，他们的钱变成了固定资产，我的钱化为消费流水。他爸妈这招可真是两全其美。”

庆春仔细一想，觉得南欣的话似乎也有道理，问道：“那石翔什么意思？有些话你去说不合适，应该让他去。”

“现在还在冷战，我不打电话给他，他也不理我，和初中生一样。”

“男人嘛，就和小孩似的。也要给他一个台阶下，石翔算是脾气好的，你们好了那么久，也没见他发过脾气。”庆春安慰道。

“这次他特别倔，我觉得，在这件事情上面，他是向着他爸妈这边的。你都想不到，他居然让我去给他爸妈道歉。”南欣说。

“就因为上次来吃饭你说了几句他爸妈不中听的话？”庆春问。

南欣点点头。

庆春突然有些过意不去：“好好地来我家吃个饭，最后还搞得这样不欢而散。那现在怎么办？你们谁都不妥协，房子又摇不到。”

南欣沉了一口气，说道：“所以大姐，我现在真的需要妈手上的这张房票。你能不能……帮帮我这次。”

庆春有些意外，这是南欣第一次用恳求的语气和她说话。

她吴南欣连自己的男朋友都不会低头，却在自己面前，露出了从来没有过的卑微的语气和神情。回过神来，庆春只觉得有些心酸。不过就是一张闲在家里的房票而已，让她这般费心费力，委曲求全，低三下四。

真的只是一张房票而已。

“好。我帮你想办法。”庆春的话点到为止。

南欣挽住庆春的胳膊：“谢谢你，大姐。我就知道你是真心对我好。”

“好了好了，晚上回家吃吧，看看妈。”

“嗯。我打车。”

“打什么车，走回去呗，都是要买房的人了，也不知道节省。”庆春埋怨道。

“都听你的，大姐。”南欣笑着说。

12. 决　定

中午，景芳回到员工休息室，刚拿出环保袋里的饭盒准备放进微波炉里热一下，别在腰上的对讲机就响了起来。是前台。

“喂，芳姐，好像有你的亲戚找你，在大堂。”

景芳愣了一下，她一边匆匆回应着“知道了，我现在就过来”，一边把盒饭从微波炉里拿出来，用小钥匙打开储物柜，从里面取出了手机。

手机上已经有数个庆春的未接来电，她已经猜到了是大姐。

庆春拎着景芳送给她的爱牛仕坐在酒店大堂的沙发上。

“姐，你怎么专程跑这儿来了？”景芳急匆匆地小跑了过去。

庆春一脸埋怨的口气：“你也真是的，打你多少个电话，都不接。我只能去问前台了。”

“哎呀姐，我们工作的时候不能用手机的呀。是妈出了什么事吗？让你特地赶过来一趟。”景芳突然有了一丝不好的预感。

庆春摆摆手：“妈没事，我就是过来找你聊聊。”

聊聊？

“那我得先去换个衣服，我们酒店不能穿着工作服坐在大堂里，等我一会儿啊。”景芳说完就起身走回电梯间。她在休息室换好日常的衣服，又把那盒饭带上，回到了大堂里。

酒店街对面有家新丰小吃，两人走进去，庆春点了一碗馄饨，问景芳想吃什么，景芳说吃自己的盒饭就行，否则就浪费了。

“姐，你过来是想和我聊什么？”景芳一点都耐不住性子，饭盒都没打开就迫不及待地问道。

庆春咳嗽了一下，然后说道：“还是想来和你聊一聊妈房票的事。”

“怎么了？”景芳的神经突然紧张了起来。

庆春懒得再铺垫了，她直接说了出来：“妈的房票，我觉得还是让给南欣比较好。”

景芳顿时什么胃口都没有了，啪的一声盖上了饭盒：“姐，吴南欣到底做了什么，怎么又让你改变主意了？”

庆春也提高了声音，她知道越到这个时候就越要提升气势：“她是我们的亲妹妹！她能做什么，来收买我吗？”

景芳冷笑了一声，然后低头嘟囔了一句：“呵，这个又有谁知道呢？反正最老实的还是我，任由你们说了算。”

庆春语重心长地说：“景芳，我说句实在话，如果妈现在脑子是清楚的，她也会把房票留给小妹。我和你结婚的时候，虽然家里条件也不好，但爸妈都让我们风风光光出嫁了，什么都没少给我们。但是南欣呢，她有什么？我说直白点，如果让你拿出钱来给她做嫁妆，你会出吗？现在家里就这点资源，也不用你出钱，你怎么就那么不能让？”

景芳没有被庆春像连珠炮似的一席话唬住，她的语气没有丝毫客气，说道：“姐，我不觉得妈如果脑子清楚，她会把房票留给小妹。当年杭州的大学挺好的，她偏偏要跑到广东去，把妈气得够呛。我都怀疑，妈的病是那个时候落下的病根！后来妈生病了，她吴南欣又在哪里，带着妈来回跑医院的是谁，给妈出看护钱的又是谁？当时卖妈的房子，第一个跑来要钱的就是她，拿了钱就直接撂下妈出国的也是她。现在在国外混不下去了，回来了，还想打妈房票的主意？真是荒唐。况且，姐，你也是知道的，妈最不喜欢的就是南欣，你说说，妈怎么可能会把房票给她！”

庆春急了：“你乱说什么，谁说妈不喜欢南欣？”

景芳冷笑一声：“这个你我心里清楚就好，说太直接就没意思了。”

庆春缓了缓，用一种几乎是恳求的语气央求道：“你一个做姐的，好歹也让让她，你说呢？”

景芳转过头，然后长长地叹了口气：“大姐，让是要有资本的，我如果像你那么好命，我家如果像你家一样，我当然也想让，谁不想当好人？但我们家的情况你也不是不知道，徐胜强一个开公交车的，我一个在酒店叠被子的，昊昊过两年就要上初中，我不想让他以后像我们这样。”

“难道就非得上重点初中才能有出息？”

景芳露出了一丝苦笑：“对于我们这样的家庭来说，难道不是吗？我们能帮他什么？是付得起课后比我们工资还高的补习班，还是可以送他出国去念书？我们除了给他找一个好的公立学校，其他什么都做不了。”

“所以你就一点都不退让？”

景芳肯定地点了点头：“大姐，这事本来就是我先提出来的，她吴南欣纯属就是来搅局。她就是觉得我占着便宜了，心里不舒服，就跳出来给我使绊子。你是明眼人，我希望你看清楚了。”

庆春停顿了一下，然后说：“如果我已经答应了南欣呢？”

景芳不敢置信地看着庆春，然后冷冷地说道：“那以后妈你照顾两年，然后接到我这里，我照顾两年。我们两家人就没必要见了。”

“你脑子是不是不灵清？你在乱说什么？”庆春颤抖着嘴唇。

“反正我说到做到。为了昊昊，我什么事情都做得出来。”景芳一边说，一边拿起饭盒，站起身转身离开。

人来人往的餐厅里，只留下庆春一个人坐着。她看着碗里已经冷却掉的馄饨，顿时一点胃口都没有了。

孙建国下班回来，在门口喊了一声，却没有听到回应。走到客厅里，看到庆春正板着一张脸在厨房里做饭，便猜到了大概。

他倒了一杯茶，然后慢条斯理地走进厨房，靠在水槽旁问庆春："怎么样？吴景芳怎么说？"

庆春一边炒着锅里的丝瓜，一边冷冷地说："还能怎么说？我再多说一句，估计要和我断绝关系。"

"那么绝？"连孙建国都觉得震惊，"昨天就和你说了吧，房票这事儿，不可能就靠你三言两语就解决的。你这两个妹妹不争得头破血流是不会罢休的。"

庆春瞥了他一眼，说道："你不要总是这副幸灾乐祸的表情好不好？你也不帮我想想办法，只知道说风凉话。"

孙建国一听赶紧退后两步："我可没能力摆平你这两个妹妹。还好你家不是什么大户人家，要是你妈留了什么值钱的遗产，她们还不争得你死我活。"

"要是真的是值钱的东西就好了，大不了变现，然后平分，谁都没什么好说的。难就难在这是免费的，给谁都不是。"

"你这么一说，还真是。"孙建国点点头。

"好了好了，你出去，别在这里给我添乱，"庆春不耐烦地用胳膊肘顶了顶孙建国的啤酒肚，把菜倒进盘子里，然后没好声好气地说，“端出去！”

孙建国识趣地端起菜溜回了客厅。女儿女婿都没有回家，这是他难得可以独自闲暇的时光。他伸了个懒腰，双腿往茶几上一搁，四仰八叉地躺在沙发上打开了电视。

这个时间，正好播他最喜欢看的节目，《钱塘老娘舅》。

今天这集的主题是“女婿辛苦养家，老丈人却说他不好，丈母娘听到欲打人”。每天都是这些鸡飞狗跳的家长里短，孙建国却看得津津有味。才刚看了十多分钟，他就看到庆春系着围裙从厨房里小跑了出来，坐在了他的旁边，把一只手搭在了他的肩膀上。

“怎么了？”孙建国下意识地觉得这突然的热络不是一个好预兆。

果然，还没等他开口，吴庆春就略带谄媚地说道：“那个，建国啊，我想和你商量一件事。”

吃晚饭的时候，景芳接到了庆春的电话。景芳在餐桌上按了免提，还没说几句，庆春就在那边说：“昊昊在旁边吗？让昊昊接电话。”

“大姨！我在呢！大姨，我想吃你做的红烧排骨！”昊昊在旁边伸着脖子，对着手机喊道。

“哎呀，饭咽下去再说话！”景芳一边埋怨，一边用手擦了擦昊昊的嘴。

“那明天来大姨家里玩好不？你绍东哥哥也想你了，他还给你买了你最喜欢的奥特曼卡片。”

景芳听着庆春说的话，心里却在犯嘀咕。怎么刚翻过脸，又突然过来献殷勤，难道是大姐变卦了？

“明天昊昊要上兴趣班。估计没空。”景芳从昊昊手上拿过手机。

“总不会上一整天吧？上完刚好来我家，你明天就别做饭了，让胜强也一起来。”庆春吩咐道。

“妈妈，我要去大姨家，我要找绍东哥哥玩。”昊昊在一旁央求道。

景芳做了一个手势让儿子闭嘴，然后冷冷地说道：“行吧，明天下午看吧。”

挂完电话，徐胜强忍不住抱怨：“你怎么和你姐这个态度？房票还要不要了？”

景芳冷笑一声：“我之前就是太舔着我姐了，导致她觉得我好说话。明天她估计又要提把房票给南欣的事，这次我一定要强硬到底。”

“是的，真以为请我们吃顿饭就可以把我们糊弄住啊。依我看，明天过去，一不做二不休，直接和你姐说清楚，让她交出你妈的身份证和社保卡，我们快刀斩乱麻，把买房这事儿给定了。”徐胜强说道。

景芳点头道：“是的，大不了和她大闹一场，我还不信了！总之，这个事再拖下去真的夜长梦多。明天咱们强硬点，一定得把房票搞到手！”

两夫妻在饭桌上拳拳相握，像是要上战场一般。昊昊在旁边一脸懵懂地抱怨：“你们是不是要去大姨家打劫啊？”

景芳甩过脸骂道：“吃你的饭！还不是都为了你！”

晚上，庆春忙完家里大大小小的活儿，给沈良珠换好纸尿裤，安顿她睡下，然后关掉客厅的灯，回到二楼的房间里。

孙建国侧着身子，躺在床上刷手机，眼睛都没抬一下，还是那副一声不吭的死样子。

“怎么了？还在闹脾气啊？怎么和小孩一样。”庆春侧过脸问道。

孙建国不吱声。

“好了好了，年底西双版纳旅游我不去了，留在家里给你做饭！好不好啦？”庆春示弱道。

孙建国转过头，一脸不悦的说：“我的意思再明白不过了，有些事情你就不要掺和了。你照顾好你妈就可以了，至于其他的，她们要怎么闹、怎么抢是她们的事。”

庆春笑了：“哟，你现在倒是这样说，我那两个妹妹刚开始抢房票的时候，你可是一副看好戏的姿态。”

“我是没想你入戏那么深。哎，不说了，不说了。反正你都已经决定了，你爱怎么就怎么吧。不过我丑话说在前头，到时候房子出了什么问题，你可别怪我。”孙建国把手机扔到一旁，扯上毯子，闭上眼睛就准备睡觉。

“好好好。不过嘛，我妹妹是什么样的人我最清楚，景芳人只是看起来精，其实是傻，那些出格的事情她更是不会做。你就放心好了嘛。”庆春趴到床头，讨好孙建国。

“反正你自己做的决定，你自己承担后果。我不管了，你们家以后不管什么事都别来问我。”

庆春知道孙建国心里还是不舒服的，但是站在孙建国的角度，她也完全能理解他的不情不愿，虽然她嘴上还是埋怨道：“什么你家我家的，都是一家人。”

13．软　肋

景芳带着昊昊到庆春家的时候，庆春已经准备好了一桌子的饭菜。

昊昊看到绍东就激动得不行，像个小迷弟似的黏在绍东的身边。他最喜欢的就是绍东哥哥，因为绍东愿意陪他玩，还会偷偷塞给自己零花钱。小孩子的心和明镜似的，谁是真心陪自己，谁又只是装模作样例行公事，其实明白得很。比如徐胜强就是，他在每周六单休的那一天，陪昊昊去少年宫，再带他去吃肯德基。但是昊昊心里其实一点都不开心。他讨厌爸爸在餐厅里对着手机刷着短视频，咧着嘴笑的那副嘴脸，也讨厌自己和他说话时，他要愣好一会儿才想到回答的模样。

“胜强怎么没过来？”庆春一边端着菜，一边问道。

“他今天上夜班，不用管他。哎，我来。”景芳一边回答，一边接过庆春手里的盘子。

绍东给昊昊买了乐高玩具，两个大儿童趴在客厅的地板上，津津有味地拼了起来。

景芳忍不住埋怨："要是写作业的时候有这么认真就好了。"

庆春把景芳拉到一旁，说道："给胜强打电话，让他过来吃饭。"

"我不是说了嘛，要夜班……"景芳的话还没有说完，庆春就打断道："和别人调个班，就说家里有事。有什么是不能协调的？"

景芳愣了一下，她预感到庆春有要紧事要当着她全家都面说，便走到一旁，给徐胜强打了电话。

半小时后，徐胜强拎着个大水壶急匆匆地赶到。人员总算凑齐，终于可以开饭了。

一家人装作若无其事的样子动起了筷子，彼此却各有心事。景芳看了看徐胜强，又瞟了一眼庆春，不知道该说什么，只能端起碗自顾自扒饭。

"景芳。"庆春突然开口，景芳像条件反射似的，身体一个激灵。

"唉。"

"今天你们全家都在，我想和你们聊聊昊昊升初中的问题。"庆春说道。

"怎么了？"景芳不由得放下筷子。

庆春看了一眼孙建国，然后缓缓说道："我是这样想的。既然你们家那块学区不好，可以把昊昊的户口迁到我们家来。我去社区问过了，我们这边的学校虽然新一点，但是师资很好，今年那个什么数学奥赛，在全国拿了好多奖。”

景芳惊讶地说道：“大姐，你这又是搞的哪出？迁户口又不是说迁就迁的。”

徐胜强也搭话道：“是啊，大姐。就算把户口迁到你家，昊昊和你们不是直系亲属，也没法就地上学啊。”

庆春早有准备，她不徐不慢地回答道：“我们和昊昊不算直系，但妈和昊昊是。妈的户口早就迁回我们这里了，所以昊昊是可以享受直系子女的就学政策的。与其费尽周折买房子，不如迁户口来得方便。我去社区打听过了，材料准备好，跑一次就能搞定。”

景芳恍然大悟，这般兜兜转转，原来就是想让自己放弃房票啊！

她把碗往桌上一搁，说道：“姐，你知道在房产证后面加个名字意味着什么吗？我打开天窗说亮话，这就意味着昊昊有你家这个房子的一部分了！那就不是你一个人说了算了，姐夫能同意吗？”

孙建国硬着头皮说道：“我觉得你姐这想法两全其美。这样一来，昊昊有学上了，南欣也有房子可以结婚。至于你说的顾虑，我觉得咱们毕竟是一家人，这点信任总该有的。到时候昊昊毕业了，再把户口迁回去，不麻烦。”

孙建国的这番话让景芳不知道如何回应了。反对，显得自己实在小气。对于大姐一家而言，在自家的房子上加上其他人的名字，这是多大的牺牲和信任。赞同？自己难道就这样妥协了，房票就这样飞走了？

景芳想了想，然后说道："让昊昊来这边上学也不现实，我家离这儿那么远，坐公交车最少也得一个多小时，每天这一来一去，折腾不起。"

庆春立刻接过这茬："我们家的阁楼一直空着，正好可以让昊昊住。以后昊昊周一到周五，就住我这儿。你们两口子工作忙，昊昊吃了上顿没下顿的。在我这儿还能吃得好一点。另外，孙璐和绍东还可以帮忙辅导昊昊的功课，对昊昊的学习也有好处。"

景芳被说得哑口无言，原来一切都已经安排好了。而昊昊一听庆春的话，便激动地在餐桌旁跳了起来："我要住小阁楼！我要绍东哥哥辅导我做功课！他什么都懂！"

"坐下！像什么样子！"景芳一把把昊昊拉回到座位上。

"我也就提一个方案。你和胜强回家好好考虑考虑。大家的出发点都是为了孩子。"庆春说。

"是啊，二姨。你可别忘了，我们家两个浙大呢。昊昊的学习你还用得着愁吗？"绍东也开口了。

这点倒是真的打动到了景芳。现在去找两个浙大毕业生来辅导孩子得花多少钱？这免费的课外辅导诱惑力太大。她嘴一软，说道："行吧，我回去好好想想。"

晚餐完毕，景芳帮着庆春收拾碗筷。庆春从冰箱里拿出几个猕猴桃和甘蓝，一边削皮准备榨汁，一边说："妈三天没拉了，最近也不知道怎么了。"

景芳洗着碗，说道："你也是不容易，不仅要管这家人吃进去的，还得操心拉出来的。"

庆春叹了口气："你还说我好命，你真来过我的日子，就会知道什么是苦了。"

景芳的心里涌起一阵酸楚："知道你这么多年伺候妈辛苦。我也是真的没办法，自己家都自顾不暇。等我以后退休了，我就把妈接到我家去，帮你分担一些。"

庆春笑着说："就怕妈没这个福气，撑不到你退休了。当时医生说得很明白，以妈的情况，最多也就十年，这还剩几年……"

"行了，谁不是过一天算一天。"景芳打断了庆春的话，她心里难受，不想在这个话题上继续下去。

"哎，不知道怎么的，我最近总是想起一些以前的事情。你还记不记得爸走的那个下午，他是怎么和我们说的？他都没提妈，他只和我们说，一定要好好照顾小妹。"庆春说着把削好的猕猴桃放进榨汁机。

景芳怎么会忘，那个时候她还在城北念中专技校，老师把她从教室里喊出来，让她赶紧回家。冥冥中她好像意识到了什么，在公交车上一直哭。下雨了，家门口巷子的小路上泥泞一片。那个时候南欣才两岁，咿咿呀呀地在房间里乱跑，还不知道发生了什么。

"景芳，咱们不能让爸失望啊。否则以后我们去天上找爸的时候，怎么和他交代啊。"庆春的话打断了景芳的思绪。

"大姐！"景芳立刻喊停，"说这种十三点一样的话，好像我做了什么伤天害理的事一样。"

"好了好了，不说了，帮我把果汁端到妈的房间里去。"庆春把杯子递给景芳。

回家后，徐胜强埋怨景芳：“出发前你信誓旦旦地说不退让，怎么饭桌上你的口气突然就软了？房票你不要啦？”

景芳把脱下来的鞋子狠狠地往鞋柜上一甩：“你还有脸说我！吃饭的时候像个瘪三一样一声不吭，现在倒埋怨起我来了？”

“我一个男的，去提这种事情像什么样子嘛。而且，他们又不是我家里人。”徐胜强嘟囔道。

“哎哟，这个时候知道你是个男的了哦。人家男人出门赚钱，老婆只管在家里花，你怎么不学学？人家男人老婆生日结婚纪念日就送一个大钻戒你怎么不跟风一下？哎哟！烦死了！说了多少遍了袜子脱下来了不要乱放！”景芳一边说，一边急匆匆地走到客厅里，抓起茶几上的袜子就往洗衣机上扔。

“脑子又搭牢了。”徐胜强见怪不怪。

景芳坐在沙发上，整个人像一只泄了气的皮球，无精打采。她觉得心里空落落了，那张房票就像杆秤上的秤砣，现在突然没了，她心中的那杆子秤也垮了下来。

她叹了一口气，自言自语道：“说到底，还是怪自己没本事。要是真的有钱，谁想挤破头去摇号？想当初买这个房子的时候，就是不该听你的，你说小学都差不多，现在好了，小学上了个菜小，让孩子输在起跑线上。人家重点小学毕业顺理成章地就上重点中学，我们家这个菜小，只能升菜中。”

徐胜强最烦“想当初”这个词，每当这个词从景芳的嘴巴里吐出来的时候，他就知道她又要开始翻那笔又臭又长的旧账了。趁着景芳还没有把这一笔笔烂账记在自己头上的时候，徐胜强打断了她的话：“现在的小孩和我们那个时候比不要太幸福哦。而且我们对他还不好啊？我大半个月的工资都花在他那些花里胡哨的兴趣班上面，我看也没培养出他什么艺术细胞出来嘛。而且别一天到晚菜小菜中的，说得好像真的在菜场旁边一样。我嘛，觉得干脆让他顺其自然好了，他能读，我们砸锅卖铁也供他读，他如果不是读书的料，早点出来找工作，以后留在我们身边，我觉得也蛮好。那句话怎么说的来着，‘没出息的孩子是来报恩的’，所以想开点嘛。”

景芳狠狠地瞪了徐胜强一眼：“报你个猪头三！要是没出息，以后就来啃你老，你那几块钱退休工资够他啃几天？还报恩？做梦哦！”

她说完便又恢复了那一副黯然神伤的表情，她靠在沙发上，头望着天花板，有气无力地说道。

“所以啊，我想，把昊昊寄宿在大姐家里也是有好处的。我们两个什么都不懂，帮不上昊昊什么。绍东还有璐璐都是浙大毕业，辅导他功课肯定没问题。而且昊昊不在家，我们就不用赶回来做晚饭了，趁现在还干得动，多加点班，多赚点钱。等他毕业了，说不定可以再买个房！”

景芳已经沉浸在自己宏伟的规划里了，徐胜强却皱着眉头捂着脑门，一脸不情愿地说道：“晚饭都没得吃，你想让我啃一天包子啊。这什么日子哦，我还不如回我爸妈家住算了。”

“你回去住最好！早就看你看得碍眼！”景芳骂道。

徐胜强叹了口气，心想这婆娘的更年期毛病又要犯了，此地不宜久留。他站起身，走回房间去了。

那天，景芳梦到了很久很久以前的一件往事。当时自己还是个十来岁的黄毛丫头，她领着南欣一起去河坊街看元宵灯会。街上人来人往，无意间，她被街边做麦芽糖的小贩吸引住了，她从口袋里掏出皱巴巴的五块钱，打算买一包糖吃。可刚接过糖，转头一看，南欣已经不见了，当时的景芳顿时慌了神。

那个梦好混乱，景芳不知道在那条流光四溢的街里面穿梭了多久，却始终没有看到南欣的身影。直到遇见一位好心的警察，询问她发生了什么，她记得当时自己泪流满面地说："小妹找不到了，阿爸嘱咐过我的，要好好照顾小妹，但是我把她弄丢了。"

14. 坐　标

下午六点半，石翔揉了揉干涩的眼睛，然后关掉电脑。最近留公司加班的人比之前少了很多，原因就是公司从这周开始取消了晚班津贴。餐补没有了，晚上九点之后的打车报销福利也取消了，所以之前留在公司浑水摸鱼的人迅速退去。

但是石翔没办法，他所在的技术部门，手上的事情是永远都做不完的。今年校招了几个新员工，索性在办公室里支起了帐篷。石翔感慨，还好自己混得早，现在的年轻人，可比自己当年拼多了。

言下之意其实是，现在的钱更难赚了。经济下行，行业内卷。就算图口饭吃，也得豁出老命。还好自己资历算深，才敢在周五偷个懒，七点就打卡下班。

打开家门，发现了南欣的鞋子。他心头一窃笑，和南欣已经冷战一个星期。本想周末找个借口缓和一下关系，没想到这次她居然先憋不住了主动示好。

“谁啊？擅闯民宅，”石翔打开一半门，假装在门口警告，“不说话我报警了。”

“无聊。”门被拉开，南欣手里拿着一个脏衣篓，噘着嘴朝石翔白了一眼。

“哎哟，原来是我的小保姆啊。过来，给爷放松放松。”石翔把电脑包甩在地上，然后把南欣扑倒在床上。

“哎呀！疼！疼！”南欣嘴上抗拒，身体却很诚实，伸出手搂过石翔的脖子，撒起娇来。

在公司积压了一整个星期的烦闷在瞬间释放，石翔迫不及待地脱下衣服在南欣的身上啃了起来。两人呻吟到一半，南欣突然回过神来，她把石翔一推，说道：“我这次来有个重大消息要告诉你。”

“……什么？”石翔什么都不想听，他只想沉迷在南欣的身体里。

“我大姐打电话给我了，说妈房票的事情搞定了。”

“啊？”石翔一愣，突然停了下来，“真的假的啊？那你二姐那边怎么说？”

“当然是默认了呗。我不知道她是怎么搞定二姐的。反正大姐说她同意了，房票给我。”

“那太好了！”石翔激动得一个翻身坐了起来，“这样咱们就可以去摇号买新房了。”

“那……你和你爸妈那边怎么说？”南欣开始试探。

石翔一条筋，直接回答，“当然是告诉他们别买二手了，用你妈的房票去摇新房呀！”

“我的意思是，和你爸妈说清楚，不用他们出钱了。以后房产证就写我们两个人的名字。”

石翔犹豫了一下，说道：“这个我得和我爸妈商量一下，毕竟之前都说好了。”

南欣一听就火冒三丈，她一推石翔，在床上坐了起来，把手搁在膝盖上质问道：“哪里说好了？我可从来没有同意过。这个事情你必须和你爸妈商量清楚，不能含糊。”

石翔无奈：“那我明天就给他们打电话。”

南欣像是突然想到了什么，她一惊一乍地叫了起来：“等一下！房票的事情，现在只是大姐那边单方面说给我了。吴景芳那边至今还没个信呢，没有听到她亲口说把房票给我，我就不放心。”

“那你到底想怎么做？”石翔有点不耐烦了。

南欣不紧不慢地安排了起来：“那这样，明天我再去吴景芳那边确认一下房票的事，然后给你消息。如果确定房票到手，你就打电话和你爸妈商量买房的事。”

“行吧。”石翔点头答应。南欣重新用手勾住他的脖子，石翔却忍不住打了个哈欠，扫兴地说道：“今天还是算了吧，突然觉得好困。”

第二天，石翔还没醒，南欣就兴致勃勃地起床，准备去二姐家登门拜访。这种事情，电话里三言两语是说不清楚的，而且毕竟人家也是帮了自己，再怎么也得表示一下才对。

南欣先是去了商场，到二姐家的时候，是上午九点五十分。刚刚好，聊完事情，也不是饭点，就不必留下来吃饭。

“来的时候路过银泰，顺道买了一套护肤品。蛮好用的，抗皱的。”南欣把纸袋递给景芳，她特意强调“银泰”二字，暗示这可是高档百货公司里的专柜货，不是景芳平时用的超市产品。

“哎哟，我这个年纪涂护肤品也不管用咯，”景芳的脸色瞬间就好了一点，说道，“我去给你倒杯水。”

南欣注意到客厅冰箱的缝隙里，塞满了各式各样的垃圾袋，像收集癖似的，不管什么袋子都不舍得扔。而冰箱上面，放着各种各样的纸袋，像供品一样。

景芳把水放到南欣面前，然后问道：“大姐都和你说了吧？”

南欣不点明，说道：“嗯，说了。所以特地过来一趟，谢谢你。”她故意把这件事情说得已经尘埃落定一样。这是一种心理暗示，暗示景芳事情已经定了，你就不要再想着作妖翻篇。

果然，景芳顺着南欣的话说：“本来这个事情我是很坚持的，但是大姐这般煞费苦心，我想就算了。毕竟你是小的。虽然，你从来没把我当姐姐看过，但是你要清楚，我从来没想和你争过什么。从小到大，我什么不是让着你？这次是昊昊要上学，真的没办法。”

若是以前，南欣听到这种冠冕堂皇的话，她一定会阴阳怪气地反讽回去了。但是今天她必须顾全大局，她得识相点。

“我都懂的。我这个人不太会说话，其实我心里是很感激的。况且用妈的房票去摇号买房这件事，本来就是你提出来的，真的就是二姐你脑子灵光。”南欣硬着头皮称赞道。

景芳一听这话就来劲了：“可不是嘛，你知道我为了一个房子跑了多少次售楼处吗？光我这个微信，你看，A 开头的这些人全部是中介唉。你买房的时候也要注意了，现在这些中介花花肠子蛮多的，不能光听一面之词，得多问问。还有这些公众号，小红书、抖音什么的，也要全部关注一遍。很多小道消息都是从这些自媒体那边传出来的唉。”

景芳一说到房子就兴奋，翻着手机滔滔不绝地向南欣传播买房经验。南欣居然也认真地听进去了，两姐妹可谓是头一回找到了共同语言。景芳越说越玄乎，她讲中介有哪些话术，楼盘销售会有哪些隐藏优惠，说得天花乱坠。

桌子上的两杯茶不知不觉地在景芳的滔滔不绝中喝完。说到最后，景芳长叹一口气：“哎，其实真没想到哦，连你都要结婚了。”

这句话让南欣心里很不舒服，我结婚怎么了？我就不能结婚了？

景芳继续说：“我就觉得自己是真的老咯。你是家里最小的，就总把你当小孩看。没想到啊，再一晃啊，等你生孩子了，昊昊长大了，我和大姐就真的要步入老年人的行列了。”

南欣听了心里突然觉得酸酸的，安慰道：“人总是要老的，我也是要老的。”

“你不是也要老，你现在已经算老了。三十多了，还真把自己当小姑娘哦。”景芳立刻接话道。

刚刚在心里涌起的那一点感动立刻烟消云散。南欣懊恼地想，真是狗嘴里吐不出象牙，吴景芳还是那个吴景芳！

不过，从景芳家里走出来的时候，南欣还是觉得步伐轻松。不管怎么样，房票的事情总算是尘埃落定了。她满面春风地走出电梯间，走到小区门口，觉得世界怎会如此风和日丽，她拿出手机，迫不及待地给石翔发信息。

“我这边，搞定。你那边，行动。”

而石翔的心情却没有南欣这般轻松。拨通电话之前，他就忐忑地觉得可能会迎来一场腥风血雨。

果然，电话那边的石翔妈大发雷霆：“这个吴南欣到底想干什么?！是不是合伙她家里人一起在骗你？怎么我们决定出钱买房之后，立刻全家人都变脸了？她那个之前死活要争房票的二姐，突然也大发慈悲把房票让出来了？里面肯定有鬼！儿子，这事你一定要慎重，旁观者清，爸妈有的时候比你看得要明白。”

石翔解释道：“我刚认识她的时候，她就是这么一个人，自尊心特别强。她和她二姐是两个极端，她二姐是什么小便宜都想占，她是一分钱都不想欠别人的。我觉得当时你们在餐桌上，直接说房子写我的名字，是伤了她的自尊心，她闹脾气也是正常的。”

石翔的心其实还是站在南欣这边的。

“真的好笑了！当时说买房我们出钱的时候，她可没有跳起来。一听到房子没她的名字，立刻就炸了。这么明显你都看不出来？我看你真的是昏头了！”眼看着石翔妈的情绪又激动了起来，石翔爸赶紧拿过手机：“儿子，你听听看我的意见。我觉得你和南欣都是高学历，都是念过书的人，应该理性地来看待这个问题。既然房子现在是要以南欣妈的名义去买，但是钱是你们两个人一起出，所以我觉得，于情于理，你都应该和南欣签个协议。”

“什么协议？”

石翔爸一副干部的口气，有条不紊地说道：“你去找律师做一个公证，证明房子实际出资人是你和南欣，以后属于你们两个人共有，和南欣妈没有关系。如果没有这张白纸黑字的契约，我怕你以后吃亏。”

这个建议和之前陆文说的不谋而合。

挂完电话之后，石翔仔细一想，觉得这个协议确实有必要做。但唯一迈不开的，是怎么和南欣说呢？她会不会觉得自己不信任她？而且两个人，都要谈婚论嫁了还搞这么一出，怎么都觉得有点别扭。

第二天，石翔先是铺垫了好久，然后支支吾吾地表达了想签协议的意思。

南欣的反应出乎了他的意料。她二话没说，一口就答应了下来：“没问题啊，本来就是咱们一起出的钱。而且，有了这张公证书，你爸妈也放心。”

她完全不介意，语气就像答应晚上一起吃饭一样的坦然。

石翔喜出望外，心想，真不愧是自己选的老婆，这样可以顺理成章和爸妈交差了。他搂着南欣又亲又抱，把南欣都整蒙了。

南欣的反应不是装的，她是真的一点都不介意，她满脑子想的只有去摇号哪个楼盘的事。和景芳聊完之后，她更觉得自己做的准备还远远不够。她去书店买了一张巨大的杭州地图，然后把可以摇号的楼盘，用荧光笔在地图上标了出来，这样看区位、周边简直一目了然。

她把这张地图贴在正对着她床的墙上，每天，她都要盯着这张地图入睡。醒来睁开眼第一个看到的东西，也是这张地图。那是她未来的坐标，她的人生就要在那张地图上的某个荧光小圈上重新开始。

这是多么来之不易又激动人心的事。

15. 学　籍

南欣做事真是快刀斩乱麻。没几天就约好了律师，起草好了和石翔的产权公证。她根据律师的建议，特地去银行办了一张新的银行卡。然后和石翔把买房的钱都转入到了那张新卡里，账目就清晰得一目了然。

这下石翔悬着的心彻底放下了，他给爸妈打电话："看到了吧？她根本不是那种图房子的人，律师是她找的，银行卡也是她提出来去办的。而且她说了，就算装修也一起出钱，你们就别以小人之心度君子之腹了。”

石翔妈依旧不嘴软，但也安心了，说道：“我们也是为了你好，我们要是不来杭州，说不定她也不会这样。那我们给你留的这笔钱，以后就给我们的孙子出国读书用。”

石翔赶紧打断，话题再扯下去，估计又要有新的矛盾出来。

石翔定了一家餐厅，准备和南欣庆祝一下这场阶段性的胜利。两人难得都在七点之前下班，南欣刚走出公司，就接到了乔晶的电话。

“南欣，你还在公司吗？”

“刚走出来，怎么了？”

“我和苏平吵架了，不想回家，想来找你。”

“今天石翔约了我吃饭哎，要不一起吧？”

乔晶那边支支吾吾：“那算了，没事。”

南欣太了解乔晶的性格，如果不是真的郁闷，也不会突然来找自己。她想了想，然后说道：“没事，我陪你。哪里见？”

挂了电话，南欣雷厉风行地给石翔打电话。石翔在电话里一通埋怨，南欣只回了一句：“闺蜜大过天。”

乔晶和南欣约在了一家韩式烧烤店。南欣看到乔晶满面愁云地推门进来，已经猜到了大概：“你婆婆又气你了？”

乔晶长长地叹了口气，“说不清楚。既没打，也没骂。但就像温水煮青蛙，我快要被耗死了。”

乔晶结婚之后就被查出卵巢功能早衰，虽然没有被判“死刑”，但是医生隐晦地表示受孕的概率很小。这么多年，乔晶和苏平跑遍了全国大大小小的医院，连江湖医生的偏方都试了，前两年又开始做试管，小拇指粗的取卵针在身体里来回捣，什么苦都吃了，依旧没有起色。

乔晶的这个婆婆，刚开始的时候，还只是暗戳戳地表达，比如去商场，会突然站在童装的货柜前装作一副走不动道儿的样子。或者在吃饭的时候，故意把电视机的频道调到儿童台，然后大惊小怪地对着屏幕惊呼“可爱死哟”，“真的好宝贝”。而现在，开始直接和苏平抱怨挑拨：“你现在才三十岁出头，如果真的不能生，有的时候越早做了断越好。”

苏平倒是立场坚定，立刻驳斥：“妈你胡说什么，你是想让我和晶晶离婚吗？”

苏平妈立刻装出一副无辜的模样：“你冤枉我干什么！我是说，实在不行，领养一个也行，你想到哪里去了！”

乔晶在门背后听得清清楚楚。如此暗示和旁敲侧击，真的阴险，毒辣。

而现在，苏平妈已经连表面功夫都懒得做了，每天乔晶拖着疲惫的身躯回到家，面对的不仅是一桌子的冷菜，还有苏平妈的冷嘲热讽：“每天这么赶来赶去，也没赚几个钱，要不去柯桥那边找个服装厂上班得了。”“你说我是不是犯太岁？还是得罪了祖宗？否则怎么别人都有孙子抱我两手空空？”“我们家苏平人啊真的很好，你以为他日子很好过？在单位也是抬不起头的，但是你看，回到家他有说过一句不好听的吗？没有唉。”“所以说嘛，人太好，也不是好事，你说对吧？”

乔晶在饭桌上声泪俱下地把这些话控诉给南欣听。

南欣听得毫无胃口，她似乎比乔晶还气，一甩筷子：“你怎么回应的？就让那个老太婆这样说？”

乔晶孬孬地抬了抬头：“我真的想摔碗走人的呀，但是我刚坐了两个小时的地铁回到家，我真的没力气发火。而且我能去哪里？去外面住还得花钱。”

这个理由真实地让南欣语塞，她真的不知道说什么才好。

“你说我怎么对付她？我真的受不了了。”乔晶一脸痛苦的表情问南欣。

南欣的冷静地说：“搬出去，离她远远的。除了躲，你还能怎么样？她活到这个岁数了，你想改变她的想法？不可能的。也不要想着和她硬碰硬，这种老太婆，阴险的鬼点子多的是，苏平毕竟是她的儿子，她轻而易举就可以拉拢苏平来对付你，到时候你怎么办？你回去和苏平商量商量，看看能不能出去租个房子。”

乔晶苦笑道：“最近大环境不好，我已经连续好几个月只拿了底薪了。苏平那边也很一般。出去租房子，不要说苏平不会同意，连我都会觉得肉痛。我有的时候在想，主要还是自己没有底气，现在虽然和他妈住在一起，但是回家至少还有口热饭吃，家里也多多少少还有人照应。”

“所以你想开点，这种老太婆，还是有存在的价值的。你现在受的那些气，也不是白挨的。以后生了孩子，她还能帮你们带。只要有利用价值，就不要撕破脸。以后她死了，那些房子、票子还不是留给你们？”

乔晶笑了：“听你这么一说，我倒是想开了很多。哎，最好还是能在杭州买个房子，那就能顺理成章地搬出来。真羡慕你啊，房票的事情总算是尘埃落定了。你们最近就可以摇号买房了吧？”

南欣点点头：“我二姐这次总算对我开恩了一次，不过，这中间多半是我大姐的功劳。”

乔晶一脸羡慕的表情：“你啊，身在福中不知福。我要是有这样的兄弟姐妹，生活也不至于像现在那么难。现在这个社会，真的能帮你的只有家人。”

“等我的房子买了，我专门给你留个房间。如果你被你婆婆赶出来了，也有个去处。”

“去你的，我可不希望有那一天。”乔晶笑着骂道，心里却暖烘烘的。

两个人吃完饭，南欣突然来了兴致：“我们去唱歌吧？我都好久没去 KTV 了。”乔晶看了看手机，有点犹豫地说道：“算了，我怕赶不上地铁。”

南欣有点失望，但是也不勉强。她看着乔晶离去的背影，有点心酸地想，人啊，一定要拥有一个属于自己的家，因为这样才能拥有真正的自由。这份自由不仅仅是影响生活质量那么简单，还关乎尊严。幸好她吴南欣守住了这份尊严。

回家的路上，南欣幻想着那个八字都没一撇的新家，连步伐都轻快了起来。以前的她每一步都走得那么如履薄冰，但是现在的她手握母亲的房票，让她有了比大多数人幸运的底气。

虽然南欣从来不会承认自己的人生是靠运气。

庆春现在手上只剩两件事。一件是母亲的大寿，沈良珠这辈子没几个生日可以过了，所以她生病后的每个生日，庆春都会好好地操办。其实也就是选一家酒楼，一大家子人大概二十来人，满满的坐一桌吃个饭。

另一件事情就是昊昊的户口问题。她想早点把昊昊迁到自己家来，好让景芳和南欣都安心，这件事情也算是彻底翻篇了。

在去派出所的路上，庆春还在想，要是在母亲大寿之前，南欣摇中了新房，昊昊的户口落定，这样一大家子人就能皆大欢喜地给妈办一次寿宴。

庆春刚到派出所门口，就看到景芳朝自己招手。

"大姐，这里。"景芳满面春光："我就知道你差不多要到了，已经取号了，下一个就是我们。"

"资料都带齐了吗？"庆春问。

"还用得着问吗。"景芳拍了拍挎在肩上的背包。

工作人员是一个和景芳年纪差不多的中年女人，她审核着两人的户口本，身份证，庆春和景芳探着脑袋，看着她一会儿对着电脑打字，一会儿又翻着各种文件，心里莫名地开始紧张了起来。

"没问题的，可以转的。"工作人员推了推鼻梁上的金边眼镜，说道。

庆春和景芳悬着的心总算落下，景芳赶紧补一句："那孩子的学籍，是不是也自动转到新户口里，这个没有问题吧？”

“肯定的呀。户口在哪里，小孩就在哪里上学嘛。”工作人员对着电脑噼里啪啦地打字。

庆春和景芳都长吁了一口气：“谢谢啊，谢谢。”

景芳正要接过户口本，对面的中年女人突然停顿了一下，饶有兴致地问道：“你们家的小孩是想上六中？”

景芳点了点头：“是的呀。所以才费那么老大劲把户口转到他外婆这里。你的孩子也是……？”

家长之间往往有一种奇妙的直觉和默契。果然，办事大姐笑着说：“我女儿今年刚升六中。你还挺有眼光的，六中虽然是新学校，但是师资不比市区的名校差的。而且今年的全国奥赛，杭州总共入围了八个，六中就占了三个。不得了哦。”

景芳越听心里越乐开了花，看来这步真的走对了。

“你和你老公的户口呢？也一起转过来对吧？”办事大姐问道。

“我们不转，只转小孩的。”景芳回答。

办事大姐突然沉默了，这短暂的沉默让景芳瞬间心慌。

“不会有什么问题吧？之前我们打电话过来先咨询过的，学籍可以转过来的。”庆春问道。

办事大姐回答：“你放心，学籍是可以迁到新户口没问题的。但是小孩户口挂在外婆这里，属于‘二表生’。父母和小孩在一个户口上，才是‘一表生’。学校录取的时候，是从‘一表生’开始排的，如果报名的人多，‘二表生’不一定排得上哦。”

景芳听得云里雾里，她直截了当地问：“你的意思就是说，如果只把小孩的户口转过来，不一定可以上六中？”

办事大姐笑着回应：“是这个意思。而且现在六中越来越火了，不要说‘二表生’，就算是‘一表生’，也不敢说百分百录取的。所以我觉得嘛，你们只把小孩的户口转过来，其实意义不大呢。”

庆春眨巴着眼睛，一时不知道该说什么才好。她缓了好几秒钟，然后转过头问同样在发蒙状态的景芳：“……那现在咋办？”

16. 名　字

景芳从回到家到吃完晚饭，整张脸就没有舒展开来过。每次家里遇到这种气氛，徐胜强便很知趣的大气不出，保持沉默。因为他知道自己说的任何一句话，都有可能成为引爆炸弹的导火索。

吃完饭，景芳先给昊昊布置好家庭作业，然后回到客厅里，把碗筷端进厨房，开始收拾起来。

徐胜强叼着一根牙签走进厨房。没想到，还没开口，景芳内心的炸弹就滋滋地开始闪出火花。

“和你说了多少遍，菜汤不要倒进垃圾桶，你看，又漏出来了，放到明天又要臭出来了。真的是搞不灵清，快点帮我扯个垃圾袋——哎哟，你拿新的干吗啦？垃圾袋不要钱啊，冰箱旁边有装过菜的，废物利用呀！哎呀，小一点够了呀，这个大的要留着下次买菜用。”

徐胜强一边翻着白眼，一边从冰箱旁边的缝隙里小心翼翼地抽出一个看起来破不拉叽但是又不至于完全破掉的垃圾袋，接上。

废物利用，二次循环，最好三次。

“话说，你后来和你姐怎么说的呀？”徐胜强侧过头，鼓起勇气问。

“还能说什么啊，白跑了一趟呗。转户口那么大的事，我姐肯定还得回家和姐夫商量一下的。”

徐胜强开始念叨：“哎，真没想到事情变得那么难搞。本来把昊昊的户口迁出去，我的心里就怪别扭的，我自己的孩子，居然还要挂到别人家去，这算怎么回事嘛。现在好了，连我们都要去寄人篱下。”

景芳一阵冷笑：“你真是想得美。你想去别人家寄人篱下，也得别人同意才行。今天在派出所，办事的人一说要把我们的户口也迁过去才行，我大姐的脸色顿时就变了。不过也正常，有谁愿意自己家的房子再挂上三个人。说难听点，那房子只要有我们的名字，法律规定了，就有我们的一份的。”

“真的？”徐胜强顿时两眼放光。

景芳用沾满洗洁精泡沫的手狠狠地敲了敲徐胜强的额头：“你异想天开什么呢！还想打我姐房子的主意是不是？”

徐胜强噘了噘嘴：“这不是你挑起来的话题嘛。我对天发誓，我徐胜强做不出来这种鸠占鹊巢的事！”

“哎哟，没想到你还会用成语哦，”景芳讽刺道，“我看你这个窝囊的脑子，就算有贼心也没贼胆。但是说实话，就算大姐相信我们，姐夫也未必呀，还有璐璐、绍东，估计都会有意见。毕竟牵扯房子那么大的事。哎，这事恐怕难搞。”

“那怎么办？搞了半天，我们昊昊还是上不了好学校啊。”徐胜强顿时觉得头大。

景芳关掉水龙头，然后拧干手里的抹布，坚定地说道：“总有办法的。不管如何，昊昊一定要上重点初中。”

“我突然想到一个主意。”徐胜强一脸神秘地靠近景芳。

“我不同意！不可能的事！”孙建国几乎是没有商量的余地的口气。

“我话都没说完，你吼什么吼！”庆春被孙建国的反应吓了一跳。

“之前你说把昊昊的户口迁到家里来，我就觉得离谱。你妹妹家孩子上学的事，你去掺和什么？你知道昊昊来这边读书意味着什么吗？但凡他有点磕了碰了，出点意外什么的，责任都在我们，你承担得起那么大的责任吗？现在还要把景芳和徐胜强的户口也迁到家里来，真不知道你是怎么想的！”孙建国的话如连珠炮弹。

“只是把户口迁进来，他们还是过她们的日子，又不会住到家里来，你着急什么？”庆春埋怨道。

“你是真不懂还是假装不明白？房产证上多一个人的名字，以后分房子就要多分一份，谁说话都不算数，就算打官司，法院也会这样分。我们家这个房子现在值多少钱你也清楚，你二妹一家三口迁进来，就意味着这个房子他们要占一半。哎……”孙建国越说越气，坐在沙发上直叹气。

“……你把景芳想成什么人了，都是自己娘家人，从小一起长大的，她骨子里是什么人我还不清楚？这种事情，她做不出来的。”庆春低声说道。

孙建国冷笑一声：“为了老娘的一张房票，都可以和自己妹妹闹到翻脸不认人的地步，更何况一个房子？”

“我和你说不清楚！你看你的电视吧。”庆春甩下一句就站起身。

孙建国在她背后说道：“其他你要怎么搞我都不管，但是户口这个问题，没得商量。我们家的房子，户口本上只能有我们家的人。”

孙建国在家里几乎从来都是“听你的”“随你”，唯独这次是“没得商量”。庆春很清楚一时半会儿是说服不了他的，于是便一声不吭地走回了厨房。

晚上，夫妻俩躺在床头。孙建国刷着手机，依旧是一副爱答不理的样子。庆春在梳妆台上抹完脸，刚上床，孙建国就把老视镜一摘，拉上毯子准备睡觉了。

“喂，臭着脸给谁看哦？”庆春故意扯了扯毯子。

“睡觉。”孙建国一个翻身。

“你这次态度就那么坚决？”

孙建国背着庆春，沉默了一会儿，然后缓缓地说道：“你啊，就是想法单纯，大脑简单。我劝你多为女儿想想。如果我们俩不在了，你觉得你二妹那一家的态度，还会不会像现在这样？我们不能给璐璐留下任何风险，我们自己的房子，就一定要留给她，留给我们以后的孙子孙女。”

庆春沉默了，她忽然觉得有些悲哀，就那么一张虚无缥缈的房票，就搅和得这家人不得安宁，彼此算计来算计去。或许真的应该如孙建国一开始说的，把自己的小家顾好就够了，至于其他的事，就随她们去。她们爱怎么过，就怎么过。

但是庆春放不下。从小到大，她就默默地背负着这一切，她习惯了，放不下，也不想放下。

第二天，庆春去找景芳。景芳一见到庆春，就从她的表情和神态之中，猜到了她想说的话。其实景芳也想了一个晚上，她已经有心理准备了。

两人依旧坐在酒店附近的新丰小吃，庆春点了一份鲜肉馄饨，搓着筷子一副欲言又止的样子。

景芳拿起桌上的醋，在庆春的碗里倒了一点：“你什么时候吃馄饨不加醋哦。”

庆春坐在对面尴尬地笑了笑。

“是来和我说转户口的事吧？”景芳开门见山。

庆春点了点头，她支支吾吾地开口：“我回去和你姐夫商量了一下，哎，你也知道的，家里的大事，也不是我一个人说了算。”

景芳笑了：“其实姐夫肯让我们把昊昊的户口转过去，我已经很感激他了。他也算仁至义尽。我如果再强求什么，那就是我的不识相了。”

庆春有些意外，她其实已经做好了景芳再大闹一场的准备，没想到她居然如此坦然地接受了。但是，转念一想，庆春心里又不由得紧张了起来：“那南欣那边……你怎么想的？”

“你觉得我还能把给出去的房票再要回来？我吴景芳是这么没格局的人吗？”景芳问道。

“我就是问问嘛。”庆春低着头，用筷子在碗里搅着。

“我和胜强商量了，我们打算把户口迁到昊昊爷爷奶奶的房子下面，他爸妈的房子也算是市区的学区房呢。”景芳说。

“和胜强爸妈商量过了吗？”

“问过了。应该没什么问题，毕竟是自己的孙子，这个忙总还是要帮的。只是啊，我的面子算是丢到千岛湖里去了，当年离开他家的时候，信誓旦旦地说永远不回去的。现在好了，啪啪打脸，还得把昊昊的户口转回去。不过嘛，为了昊昊，这点面子算什么，是吧？”景芳叹了口气。

真是山重水复疑无路。庆春悬着的心终于安了下来，她笑着说：“妈下周过生日，我让绍东去订了楼外楼的包厢，我们好好地给妈办一次。”

“都随你。”景芳笑道。

周末的时候，景芳回胜强家吃饭。景芳特地去挑选了一些保养品和水果，胜强埋怨：“找自己爸妈帮忙花这些钱干什么？不如多给我点零花钱，我好话多说几句。”

景芳一个白眼：“就你那张嘴，话也不会说。这点你要多学学你哥，你看人家把你爸妈哄得多好，去年妙妙去云南夏令营，你爸妈直接给了一万块。他们什么时候对昊昊那么好了？”

徐胜强不耐烦：“咳，你什么都要比，有完没完？”

两人在路上唠叨了一路，昊昊看着窗外，默默地掏出书包里的耳机塞上。他这个年纪，逆反的种子已经在心里萌发，他已经渐渐学会了无声的抗议。

三人到了才发现胜强亲哥胜利和媳妇崔丽娟也在。

“哟，拎着大包小包的，什么呀？”崔丽娟大呼小叫地走上前，景芳把东西往地上一放，没和她打招呼就走去卫生间洗手。徐胜强的亲戚里，景芳最烦的就是崔丽娟。她仗着自己是东北人，经常披着北方人说话直接的幌子，装疯卖傻、口不择言。

“哎哟，妈，你看景芳给你买了什么呀！都是高级的保健品哎！哎，这款铁皮枫斗我也想给胜利买的，据说特别补，昨天在超市看到买一送一，才两百多一盒，但我还是没舍得买。妈，你看景芳对你多大方！”崔丽娟的声音从客厅飘到卫生间里，让景芳听得连翻白眼。

“丽娟，你怎么去超市买保养品的呀，你不知道很多都是假的，骗骗人的。我这个和你看的那些超市货可不同，我这个是胡庆余堂的，正宗货。你以后要的话和我说，我有认识的人，可以打折。”景芳走到客厅，立刻回击，毫不示弱。

崔丽娟尴尬地笑了笑，支支吾吾地说：“我也只是随便问一问，我们家怎么吃得起这种保健品哦。”

终于开饭。

景芳朝胜强使眼色，示意他把转户口的事情提一下，好在饭桌上把事敲定。

“爸，我们转户口的事情，下周要么找个时间一起去派出所办一下。”胜强往父亲的碗里夹了一块他最爱吃的香煎带鱼，然后试探性地问道。

胜强爸低着头，过了几秒钟才缓缓开口：“这个事情我和你妈考虑了一下，觉得还是算了。这一家人的户口迁来迁去太麻烦了，只是为了小孩上学，不值当。你们那边又不是没有学校。”

景芳的手一哆嗦，手上的筷子差点没掉在餐桌上。

胜强也急了：“爸！前几天在电话里说得好好的，是你说没问题的。怎么到今天就变卦了？你们这是什么意思啊！”

“当时我们也就随口一说，我们又不知道这个手续那么麻烦。”胜强爸说。

“爸，如果你们这样出尔反尔的话，那我觉得你们就不讲道理了。”景芳也急了，她把碗一放，脱口而出。

崔丽娟阴阳怪气道：“弟媳，别怪姐我说话难听，没有道理的好像是你们吧？这本来就是爸的房子，爸帮你们，是情分，不帮你们，是本分。而且，当时不是你们想把户口转出去的嘛，现在你们房子也买了，小家也安了，又想把户口转回来，这也难免不让人怀疑有什么其他的目的嘛。”

景芳内心的火苗噌地就蹿了起来，她瞪着对面的崔丽娟，质问道：“我们能有什么目的，你说清楚？”

崔丽娟也不甘示弱：“哎哟，这房产证上多个名字，以后谁就能多占一份，您不会不清楚吧？不用我说那么直接吧？”

“你放屁！我告诉你，你这是污蔑，你这是血口喷人！我就知道是你这个十三点在背后挑拨离间！”景芳的嘴唇都被气得直打哆嗦。

“好了好了，我们还没死呢，你们就吵着要分房子了是不是？”胜强爸一拍桌子，示意都闭嘴。

胜强妈突然开口了：“胜强，不是我说你。当时在家挺好的，非要自己出去买房子住出去。你又没你大哥那么有本事，陪在我们身边，互相有个照应不是很好吗？”

胜强妈的这番话显然是含沙射影地说给景芳听的，景芳一时不知道该说什么，默默地低着头。

胜强爸继续说：“当时我们那么留你们，你们还要把户口转出去。这几年我们身体越来越不好了，你们倒想迁回来了。你让我们怎么想？要不这样，想转户口也可以，但是要搬回来和我们一起住。我们想孙子。”

胜强说道：“那么小一个房子，五口人怎么住啊？”

胜强爸振振有词：“怎么不行？以前我们家还住八个人呢！二楼不是还有一个阁楼吗，收拾收拾，以后给昊昊住。”

崔丽娟眼珠一转，说道：“要不这样，咱们一起去公证处做个证明，白纸黑字写清楚，以后无论发生什么情况，昊昊都与这个房子的产权无关。弟媳，你觉得我这个方案怎么样？对大家都公平，是不？”

景芳对这番话简直不敢置信：“你觉得你说的话好笑不？昊昊

是爸的亲孙子，凭什么这个房子就和他没关系？”

崔丽娟双手一摊：“我也就随便这么一说。景芳啊，瞧你说的，现在谁会觉得你不是为了房子来迁户口呢？”

景芳怒气冲冠，她深呼吸一口气：“你们的意思我明白了，是我不知好歹。爸，妈，从我们搬出去那一天开始，我们就不可能会再搬回来了，昊昊更不可能回来住。”

“你……你就说说你！说的这些话究竟是什么意思！你是在威胁我们吗？哪有你这样的儿媳妇！我们家胜强怎么就娶了你！哎……哎！”胜强妈气得直哆嗦。

景芳愣住了，然后她冷笑一声：“什么叫怎么娶了我？你以为你儿子是大款？还是高材生啊？你难道忘记了他只是一个开公交车的吗？我告诉你们，他娶了我，就是你们这家子最大的福气！要是没有我，他到现在还住在这个破房子里！我说不可能搬回来是给你们面子！说难听点，就是不想跟着你们那么憋屈地过日子，让昊昊变成像你们一样的人！这个忙你们帮最好，不帮也无所谓。总之，我们一定会越过越好！昊昊也一定会上好的学校，他一定会有出息！”

景芳噼里啪啦地说完，然后拽起昊昊。昊昊的手臂被拽得生疼，哇的一声哭了出来。

“弟媳，你这是干啥，别把气撒孩子身上呀。”崔丽娟在后面假惺惺地喊。

景芳不再理会，她拉起昊昊就往门外走去。徐胜强想拉住她，但她狠狠一甩手，头也不回地带着昊昊离家而去。

在回家的公交车上，景芳像是突然安静了下来。昊昊坐在旁边，他看到妈妈用手撑着额头，身子一深一浅地起伏着，像是在哭。他摇了摇景芳，景芳缓缓地抬起了头。

昊昊看到了景芳红通通的眼睛。

“妈妈……”

景芳伸出手摸了摸昊昊湿漉漉的头发，然后说：“儿子，你要记住。人这辈子，谁都靠不住，只能靠自己。”

17. 寿　宴

每年沈良珠的大寿日，就是吴家人的大日子。主要由庆春操办，张罗酒店，订餐席，通知家里的大大小小。往年南欣只是照例来参加宴席，但是今年不同，大姐帮自己解决了房票的事，她觉得自己也得付出些才行。

餐厅是南欣选的，西湖边的杭帮菜酒楼，她托几个网红的关系，定到了最好景观的湖景包厢。

满满的一个大餐桌，大概二十来个座位，够一大家子人坐了。

寿宴当天，庆春给沈良珠换上了喜庆的玫红色旗袍，还拿出沈良珠以前最喜欢的大珍珠项链给她戴上。庆春一边给沈良珠梳头，一边对着镜子说：“姆妈，今天是你生日，待会儿你要乖啊，不能闹啊。”

沈良珠这次像是听懂了一般，一边晃着头，一边说："闹……不能啊……不能闹啊。"

"对，不能闹。今天大家都是来看你的，你要漂漂亮亮，开开心心的。"庆春笑着帮沈良珠别上她喜欢的发簪，这种对于沈良珠而言属于"危险物品"，在她生病之后，平时就再也没给她戴过了。

一家人穿着喜庆，陆续登场。奇怪的是，向来爱热闹的景芳，这次却姗姗来迟。等所有人都落座了，她才慢吞吞地和胜强、昊昊走进包厢。

"怎么搞的，来那么晚。"庆春小声地责怪。

"哎哟，到点下班。今天还好路上不堵，本来还要晚呢。"景芳说完就走到母亲沈良珠旁边，从包里拿出一个大红包，塞到沈良珠的手里："妈，生日快乐。长命百岁。"

"长命百岁！长命百岁！"沈良珠顿时像个小孩一样欢呼了起来。

在场的众人都被逗乐了，纷纷议论："瞧瞧，老太太心里其实明白得很呢。"

菜陆续上齐，大家彼此敬着酒，餐桌上氛围很好。

突然有人问："南欣，你男朋友呢？怎么不一起来？"

还没等南欣说话，就有人抢话道："什么男朋友呀，马上就是老公了喂。听说还要一起买房了，是吧南欣？"

南欣笑着点点头，说道："他工作太忙，今天要加班，实在走不开。"

"理解的理解的，年轻人嘛，工作最要紧。现在这个经济形势，裁员的那么多，能加班是福气哦。”

“对了南欣，你们的房子摇号没啦？选哪个楼盘呀？贷款现在利率多少呀？你们公积金能用不？”

一听闻南欣想买房子，各种问题和“关心”接踵而来，南欣顿时成为了全场的主角。南欣的表现也颇为大方，她耐心地回答着每一个人的问题。毕竟一来这是妈的生日，不是摆臭脸的时候。二是，自己已经房票在手，人逢喜事精神爽。

“南欣啊。”景芳突然发话。

还没等她说话，南欣就捕捉到了餐桌上一丝诡异的氛围。

“有些事情还没有下定论，就不要开始得太早。”

南欣不紧不慢地回应道：“二姐，你是说结婚吗？你放心哦，房子一人一半，就各出各的钱。清楚得很。”

景芳看了一眼庆春，然后不急不躁地抛出了炸弹：“我说的是妈手上的这张‘房票’。”

在场所有人的筷子都停了下来。南欣眼皮下的肌肉不由得轻微抽搐了一下，她挤出一个生硬的笑容：“姐，房票这事儿不是翻篇了吗？”

“你说翻篇就翻篇了？对，之前我确实说把这张房票让给你。但前提那是因为之前可以把昊昊的户口转到大姐家。但是现在政策变了，就算转过去昊昊也上不了学。所以，房票的事，也得从长计议。”景芳故意把庆春没有答应自己全家都转户口的事放在台面上。

一码归一码，她来之前就想清楚了，千万不能把大姐再牵扯进来，否则这道题就越来越无解，情况就会越来越混乱。

庆春给景芳使眼色，故意压低声音说："今天妈生日，你搞什么搞？闭嘴，不要讲了。"

景芳一点都不以为然，继续说道："就是因为今天大家都在，所以就趁这个机会把有些事情说清楚。省得吃完饭，各自回到各自的小窝，又开始算来算去。"

庆春实在忍无可忍，声音也大了起来："所以你到底想怎么样？你现在就说清楚，你到底想怎么样！"

景芳抬了抬头，说道："我也不想再出尔反尔，房票的事情，今天一次性搞清楚。这件事，本来就和大姐你无关。既然房票是妈的，那就应该让妈来做决定。"

"妈怎么来给你做决定？吴景芳，你差不多可以了！你想逼死我是不是？"庆春尴尬地看着餐桌上的亲戚，手指气得直发麻。

南欣说道："二姐，你有话就直说。今天是妈的生日，你不必拿妈来当幌子。"

景芳不急不慢地说道："妈的房票给谁，那是妈的事。既然妈现在做不了主意了，我倒有一个办法。就是让妈来抓阄。抓到谁，房票就给谁。南欣，你不是最喜欢嚷嚷公平吗？这个办法公平吧？"

在场的所有人都惊呆了，大家把目光集体投向南欣。

"景芳，你在妈的生日的时候搞这出丢人不丢人……"还没等庆春说完，南欣就打断她的话，说道："大姐，不用替我说话了。我觉得二姐这个主意不错。房票本来就是妈的，就应该让妈来做决定。"

“吴南欣，算你有骨气。”景芳大手一挥，“服务员，麻烦拿两张纸和笔过来。”

众人都屏住气，期待着看景芳要搞出什么幺蛾子。

景芳接过服务员递来的纸，说道：“我在纸上各写上我和南欣的名字，让妈来抓阄，抓到谁的名字，房票就给谁。这个操作简单吧？公平吧？”

南欣点点头，然后说道：“我补充一句，不管结果如何，我都希望没抓到的那个人愿赌服输，这件事情就彻底到此为止。”

景芳笑了：“南欣，今天全家人都在呢，还有谁好意思翻脸不认账？你放心吧，如果抽中是你，我不会再多说半个字。但是如果是我，你也不要不服气，不要记恨我。”

“二姐说笑了，一张房票而已，谈什么恨不恨的。”

“那我就开始了。”景芳刚要动笔，南欣突然喊道：“等一下！”

景芳抬起头。

“二姐，避避嫌。换个人来写名字吧。”南欣提议。

“行啊，”景芳直起身子，然后把纸和笔递给庆春，“大姐，你来写吧，公平。”

庆春别过头，生气地说：“拿开！我不掺和你们这些事。”

绍东见势说道：“二姨，小姨，要不我来写吧？你们看合适吗？”

“行啊。你来写，我放心。”景芳说。

南欣也点头。

绍东在两张同样大小的纸上写上两个人的名字，然后捏成团。

“捏成同样大小的。”景芳在一旁叮嘱。

绍东把纸揉了好几遍，然后放在圆桌上，转到景芳和南欣的面前，让她们挨个检查。确认无误之后，绍东把纸团放在碟子上，然后端到了沈良珠的面前。

“等一下！”景芳又突然喊停，“这两个纸团形状还是捏得不一样，会影响妈的判断的。要不放在碗里，不要让妈看到，再让她去抓。”

绍东无奈的把纸团拿了回来，然后找来两个陶瓷杯，放了进去。

“外婆，您挑一个。”绍东把杯子转到沈良珠面前。

餐桌上的所有人都不由得屏住了呼吸，只见老太太的眼神变得呆滞，两只手放到桌上一动不动。

“妈，听话，您随便拿一个。”庆春忍不住凑上前哄沈良珠，但是她依旧一动不动。

孙建国在旁边支招：“这玩意儿没办法引起妈的注意力，要不把纸团塞到馒头里，然后让妈挑一个？”

“行，绍东，你挑两个一样大小的馒头，然后把纸团塞到下面，再让妈试试看。”景芳发话。

绍东照做了，他小心翼翼地在馒头的底部用刀划一个小口，然后把纸团塞了进去，弄好之后，再把馒头给景芳和南欣检查。确认无误之后，把馒头端到了沈良珠的面前：“外婆，吃馒头啦。”

沈良珠的嘴里含糊不清地说着：“馒头……吃馒头……”

“妈，香喷喷的馒头，您快拿一个，待会儿就没有啦。”众人在旁边鼓励。

只见沈良珠的手渐渐动了，然后缓缓地把手伸向了盘子。

景芳和南欣不由得咽了一口口水，心提到了嗓子眼。

终于，沈良珠的手“啪”的一声抓住了其中一个馒头。“吃馒头，吃馒头咯！”

“绍东！快！”景芳激动地让绍东把馒头从沈良珠手里拿下来。

绍东接过沈良珠手里的馒头，然后把馒头放在了圆桌上。

庆春发话了：“我说清楚了，馒头里的是谁的名字，房票就给谁，这件事情就彻底翻篇了。愿赌服输，以后谁都不能翻脸不认账。”

“姐，你就放心吧，赶紧把纸条拿出来。”景芳已经迫不及待。

庆春深呼吸了一口气，然后哆哆嗦嗦地拿起馒头，抽出了底下的纸条。她把纸条拽在手里，缓了好几秒钟，才缓缓地在手掌中把纸条展开。

然后，她抬起头，朝南欣望去。

南欣看着庆春的眼神，心里的石头顿时落下了一半，她朝庆春点点头。

“姐，你就别卖关子了，赶紧公布吧。”景芳的心悬在半空中，气息都不稳了。

庆春缓缓地把纸条摊开，放在了桌上。

众人纷纷凑上前。

“啊！”景芳突然一声尖叫，然后瘫坐在椅子上：“老天有眼……老天有眼啊！！”

纸条上，写的是吴景芳的名字。

南欣一看不是自己，啪的一声甩开椅子，拎起挂在后背的包，头也不回地朝门外走去，无论庆春在后面怎么喊都没人应。

景芳丝毫不理会南欣的离去，她拽着纸条，又是亲又是看，然后跑到妈的身边，紧紧搂住沈良珠激动地说道："妈，谢谢你！我知道你疼昊昊！妈！谢谢你！"

众人看着她这副几近疯癫的模样，只能在一旁尴尬地笑着，场面一片混乱。

亲戚们你看看我，我看看你，陆续地找着理由尴尬地离场。这桌饭，是真的吃不下去了。

景芳激动地拽着庆春的胳膊说："姐，这回有一大家子人作证，你也心服口服了吧？过几天我就带着妈去售楼处登记，你别再给我使绊子了哈。"

庆春脑壳发疼，她一句话都不想和景芳多说："你爱怎么就怎么，我什么都不会管。这个生日宴已经被你搞垮了，你不想吃就早点回家。"

"姐，你这么说就没有道理了……"景芳刚开口，就被徐胜强拽了拽。"房票都拿到了，被说几句有什么要紧。"景芳一想也是，自己的目的已经达成，她噘了噘嘴，对庆春说："姐，既然你不想看到我，那我就先撤好了。昊昊……哎，少喝点饮料！都是色素哎！快点，回家了。"

一桌子人就这么散了，只剩下庆春一家。

她坐在椅子上发呆，绍东和孙璐呆坐在一旁，也不知道该说什么。

“妈，要不我们打包回家吃吧……”绍东小声地说道。

“回家？为什么要回家？这餐饭我花了四千多，他们不吃，我吃。来，你们都动筷子，我们一家好好地吃一顿。”庆春一边说，一边夹起一块烤鸡塞进嘴里，然后她的眼泪毫无防备地掉了下来：“我花了四千多啊，我花了那么多钱，有问她们要过一分吗？她们当我是什么，想来就来，想走就走。我就这样被人看不起……”

“姆妈，你别多想。她们不是冲着你的。”绍东在旁边安慰道。

“她们就算不给我面子，也得给妈一个面子啊。这群没有良心的人，以后妈的生日不办了。再也不办了。”庆春把眼前的菜大把夹到自己碗里。

“你能想通也是好事，以后我们什么都不要张罗，也不要管。把妈照顾好，把自己的日子过好，就谢天谢地了。”孙建国看着这满满一桌子的剩菜，心里也有气。他夹起一块平时最喜欢吃的吴山烤鸡，送进嘴里，却全然尝不出鲜味。

18. 悲　欢

南欣跑出餐厅，餐馆外是一个公园。她走进公园，隐隐约约可以看到西湖，夜晚的湖面上波光粼粼，整座城市的山和楼都在湖面上忽隐忽现。所有的虚幻和繁华都浮游在自己面前，好像只有自己身处这片无人知晓的黑洞里。

她拿出手机给石翔打电话，响了好久，电话才被接了起来。

“喂，那么早吃好啦？”石翔在工位上的电脑前敲着字。

“没……我跑出来了。”南欣一时不知该怎么说。

“跑出来了？”石翔不明白。

南欣捂了捂额头，一五一十地说道：“我二姐又反悔了。今天吃饭的时候，她当着所有人的面，要妈抓阄决定房票给谁。结果……结果我没抓到。”

“你二姐还真想得出来！你就不应该同意她搞什么抓阄游戏！万一她是有备而来出了老千呢？哎！你真的大意了！”石翔觉得好笑又好气。

“谁能想到她来这么一出。我当时想，既然有一半的胜算，那就赌赌看。如果真的抽到我了，她就彻底无话可说了。结果……”南欣越想越懊恼。

“那现在怎么办？”

“还能怎么办？房票的事，就这样彻底被我二姐搅黄了，不用想了。”

石翔那边沉默了几秒钟，然后冷冷地回应道：“吴南欣，你能不能靠谱一点？”

南欣整个人都愣住了，她以为石翔会安慰自己，没想到他居然这样说。

“我哪里不靠谱了？我二姐搞的事，和我有什么关系？！你以为我想这样？！”

“房票的事情，你哪一次是靠谱的？每一次都肯定地跟我说搞定了，但每一次都落空。之前我爸妈都说出钱买个二手，你非又要跳出来，说不接受。现在又反反复复，我倒无所谓，但是我爸妈那边我怎么说？他们会怎么想？你这不是要他们吗？”

南欣听得心里拔凉拔凉的：“石翔，我脑子有坑才会去要你爸妈！如果你真的这么想，那这个房子干脆就别买了！”

“不买就不买！你以为我想买？我早就烦透了！买个房子，花自己的钱，还要求来求去，像个乞丐一样受这种窝囊气！吴南欣，我现在就告诉你，要买你就自己买去！我觉得这样租房挺好的！我就租一辈子！”

“石翔！你真他妈的有病！”还没等南欣说完，石翔就啪的一声挂断了电话。

南欣听着手机的“嘟——”的声音，气得直接把手机扔进旁边的花坛里。然后，她蹲下身来，周围空无一人，她想一个人好好地哭一场，但刚掉下几滴眼泪，她便踉踉跄跄地去周围找手机。草坪上一片漆黑，她刚踩进去，一群黑色的小飞虫朝她的脸上飞扑过来，她差点没咽下去几个。

终于在湿漉漉的草地里摸到手机，庆幸的是还没有摔坏。她擦掉手机上面的水和泥土，叹了一口气——又没有人来配合自己，何必搞这种独角戏呢？手机摔坏倒霉的又是自己。

她拨通了乔晶的电话。在这个城市里，她能吐露真言的，可能只剩乔晶一个人。

“喂。”

当听到乔晶声音那一刻，她就忍不住又哭了出来。

景芳回到家，破例在小区门口的卤味店买了两斤鸭脖，两瓶冰啤酒，和徐胜强在客厅的茶几上啃了起来。

昊昊在一旁抱怨："我都没吃饱就回来了，绍东哥哥帮我点的烤鸭，我才吃了一半！"

景芳破天荒地大手笔一挥："妈给你一百块钱，你去门口吃肯德基！"

昊昊一副不可置信的表情，肯德基这种东西，之前在景芳口里可是吃了就会致癌，要人命的玩意儿。

"妈妈最好了！妈妈最好了！"昊昊激动得跳了起来，接过景芳手里的百元大钞，然后兴奋地冲出门外，他脑袋里的小算盘也飞快地开始算了起来，这一百块钱除了美美地吃一顿肯德基，还能买娟娟便利店里的奥特曼卡呢！老妈过年都没那么大方过！

景芳在沙发上坐了起来，美滋滋地啃起了鸭脖。

徐胜强像是意识到了什么，凑过身子说道："今天妈生日，你说咱们这样走开是不是不太好啊？"

景芳一脸不以为然："有什么要紧？老太太生日每年都过，过年大家还要一起吃饭。况且看着我大姐那张臭脸，我是吃不下去。"

"你今天这招是真的厉害，这下你大姐，南欣，都没什么可说的了，房票的事情算是彻底尘埃落定了。"徐胜强喝了一口啤酒，陶醉地仰着头。

"我这是绝处逢生，放手一搏！反正都已经这样了，我干吗不赌一把？我说实话，这就是天意呀！老天就是想让我得到这张房票，有谁拦得住嘛！”景芳说得眉飞色舞。

“真的是祖宗保佑，祖宗保佑啊！”徐胜强拿起啤酒瓶和景芳干杯。

景芳的脸突然一沉：“要保佑也是我家祖宗保佑我的，和你家没关系！”

“好好好，你说了算，你说了算。”徐胜强懒得争辩。

“不过，买房这件事还得快动作。你看南欣，思前顾后，本来她要是早点带着妈去登记，把名额占了，我这次也说不了什么。真的只能怪她自己哦。所以，我们一定要总结前车之鉴，早点去售楼处做登记。”

“我也是这个意思，以免夜长梦多。”徐胜强说。

“干脆，越快越好，就明天，我们带着妈去售楼处跑一趟。”景芳突然激动地坐了起来。

“明天我要出车啊。”徐胜强犹豫地说道。

景芳劈头盖脸嚷起来：“你上班哪有买房重要！大不了直接翘班了！要是错过摇号，就是错过几百万！你徐胜强上一辈子的班都弥补不了这个损失！”

“好好好，我打电话去调一下班。”徐胜强赶紧闭嘴。

南欣去找乔晶。乔晶刚下班，面色有些疲惫，刘海已经出油了，搭在亮锃锃的额头上。

乔晶小跑着从马路对面过来，问道：“你快陪我先吃个饭。我要饿死了。”

南欣说：“刚好我也没吃，我们去垃圾街吧？”

“垃圾街”是她们高中时期经常去的一条小吃街，是当时那一圈学生和年轻打工族的后乐园。只要入夜那边便人声鼎沸，熙熙攘攘，烟火气直接狂欢到天明，是杭城难得聚集烟火气的地方。

乔晶笑了：“你在说什么呢？早就拆了。现在变成文明示范街区了。”

南欣一脸失望：“真是没意思，现在的杭州我都不认识了。你定吧，去哪里吃都行。”

“你既然要想吃路边摊，我倒知道有个地方。”

乔晶带南欣来到钱塘江边，在一个工地旁，有一条临时搭建的小吃摊。两人买了烧烤和啤酒坐在江边的堤坝上吃。

“你怎么知道这里？”江边的晚风拂来，南欣的心情顿时舒畅了好多。

“我有时公司加班得晚，附近又没什么吃的。就会到这里来随便对付几口。而且这里离地铁近，方便。”

“也是像这样傻不愣登地坐在江边？”南欣问。

乔晶有点不好意思：“很舒服不是吗，还有江景可以看。”

“你看对面，以前我们读书的时候，那边还只是荒地。”南欣看着江对岸的高楼大厦，有些恍了神。故乡变得像一座新的城市，让她觉得自己有点格格不入。

乔晶看着南欣一副郁郁寡欢的样子，安慰道：“别难过了。又不是只有你妈的房票可以买房是不是？就慢慢摇呗。”

南欣叹了口气，“你说的我都懂。我只是突然觉得，这个世界上，好像并没有人真正希望你过得好，也没有人会真的帮你。”

乔晶刚想脱口而出：“除了爸妈。”但是想到了南欣的情况，还是乖乖地低下了头。

南欣继续说：“我也不知道自己怎么了，从回杭州生活开始，我就觉得自己变得好像和以前不一样了。每天虽然都忙忙碌碌，但又很空虚，不知道自己到底在过什么日子。我妈没生病以前，我每天都在和她想要我过的那种日子作对。现在，我妈管不到我了，我反而有些恍恍惚惚，浑浑噩噩，就好像拴住我这只风筝的线消失了，我也不知道自己要往哪里飘。”

乔晶搂了搂南欣，安慰道：“你别想太多了。”

“我是真的恨我二姐。”南欣突然说。

“恨倒不至于吧？”

“至于，”南欣肯定地说，“就算她不是我二姐，我也厌恶这样自私的人。她为了自己的利益什么事情都做得出来，妈生病后第一件事情就是要卖妈的房子，妈办大寿又搞出这么一招在亲戚面前丢人现眼。她太恶心了。她其实真的不用这样，她不如直接和我说反悔了，她想要这张房票，我会成全她。”

“说实话，我也觉得你二姐实在太过了。答应的事，还这样出尔反尔。你告诉石翔了吗？他怎么说？”

南欣狠狠地咬了一口烤鸡翅：“别提了。他也和我二姐一样，都是精神病。他说再也不买房子了。不过，男人的话，权当他放屁。我想清楚了，这个房子我一定要买，而且要买得好。我一定要过得比我二姐好，好很多。这样才是报复她最好的方式。”

乔晶佩服地看着南欣，无论陷入任何处境，南欣依旧不会丧失战斗力。

“哎，什么时候，我们可以在对面那片房子里拥有一个属于自己的家啊。”乔晶望着对岸的那片灯火，矫情病开始犯了。

“只要有钱，就有家。什么亲情，都是假的，都是靠利益来维系的，我再也不想要这种廉价的亲情了。房票没了也好，等过几年我妈没了，我就彻底可以和吴家撇得干干净净了。”南欣冷冷地说道。

乔晶看着南欣脸上决绝的表情，有些悲哀地想，自己终究还是和南欣不同的。她做不到南欣这样的决绝，她不得不和众多关系保持联系。乔晶觉得自己就像一只脆弱的，没有坚硬外壳的软体动物，所谓的“家”就是她抵御外界摩擦的外壳。她不得不蜷缩在里面，忍气吞声地过一生。

第二天一大早，景芳和徐胜强就坐上了开往城西的公交车。到庆春家里，看到大姐正伺候着沈良珠吃早饭。皮蛋瘦肉粥，外加一个鸡蛋。

庆春只顾自己照顾沈良珠，并不搭理这两口子。景芳有点尴尬，说道：“姐，楼盘那边登记就要结束了，所以我们特地起早过来的。”

庆春放下手里的碗，冷冷地说道：“你放心，等喂完妈吃早饭，我就去拿户口本和身份证给你们。我怕我不依着你们，你们两口子就要在我家里撒泼打滚，说不定还会把我家给拆了。”

“姐，你说这话就没意思了嘛，我怎么可能做出那种事嘛，我还是很听你的话的。”景芳降低语气，开始示好。

“你帮帮忙哦，你连妈的生日想着的都是房票的事。托你的福，妈昨天过了一个特别难忘的生日，估计以后你去天上找她的时候她都能记得。”

“姐！你这说的什么话嘛！”景芳有点急了，但她立刻稳住情绪，“好了好了，我来喂妈好了。你休息休息，看你一大早起来肯定也没停下来过。”

景芳接过碗和勺子，庆春也不拒绝。

她起身走到卧室，打开衣柜，从底下最隐蔽的那个抽屉里，拿出了沈良珠的户口本和身份证。然后默不作声地走回餐厅，把东西放在了餐桌上。

景芳抬了抬头，控制不住的欣喜：“姐，如果你不放心，待会儿你和我们一起去售楼部呗。”

庆春冷笑：“我有什么好不放心的？难道你们会把妈拐跑不成？”

胜强在一旁搭腔道：“我也想让您帮我们参谋参谋嘛，毕竟买房那么大的事。”

“用不着，你们的主意比我大。”庆春摆摆手。

景芳向胜强使了一个眼色，示意庆春现在还生气呢，让他少说几句。

沈良珠吃完早餐，庆春帮着换好了衣服。景芳把珍贵的户口本和身份证仔细地塞进背包最里面的一层。然后推着沈良珠的轮椅，离开了庆春家。

孙建国直犯嘀咕："你真的放心他们这样带妈走？你这个二妹，没心没肺的。况且他们还没车，推个轮椅去挤公交，多不方便。"

"随他们去，也给他们点苦头尝尝。我也给自己放半天假。"庆春洗着碗，想起昨天那个冷冷清清的生日宴，心里还是憋屈得慌。

折腾了一路，景芳和胜强终于推着轮椅到了售楼处。今天是工作日，又是上午，难得没有出现人挤人的场面。景芳先去大厅点了两杯免费的现磨咖啡，又把桌子上的饼干、话梅顺进包里，然后给之前接洽的销售打电话。

不一会儿，销售小姑娘捧着厚厚一叠资料，小跑着过来："姐，还好你来得早。今天预约全部都满了。昨天我们忙到半夜十二点才下班，最近来登记的人实在太多了！"

"我就猜到了，所以我特地起早赶过来的，"景芳一副预料之中的神情，"证件我都带来了，你看看。"

她迫不及待地把沈良珠的身份证、户籍证明、婚姻证明、住房证明、社保个税缴交证明……一份一份，整整齐齐地平摊上桌面上。

销售一边核对着资料，嘴里忍不住惊呼："呀，这社保都交满格了呀。"

"是的呀。所以这次入围肯定没问题吧？"景芳探着头。

"是无房户，还是社保巨子，除了人才，摇中房子最大的概率就是你家这样条件的了。”销售抬头瞄了一眼坐在轮椅上的沈良珠，并没有多问什么，像这样用爸妈的房票来摇号的，她已经见怪不怪。

“喝……喝水……”沈良珠突然在轮椅上含糊地叫了起来。

“是不是渴了？”景芳让胜强赶紧去服务处倒来一杯白开水，可沈良珠的嘴唇刚碰到水杯，便突然用手一推：“甜水！要喝甜水！”那水杯在胜强的手里摇摇晃晃地眼看就要撒到桌上的那堆资料上去。景芳见势赶紧上前一挡，只见水被泼到了景芳的后背上，顺着衣服缓缓地流了下来。

胜强以为景芳要发飙，没想到她只是喘了一口气，说道：“还好资料没事。”

胜强拿着餐巾纸手忙脚乱地吸着景芳衣服上的水。销售突然在一旁皱皱眉头：“怎么好像有一股怪味？”

三人都觉察出异常，嗅来嗅去。突然，景芳一拍脑门：“坏了，应该是妈拉了。”

果然，景芳轻轻地拽了拽沈良珠的裤子，就发现底下一摊黄色的排泄物。

“大姐真是的！就是故意的！连纸尿裤都不给妈穿！”景芳又气又恶心，她手忙脚乱地从包里拿出湿巾，胜强在一旁喊：“用湿的不是更脏吗！先推妈到厕所去再说！”其他人见这两口子大呼小叫的样子以为出了什么事，纷纷围了过来。

购房老人突然失禁，销售也第一次遇到这种情况，她捂着鼻子叫来保洁员，大厅里顿时乱作一团。

景芳在卫生间帮沈良珠擦拭好，脏裤子是没法穿了，但是眼下也没有可以换洗的干净裤子。景芳只能脱下外套，把沈良珠的下半身紧紧裹住。

“你过来看着妈，我去看看资料审核得怎么样了。”景芳招呼站在门口的徐胜强。

“这是女厕所，我在里面算怎么回事！”徐胜强无语。

“有什么要紧！你去我不放心。那这样，你过来，站门口。”景芳指挥道，徐胜强只能硬着头皮杵在了女厕所门口。

过了一会儿，景芳带着销售又回到了女厕所。

“登记要做人脸识别。你扶着轮椅，我来哄妈，小姑娘你在前面。”景芳一顿操作，然后低下头对沈良珠说：“妈，听话哈，来，把眼睛对着手机，马上就好哈。”

沈良珠不说话。突然，她像是被手机屏幕里的自己吓到了，哇的一声大哭了出来。

销售在前面晃着手机，人脸识别一直显示失败。

“这怎么办呀？哭的话人脸识别不出来，得让老太太安静下来才行。”销售抓耳挠腮。

景芳突然灵机一动，指挥道，“那这样，我在后面吸引妈的注意力。你把手机举到前面，我们再试试。”

景芳说完便走到了销售的背后，在女厕所里，一个碎步，抬起手，开始唱起了自己最拿手的越剧。

一段经典的《穆桂英挂帅》：“辕门外三声炮响如雷震，天波府走出我报国臣。头戴金盔压苍鬓，铁甲战袍又披上身……”

就算在女厕所里，景芳的表演欲也随着开嗓之后瞬间爆棚。

她越唱越起劲。而沈良珠也安静了下来，盯着摇头晃耳的景芳。

“叮——”识别成功了！景芳激动得跳了起来。

销售直起已经蹲得发酸的腿，长长地吁了一口气：“姐，全部登记好了。接下来，你们就等我消息吧。”

景芳总算安下心来。两人兴高采烈地推着沈良珠的轮椅从售楼处出来。

“总算是尘埃落定了，这下你总可以放心了吧？”徐胜强忍不住伸了一个懒腰。

“尘埃落定个鬼！只是登记了，这才哪儿到哪儿。接下来才是重头戏。”景芳回头看了一眼售楼处，这场没有硝烟的摇号买房大战已经打响，她吴景芳，已经披上铠甲，如战场上的穆桂英，即将风华绝代地正式登场。

19. 风　声

景芳很清楚，要想选到好的房子，待在家里是没有用的，买房最关键的是得迈开步子。耳听为虚眼见为实。

徐胜强一副胜券在握的样子让景芳看得很是恼火。对她而言，这仅仅是迈开了最关键的第一步而已。接下来可是一场硬仗。

离正式摇号选房只剩下一周不到的时间，形势紧张，时间紧迫。登记完的第二天，景芳就请了一天假，前往售楼处实地考察观摩。

选房可大有讲究，这关系到未来几十年的生活，稍有不慎，就有可能栽进坑里。最佳的楼栋，旁边不能有变电站、垃圾箱、物业管理处，甚至儿童游乐区、快递驿站，这些都有可能影响居住体验。

至于楼层的采光，也大有讲究。可不是越高，采光就越好。有的高层，可能由于前方的遮挡，采光还不如低层的。景芳花了一千块，约了一个专业选房师，计算出每一栋，每一层的日照时间。徐胜强觉得实在太夸张，但是景芳觉得值，没有人清楚对于一个杭州女人来说，冬天那几小时可以晒被子的时间是多么的宝贵。能多晒一分钟都是好的。

但是，靠专业选房师也是不够的。还得看看自己的竞争对手们是怎么想的，知己知彼，方能百战不殆。

景芳戴着墨镜，端着售楼处里的免费现磨咖啡，嘴巴里咀嚼着吧台的小点心。这免费的下午茶，简直不蹭白不蹭。

她佯装着无所事事的模样，实际上却眼观四路耳听八方。

这不愧是个学区红盘，周围来咨询登记的人，全是和自己差不多年纪的，几乎都是冲着浙大旁边这所知名中学来的。但是她越围观，却越心塞，这整个售楼处里的人，好像除了她，个个都是富婆。每个人都似乎想要最大的户型，好像钱是大风刮来的。

她唯一有底气的也就是手上的这张顶格社保的房票。

大多数人的社保年限都不如自己，而且，居然还有有房户也来凑热闹。景芳心里十分不屑。

突然，一个穿着红色花点外套的大妈靠近：“你也是准备买这个盘？”

景芳转过头，上下打量了一番，然后警惕地点了点头：“怎么了？”

那大妈露出一丝笑容，说道：“我也是，”然后表情瞬间转为阴雨，“我上周登记的，现在我后悔了呀。但是又不能撤销，只能硬着头皮摇号。哎，白白浪费一次机会。”

景芳惊讶地问道：“为什么呀？这可是红盘哎，摇到赚几百万，几百万都不要啊？”

大妈叹了一口气，压低声音说：“什么红盘呀，你不知道这个房企吗？已经上了那个暴雷黑名单了呀。这个楼盘啊，说不定要烂尾！”

“真的假的？！”景芳整个人不由得从椅子上直了起来。

“是的呀。你看看，居然还有那么多人在登记。而且我听说了，以前这块地是个化工厂，虽然早就已经拆迁了。但是那化学有害物质，早就渗进土里了呀，说不定有辐射！以后对小孩的发育有影响！”

景芳听得汗毛都立了起来：“那这房子还怎么买呀？”

“是的呀，所以我劝你啊，好好考虑考虑。反正我是不准备摇了，到时候我就弃选。”大妈叹了口气。

景芳听得万念俱灰。费了那么多劲，从南欣手里抢来房票，搞了半天，居然是这个结果。她呆呆地坐在座位上，缓了一会儿，心想，稳住，稳住，事情还没有弄清楚。

她走到售楼处外面一个安静的角落，给自己的买房“军师”，酒店的出纳张姐打电话。

她哆哆嗦嗦说明了情况，张姐听完后给出一句话：“事出反常必有妖。”

“什么意思？”景芳没听明白。

“你想啊，如果她觉得这个盘有问题，她为啥要挤在售楼处里给你通风报信？学雷锋做好事啊？现在谁那么闲哦。况且，如果楼盘环保不达标，这块地根本就不会批为住宅用地，政府部门也不是吃干饭的呀。”

“对哦，”景芳恍然大悟，“这么一想，我觉得她的目的不单纯！她会不会是其他楼盘派来的间谍？故意传播这种负面消息，抢占客户。”

“不至于，”张姐肯定地说，“现在的红盘，怎么都不愁卖。如今是僧多肉少，不至于还要抢客户的。依我的推断，这个人要么也是参与摇号的，要么就是摇号的人雇来搅局的。”

“搅局？！”

“是的。就是为了胡编乱造一些负面新闻来吓跑你，搞得风声鹤唳的，然后提升自己的中签率呀！”

“真是龌龊！什么事情都做得出来，我要是被她吓到了，还真的不会去摇了！”景芳有惊无险地吁了口气。

张姐倒一副不以为然的口气：“这算什么，现在还有人去网上专门花钱找自媒体写一些楼盘负面的文章，发在公众号上，就是为了吓跑像你一样参与摇号的人。你别说，还真有不少人中计的。你现在就稳住心态，别在售楼处晃悠了，回家去，先等摇号再说。摇号这件事，心态放得越宽，结果越好。”

“好好，我明天还是先回去上班。现在的人，为了买个房，都疯了呀，无所不用其极。”

景芳挂了电话，溜回了售楼处。她的目光在人群里来回扫，果然看到刚才那个大妈又一副窃窃私语的样子和周围的人在说什么。她笃定这个大妈果然如张姐所说，另有企图，目的不明。

“不过嘛，休想骗过我。”她在暗处露出一丝窃笑。

但是。

三天后所有的摇号登记结束，景芳又从销售那边得到一个晴天霹雳的消息——总共三百多套房源，却登记了五千多组家庭，整体中签率才不到6%！！就连景芳这样的无房家庭，中签率才12%！！

也就是说，十个人摇号抽签，也就一个人能买到房子。

这概率真的几乎等于被判了死刑！

景芳万念俱灰，这期间来来回回折腾，争夺房票，结果就是图了个寂寞。

徐胜强瘫在沙发上总结：这年头，就算是扔在菜场门口白捡的钱，要想冲出重围把钱捡起来，也没那么容易的。意外之财对于他们这种小老百姓来说，真的犹如中彩票。想想也是，买个房就能赚几百万，那么好的事，怎么会轮到他们这些平民百姓头上？

景芳反驳："虽然新房和二手倒挂上百万，但我们可不是为了钱，我们是为了昊昊有个更好的生活环境，更好的学校！"

徐胜强笑笑："你自己相信就好。"

话不投机半句多，景芳连骂徐胜强的心情都没有。其实，刚开始她确实是被一二手巨大的倒挂价差所吸引，一倒一卖，就能赚数百万，谁能不心动？！更何况是对她这种看到鸡蛋打折就能冲进超市的人来说。但是渐渐地，她发现这张房票并不仅仅是她的财富密码，而是她给儿子砸开另一个世界的敲门砖。

改变她和这个家的命运，可能只此这一次机会。

所以，就算机会再渺茫，那又如何？一次不行，就再一次。没有人比她更能豁得出去了。每一次，她都要奋不顾身。但是，对于摇号这件事，她还真的什么都做不了。她能做的，只能顺应天意，听天由命。

正式摇号的前一天，景芳做了一件事——在家祭祖。

整整一天，她在厨房里倒腾来倒腾去，各式菜肴在餐桌上摆得满满当当。又跑去附近菜场买香烛和纸钱。景芳甚至还把压箱底的一瓶五粮液给打开了。

徐胜强心疼地埋怨道，"行了行了，倒小半杯意思一下就得了。过年都没见你那么张罗。"

景芳不理会："你懂什么，摇号这种事情，求不得自己，也求不得别人，只能求祖宗。不伺候老祖宗们吃好喝好，他们怎么会帮我？”

景芳一边开始碎碎念，一边点起了香，对着餐桌拜了拜，然后拿着香，走到厨房的窗口，对着窗户外神神叨叨一番后，走回了餐厅，又对着餐桌拜了拜，最后把香插在装满米的一次性杯子里。

“你们俩小声点！老祖宗们已经被我请回家正在吃饭了！”景芳低声呵斥住在客厅嬉笑的父子。

景芳坐在沙发上，望着那一大桌子菜发呆，她心里默念祈祷着：“徐家和吴家的列祖列宗啊，你们一定要保佑我明天摇到号啊！你们一定要保佑昊昊能住上学区房！如果摇到了，我一定再请你们回家来吃饭，以后每年，都好好地祭拜你们，给你们送钱，送房子，你们要什么，在梦里托我一声就行！保佑啊保佑！”

“就请帮帮我吴景芳这一次吧，就这最后一次。”

20．大　戏

摇号大战正式拉开序幕。

一大早，把昊昊送到学校后，景芳就拖着徐胜强赶往售楼处。其实这个摇号完全不必去现场，在家里等通知即可。但是景芳不放心，这个关键时刻让她在家里简直受罪，还不如去售楼处等着，获取第一手的消息。

令她惊讶的是，售楼处里已经挤满了人。她挤到吧台，已经没有现磨咖啡和点心提供了。也是，房子都已经要被抢光了，还搞这套干什么？

她饿着肚子，坐在大厅里，默默等待着摇号开始。

杭州的新房摇号方法就像在水池里捞鱼。首先，根据摇号人群划分出三个水池：人才，无房，二套。

像景芳这次摇的楼盘，房源分别是人才 20%，无房 60%，二套 20%。

人才虽然分到的房源不多，但是摇的人最少，所以中签概率最高。

当第一轮人才摇号结束之后，没有被摇中的“鱼”，在第一个池子里被捞出，重新放入第二个池子“无房”中一起摇。

第三轮则是要和前两个池子的“漏网之鱼”一起竞争那可怜的 20% 的房票。

总结来看，人才房票总共有三轮摇号机会，无房则有两轮。有房希望最渺茫，摇的人数最多，房源又最少，基本等于陪跑。

第一轮摇人才，总共 64 套房，才 130 个人摇号。景芳在心里啧啧感叹，谁说读书没有用？谁说有高学历没有用？

第一轮的结果揭晓，现场突然爆发出一阵鼓掌声，显然是现场有人摇到了。

景芳好不艳羡。终于，第二轮无房户开始摇号。景芳突然手指发麻，她紧紧地握住了旁边徐胜强的手。徐胜强也忍不住深呼吸。两人盯着大屏幕。

突然，屏幕一闪，依次刷出第二轮摇中号的家庭。

景芳一边默念着自己的序号，一边眨巴着眼睛来回在屏幕上面扫。

"……165，165，165……你……你找到了吗？"165是景芳的摇号编号。她来回看了好几遍，然后气若游丝地转过头问徐胜强。

徐胜强面如死灰地摇了摇头。

景芳懊恼地一跺脚："气死！没中！"

"稳住，还有一轮。"徐胜强缓过神来，安抚景芳。

第三轮池塘里面有更多的鱼，但是网兜却比前两轮更小了。所以中签的机会更是渺茫，景芳闭着眼睛，捂着额头，已经不抱希望了。

第三轮摇号结果公示。徐胜强突然拽了拽景芳的手，有些颤颤巍巍地说："我有点老花眼……你看看……左下角那个中签的数字是165还是185……"

"哪里啊？"景芳在屏幕上来回扫着，然后震惊地说："好像是165！"

她全然不顾在场其他人的目光，站起身拔腿就冲到前面，死死地盯着屏幕，确认了好几遍，然后转过头对徐胜强喊道："真的是165！我们摇中了！"

景芳欣喜若狂，在大厅里蹦了起来。然而，如此夸张的举动却没有引起别人的注意，因为比她更疯癫的人大有人在，人群中突然一阵骚动，有人因为激动过度突然晕倒，有人发出尖叫。景芳顾不上看热闹，冲到徐胜强面前，眼角激动地飚着泪花："祖先显灵了！祖先显灵了呀！这样都能摇中！你说是不是要听我的！五粮液开得值不值！你自己说！”

然而，这场摇号大戏还没有结束。还有关键的最后一轮——把前三轮摇出的入围家庭打乱，重新再一起摇号，摇出选房的顺序号。

这也是关键的一步，摇号顺序越前面，越能选到好的房源。如果是末尾的序号，只能捡漏最差的房源。

景芳在心里默念：“不要后面，不要后面。”其实对她而言，能摇中就是奇迹，摇号顺序她已经不在乎了。哪怕最后一位，她也认了，知足了。

结果揭晓——6 号。

6 号啊！！！

总共几千人，她吴景芳，杀到最后，位列第六！这简直是景芳这几十年人生里，最高光的时刻。她飒爽英姿，扬眉吐气。她似乎终于挺起了一回腰板。

从售楼处走出来，景芳还是掩饰不住的激动，她嘴唇有点发白地搀住徐胜强的手：“我好像有点低血糖。”徐胜强从包里翻出一块干巴巴的巧克力，拆开塞进景芳的嘴里：“你先缓一缓，看你激动的样子，我都怕你得心脏病。”

“狗嘴里吐不出象牙。”景芳笑着白了徐胜强一眼。她一边含着巧克力，补充着能量，一边招手难得打了一辆车。此刻的景芳一刻都等不了，她迫不及待地想去大姐家，把这个天大的喜讯告诉大姐，告诉妈。

庆春虽然依旧还在生景芳的气，但是一听到景芳说自己摇中了号，而且还是那么前面的6号，也替她高兴。她听着景芳眉飞色舞地讲述着摇号过程里的起起落落，不禁感慨：“还真是不容易，五千多个人啊，你摇到个位数的号，这不等于抽中彩票啊！”

孙建国在一旁帮腔：“胜强，你赶紧去小区门口买体彩去，顺便也帮我买一张。”

徐胜强笑着摆摆手：“不买啦，已经把这辈子的好运气都用光啦。”

“你赶紧去谢谢妈，这次多亏了妈。”庆春说。

“姐，今天我伺候妈，家里的晚饭都我一个人来，你们谁都别动，”景芳一边说，一边拎起包，“我现在就出去买菜哈，你打电话给邵东和璐璐，今天一定得回家吃饭，我好好地做一顿犒劳犒劳你们。”

“行行行，你说了算。”庆春笑着说。

石翔已经两天没有联系南欣。南欣把石翔摸得很透，石翔这种，属于感情上的拖延症，以为靠着时间就可以化解问题。虽然南欣也厌恶这种冷战，但是坦白说，她也理解石翔的这种处理方式。

又不是二十岁出头，有大把的时间和精力可以花在恋爱这件事情上面。身处在这个城市最内卷的互联网行业里，每一秒钟都恨不得拿来变现，哪里来的时间和精力去上演那些小年轻的小情小爱。

当然南欣也不会坐以待毙，每次都是她主动出击。没什么是扯不下脸的，生活里有太多比面子更重要的事。

傍晚时分，她给石翔发信息：“我现在在你公司附近，一起吃个饭。”

石翔冷冷地回复：“哪里？”

南欣把地址发了过去。

不一会儿，石翔走进餐厅，他没拎包，脖子上还挂着工牌，看样子只是抽空从公司里出来。

“怎么了？我等会儿还要开会。”石翔态度冷漠。

“你能好好说话吗？”南欣被石翔的态度激到，但是她稳定住情绪，抛出重点，“这周末你陪我去看房。”

“看房？”

“对啊。难道房子你不买了吗？我最近在看之江那边的新房，应该比未科这边好摇很多……”

还没等南欣说完，石翔就打断道：“吴南欣，你是不是走火入魔了？每天就是买房看房，你是不是很闲？你没有工作的吗？”

南欣一愣，心里的怨气彻底爆发：“你说这个话是经过大脑思考的吗？我买房是为了我一个人吗？”

石翔一阵冷笑：“那不然呢？你做任何决定之前，问过我的意见吗？你觉得那是我愿意做的吗？哪一次我不是像一条哈巴狗一样随着你，舔着你。就像买房的事，那张房票反反复复，哪一次不是你最后随便一句话来通知我，打发我。你给过我一点点，哪怕是最起码的尊重吗？吴南欣你要清楚，我不是你的员工，也不是你的助理。如果是这样的相处方式，我真的觉得没办法继续和你这样下去。”

南欣沉默了两秒钟，然后问：“那你想怎么样？分手吗？”

石翔咬着嘴唇长叹了一口气：“‘分手’这两个字就在你嘴里那么随便是吗？”

“那你要我说什么？跪下来给你认错？还是扇自己巴掌，告诉自己：你真的没用，连自己亲妈的房票都要不到！”

“吴南欣，你真的有点不可理喻！从头到尾，根本不是房票的问题，而是我们的相处模式出现了问题，你懂不懂？”

“行吧，当我自讨没趣。你好好回去加你的班吧。”

石翔叹气：“南欣，说直白一点，你家庭条件不好，年纪也不小，脾气还特别差，我和你在一起，就是真的喜欢你这个人，否则我还图什么？所以我劝你真的想清楚。不说了，我回去加班了。”

南欣被石翔的一番话说得哑口无言，她独自坐在餐厅里好久。服务员过来问要不要点单，她有些恍惚地说了句“不用了”便起身离开餐厅。

走出餐厅，南欣站在路口发呆。杭州对她来说，似乎和其他任何一个城市都一样，哪里她都可以去，但哪里都无处可去。

她想找庆春聊聊，虽然她很清楚大姐给不了她帮助和建议，但好歹，她是这个城市里少数几个可以给予自己抚慰的人。

天色已经入夜了，她走进庆春的小区，小区里有个湖，是从隔壁的西溪湿地引进的活水，湖面上有荷花，还有木船，在夜灯的波光粼粼下，这里像是一片梦幻的江南水乡。

南欣朝大姐家的排屋走去，透过窗户，她隐约看到一楼客厅里有一群人影在餐桌上晃动。她慢下步伐，朝屋里望去，先是看到了昊昊的小脑袋，然后是二姐景芳，二姐夫，还有大姐一大家子。他们其乐融融，坐在餐桌前谈笑风生。

南欣继续靠近，二姐的声音已经很清晰地从屋里飘了出来。

“这次能摇到房子，还是多亏了大姐。昊昊，胜强，我们一家都敬大姐一杯！”

“房子大概什么时候能交付啊？”

“最快后年，精装修的，省事儿，交付了添置点家具就能搬进去了。”

“昊昊，有新房子住了，你开不开心呀？”

“我还是想和绍东哥哥住！妈妈，你让我还是住在大姨家吧？”

“要命了！自己家都不要啦！这个小赤佬！”

里面的嬉笑和对话窗外的南欣听得清清楚楚。她深呼吸了一口气，然后转过身，默默地往回走去。也不清楚是委屈还是难过，南欣只觉得非常可笑。这游戏人间，她以为自己会骄傲地活下来，没想到小丑是自己。

21. 代　价

景芳虽然摇到了号，但是离买房成功还有一步之遥。接下来的重头戏是选房。

根据景芳做的背调，选房看似简单容易，但也有不少人在这个环节功亏一篑，前功尽弃。

现在都是用手机选房，所以，成功的关键，是这部手机。每个人都只有一百二十秒的选房时间，逾期不候，自动作废。景芳听说有人因为手机突然没有信号，或是接了一个电话，而导致错过了选房时效。这让她开始为自己手上这部连发微信都卡顿的手机而担忧。而徐胜强的手机更是老掉牙，一天要充两回电。景芳已经预感到如果用他俩的手机来选房，很有可能会导致选房失败！功亏一篑！

几经考量，景芳决定斥巨资，直接买一部新手机！新手机果然流畅，除了和选房相关，景芳其他软件都不敢乱装，甚至连电话号码都新办了一个。这一次，她一定要做到万无一失。

搞定了手机之后，接下来就是确定自己的备选房源。景芳的选房号码简直就是天下无敌，可以说是任君挑选。基本不存在自己挑中的被选走的可能。就算中意的被选走，还有第二选项，第三选项。

在杭州买新房有个怪现象，越大的户型，越是被疯抢。因为房票珍贵，谁都想把房票的价值发挥到最大。景芳这个小区，最大的户型是一百九十八平方米，这必然是砸锅卖铁都买不起的。她只能眼巴巴地看着这些顶级房源从自己口袋里溜走。

再往下是一百六十八平，一百三十八平，一百一十八平。景芳咬咬牙，算了下手上的积蓄，打算冲一下一百三十八平。

果然，到了最后选房的阶段，景芳前面的几个房号立刻把最大的一百九十八平选走。轮到自己，虽然心有些许不甘，但是她还是顺利的按下了一百三十八平的选项。

屏幕上弹出“选房成功”的红色大字，播报员开始播报：“恭喜6号家庭选房成功！成为尊贵的业主！”

景芳在凳子上跳了起来，和徐胜强击掌祝贺。

整场摇号大戏终于圆满落下帷幕。

第二天，景芳迫不及待地去售楼处找销售正式签约合同。

厚厚的一沓文件，景芳看得头晕眼花。等全部签完，销售问道：“吴女士，接下来的尾款您准备怎么支付？”

景芳早就有了准备，回答道：“这个我得先和银行商量一下，看看是办商业贷款划算，还是公积金。”

销售看了眼合同，然后说：“吴女士，这个房子您是以您母亲的名义买的，您母亲现在已经七十多岁，恐怕没办法批贷款的。”

景芳一愣，然后说道：“那就用我的名义贷款呀？”

销售笑了：“这个肯定没办法操作的，贷款必须是房屋所有人才行。”

景芳顿时傻眼了：“那怎么办？”

“您可以选择全款。现在贷款利息也不低，光利息您可能就要两三百万呢，全款划算。”

景芳一听“全款”二字，脑袋轰的一下：“……行，我回去商量一下。”然后畏畏缩缩地从售楼处退了出来。

晚上，徐胜强回家，发现景芳呆若木鸡地坐在客厅的沙发上，饭桌上只有几道中午的剩菜。

“怎么啦？罢工啦？”

“吃吃吃，就知道吃，买菜不要钱啊！”徐胜强的话刚好撞到景芳的枪口上。

徐胜强觉得奇怪，在沙发上坐了下来：“咋了这是？怎么还不高兴了？我和你说，我今天去单位，同事说我家得办个‘摇号酒’，必须好好庆祝一下。”

“还办酒？我看你脑子是坏掉了，你以为房产证就在你床头柜的抽屉里了是不是？我今天去签合同，销售小姑娘和我说，我们家这个情况，没办法办贷款，只能全款！全款啊！”

“全款？”徐胜强也惊了，“我们凑个首付都已经掏空家底了，还全款?！这不搞笑吗！这销售也真是的，她怎么不早说？现在来放这个马后炮，算什么东西！不行，我得投诉她去！”

“你得了！”景芳不耐烦地白了他一眼，“你投诉她有什么用？她能帮你办贷款？现在只有两条路，要么全款，要么赔掉五万块定金，放弃房子。”

徐胜强急了：“放弃房子？这怎么行！好不容易摇到的，这个时候说放弃了，我估计都会上新闻！说出去得被人笑死！”

景芳揉了揉发胀的太阳穴，说道：“所以说，现在只有全款一条路。我算了一下午，把家里所有的钱都拿出来，还差三百万。”

徐胜强一听差点没晕过去，别说三百万，就连三十万，甚至三万他都搞不定。

“行了，明天去退房吧。搞了半天，又是一场空。”徐胜强陷入绝望，万念俱灰。

“退你个头！”景芳对徐胜强真的无语到家，她缓缓地说，“现在只有一个办法。”

“什么？”徐胜强迫不及待。

景芳停顿了一下，然后说：“就是把我们现在这个房子卖了。”

“卖了？那我们住哪里去啊？”

“租一个呗，还能住哪里？我想了，就算租，其实最多也就租两年。两年后，我们搬入新家，一切万事大吉。”景芳双手一摊，似乎已经决定卖房。

“要不……住我爸妈那儿？还能省点房租费。”徐胜强唯唯诺诺地提议。

“徐胜强，我告诉你。我就算带着昊昊流落街头，都不会重新搬回你爸妈家。”景芳斩钉截铁地说完，然后起身走进厨房。

“我就这么一说嘛。”徐胜强嘟囔着，然后坐到餐桌上，看着这一堆让人没有食欲的剩菜，默默地叹了一口气。

南欣又约乔晶吃饭。乔晶笑道：“最近怎么了？老公不要了？”

南欣回答：“我打算和他分手了。”

乔晶笑了：“发疯哦？我看你是婚前综合征，也学会作天作地了。”

“没，我是认真的。”

“行啦，”乔晶根本没当真，继续说，“我刚好也有很重要的事情和你说。”

乔晶低了低头，然后笑着凑到南欣的耳边，说道：“我怀孕了。”

南欣听了激动地叫了出来，她抓着乔晶的手来回晃：“真争气啊你！苏平家里也开心坏了吧！这下你算扬眉吐气了！”

乔晶点点头，然后说：“昨天出来的消息，本来应该先瞒三个月的，但是管他呢，我就想第一时间告诉你。”

“真的为你开心！哎呀，怀孕了不能吃辣的吧？要不我们换一家餐厅？”南欣看了一眼刚端上来的红油火锅汤底。

“没事儿，有什么要紧？吃火锅还能流产不成？”

“呸呸呸，这种词以后不能乱说。”南欣有些惊讶乔晶此刻的淡定和坦然。

“说来也奇怪，当我得知自己怀孕了，也就激动了那么一小会儿。现在的心情嘛，真的就还好。甚至还有些患得患失的感觉。”

“你别胡思乱想，很多问题都是自己瞎想出来的。”南欣安慰道。

乔晶叹了口气：“苏平让我不要上班了，专心在绍兴养胎。我想想也是，现在每天挤两个小时的地铁，也不太安全。但是不上班家里的收入就少一大块，现在养胎，以后生孩子、养孩子，都要花钱。靠苏平那点死工资，根本不行。”

“你和苏平这些年下来，应该也攒了一些钱吧？”南欣懂乔晶的生活方式，但凡一块钱能买到的东西，她绝对不可能花一块五。

乔晶点了点头。“但是那些钱我们是打算来买房的，是不能动的。本来我还想再等几年，说不定房价可以缓缓，但是现在有了孩子，我觉得买房的事不能再拖下去了。”

南欣一万个赞同，说道：“你不要天真了，等房价真的下跌的时候，估计你又不敢买了。你只是个普通上班族，也不是经济学家，哪里来的底气觉得自己可以抄底？我觉得，你早点放下这些不切实际的幻想，早点买房就是最佳选择。”

南欣的话虽然难听，但是字字珠玑，乔晶心里其实也是这样想的。那么多年，真的不知道自己在等什么，买房的门槛和房价都越等越高。她真后悔，她觉得自己大学毕业准备留在杭州工作的那一年，就应该伸手问爸妈要钱先上车再说。那个时候，她爸的布料生意还没有破产，家里还能帮衬自己。或者，她和苏平结婚的那一年，他们就应该不理会苏平父母说的“住在爸妈身边方便”，把婚房买在杭州就好了。

乔晶觉得自己的生活就像一张网，她每天都在这些犄角旮旯里查漏补缺，真正的大鱼却在中心的大洞里悄然溜走。

“唉，说到底，就是因为穷。要是我们俩有像你和石翔这样的收入，我真的明天就去买。也不会像现在这样畏畏缩缩的。”

听到了石翔的名字，南欣不由得低下了头，不发一语。

“你们俩到底怎么了？是不是你又欺负石翔了？”乔晶心里压根就不觉得南欣会吃亏。

“没，就是感觉不太对。”南欣低声说。

“他找小三？还是你劈腿？”

“神经，”南欣笑着白了乔晶一眼，然后叹了口气，“就是渐渐发现，自己好像其实并没有很爱他。”

乔晶一听“噗嗤”一声笑了出来：“吴南欣，你是初中生谈恋爱呢，吵架几句就觉得不爱了。之前他把钱拿出来和你一起买房的时候，你怎么就不觉得不爱他呢？”

南欣停顿了一下，然后说：“确实。之前一直忙着看房子，和我二姐争房票，每天处理这些乱七八糟的事，但是冷静下来，我好像想明白了。要说我和他之间一点爱都没有吧，也不是。但是爱到可以结婚这个地步，我觉得真的还没有到。”

乔晶摇了摇头，表示不解：“什么叫做没有到？这种完全靠第六感来判断的事，怎么会靠谱呢？还是你和我说的，咱们这个年纪，谈恋爱就像是计算公式，要两个人在一起一加一大于二，才值得交往。怎么了？都忘啦？”

南欣沉默了。

乔晶继续说：“我记得小时候，我问我妈，你爱我爸吗？我妈笑着说，哪有什么爱不爱的。那个时候我特别不理解，难道不是因为相爱才每天朝夕相处在一起的吗？现在我结婚了，我忽然就懂了。生活里的太多事情，比所谓的爱重要。你还记得当时除了苏平，还有个叫西瓜的男生吗？”

南欣努力回忆，然后点点头。“我想起来了，是不是有点胖？有一次大学我回杭州，我们还一起去武林广场看了电影。”

“嗯，”乔晶点了点头，“其实他当时也追我。他的户口是杭州的，爸妈都是律师，家庭环境很好。当时我爸妈一直撮合我俩在一起。但是那个时候我喜欢苏平呀，最后，我还是选择了和苏平结婚。其实——”乔晶拉低声音，“现在我特别后悔。”

“是因为现在没有杭州的房子？”

乔晶说：“也不是。我后悔的点是，当时我不喜欢西瓜，是因为他太胖了。结果，现在苏平发福得比西瓜还要胖，你说我图什么嘛！”

南欣听完，顿时和乔晶一起大笑到停不下来。

“所以，吴南欣。我就特别佩服你。你把结婚这件事情想得很清楚。我要是有你一半聪明，现在就不会挺着肚子还要坐两个小时的地铁回家。”乔晶看着南欣的眼神都闪着光。

南欣低头夹菜，有些刻意地回避着乔晶的眼神。她也不知道自己为何心虚。她曾经踌躇满志地期待着自己和石翔的婚姻，但是当他们朝结婚这条终点线越靠近的时候，她却越来越没有底。

但或许就像乔晶所说的，婚姻的城堡不是靠爱砌成的，而是人民币。

更何况现在，她渐渐发现三十岁的吴南欣，并不是像十八岁认为的那样潇洒又梦幻。

看到好看的衣服，她想买。路过玻璃外幕的豪宅的小区，她想住。她害怕贫穷，厌倦孤独，她不想在深夜加班回到出租屋吃一碗泡面。这种生活对于二十来岁的她还能忍受，但是她现在三十多了，其实也不是年龄的问题，而是她彻底厌倦了。她也想过那种有人陪伴的生活，她觉得自己有这个选择的权利。她也不过是芸芸众生之中，被世俗所困扰，纠结的女人，她也想过那种俗气的幸福生活。

既然自己如此普通，那面对那些现在还够不着的生活，自己就必须付出代价。

22. 交　锋

留给景芳的时间不多了。她必须抓紧时间把房子卖了，然后凑齐新家的全款，否则逾期的话，她拼死拼活摇到的新房，就要付诸东流。

景芳立刻行动。她走进了小区门口的中介门店，穿着一条浮夸的皮衣，戴着墨镜，手上懒洋洋地拎着一只挎包，活脱脱一副贵妇姿态。中介小哥看到立刻热情地迎了上来。

景芳慢条斯理地摘下眼镜，问道："我想在这个小区买个房子，两室的那种，现在一般的成交行情价是多少？"

这其实是一种策略，景芳从短视频里学来的，反其道而行之。倘若直接说自己是卖房的，中介一定是挑各种毛病来压价。而如果你是买房的，中介则会给你一个略高的溢价，以便后续找到更便宜的房源来引诱你签合同。

景芳就想知道自己的房子，最多可以溢价到多少。

中介小哥听闻一拍大腿，说道，"姐，您现在买房，可真是挑对了时候。现在市场开始下行了，二手房价比之前下跌了不少，差不多是两年前的水平。现在买，绝对可以抄底。"

景芳一听差点没晕厥过去，她哆哆嗦嗦地问道：“都说‘买涨不买跌’，你有什么底气说可以抄底，万一现在买了以后跌更惨呢！”

“不会的，姐。这话也不是我自己说了算，我们公司有专门的地产研究院，这是上面出的分析报告，现在杭州二手房价基本处于谷底，明年等疫情好转，经济上行，这价格自然就涨上去了。而且嘛，杭州现在属于一线城市，人口净流入全国第一，你说这个房价怎么可能会一直下行嘛。话说最近卖房的房东啊，都是欲哭无泪呀，都亏死了。咱们趁着这个机会，说不定能捡个漏。”中介说得头头是道。

景芳却越听越心塞，她反问道，“既然那些房东都觉得亏，干吗要现在卖嘛？我觉得你说话也是不负责任。”

“姐，现在经济形势不好，很多人都是卖房来抵债的。还有就是为了腾房票，卖了现在住的，着急去摇号置换新的房子呢。所以，咱们就得找这种房东急卖的房源。放心，包在我身上，我帮你好好宰一刀，非让房东大出血不可。”中介说得眉飞色舞，还做了一个砍刀的手势。

景芳却觉得那把“刀”已经砍到自己心里，她气若游丝地回应道：“行吧，我再看看。”便走出了中介门店。

“姐，要不我加您一下微信！”小哥还在后面喊，她头也不回，快步走回小区。她可不想再听到任何糟心的消息。

晚上，徐胜强回到家，发现桌上又是三两剩菜，忍不住埋怨，

“几块肉也花不了什么钱吧，这样省下去，日子什么时候是头。”

景芳从厨房里走出来，把筷子甩在桌上，说：“能让你吃剩菜就不错了，明天开始晚上就吃腐乳，另外，老酒也别喝了。攒钱！”

“为了买房子，日子都不要好好过啦，你这不是本末倒置嘛。”徐胜强看着桌上的剩菜毫无胃口。

景芳拉开凳子坐了下来，把今天去中介做间谍摸底的事儿和徐胜强说了，然后叹了口气：“我后来又加了另外一家中介，我们家这个户型，一模一样的，隔壁单元的，楼层还比我们家好，上个月卖了，单价才两万五！去年成交可都是三万往上！”

“怎么还跌了？！”徐胜强不可置信，“这么说来，咱们现在卖房不合适啊！”

景芳瞪了徐胜强一眼：“不合适能有什么办法？不把房子卖了，新房的房款怎么凑出来？你倒是说得容易。”

徐胜强想，早知道去年把房子卖了就好了。不过，哪里来那么多早知道。所以他乖乖闭嘴，说出来也是挨一顿骂。

“不过老婆，你得这样想，虽然我们现在这个房子是卖低了，但是我们新房赚钱呀，你想，等交付了，就等于直接赚了几百万的倒挂差。所以嘛，现在亏点就亏点，我们把新房稳住才是关键。”徐胜强安慰道。

景芳点了点头。“你这么说也有道理。做生意不就这样的嘛，这里亏一点，但是从另外地方赚回来。总之，现在的当务之急是把新房拿下。”

“对！我就是这个意思。”

话虽这么说，但是当夜深人静，景芳想起自己可能要低价卖房这件事还是耿耿于怀。她躺在床上，在黑暗中眨巴着眼睛，旁边是徐胜强的呼噜声，更让她心烦意乱。

虽然人生没有“如果”，翻旧账毫无意义。但是景芳还是眼巴巴地想，要是去年就把房子卖了就好了，这样自己家还能摇身一变，变成无房户，去摇号买新房。然后再用妈的房票，再去摇一套。这样，瞬间两套新房在手!

虽然，她完全没有考虑到自己会不会都摇中，她也没有意识到自己哪里有钱一下子买两套房子。但她还是莫名地陷入了这个美梦带来的懊恼中。

景芳又走进了中介的门店。

无论如何，她还是下定决心要卖房。

工作日傍晚，南欣在茶水间吃完从楼下便利店买上来的盒饭，继续准备加班。刚走回工位，手机里便跳出了石翔的微信：“下楼，我在你公司楼下。”

南欣一愣，然后走到窗边，靠着墙悄悄地往下望。果然，石翔就站在楼下的便利店门口，以前石翔每次都是在那个位置等自己。

她交代了几嘴工作，然后收拾好东西下楼。

南欣慢悠悠地朝石翔走过去，然后冷冷地说道：“怎么了？我等会儿还要上去加班。”

石翔笑了：“你加班还带着包下来啊？”

“我……”南欣一时语塞，“没事的话我走了。”

石翔一把拉住南欣，有些霸道地问道：“吴南欣，我问你，你到底想不想和我好好过日子？”

南欣看着石翔，突然心里莫名地涌起一阵委屈，她有点带哭腔地说道：“不想好好过日子的是你吧？不联系，当我死了的是你吧？说不买房的也是你吧？到底是谁不想好好过日子？”

石翔突然觉得有点内疚，他挽过南欣的手说道：“我这不是跑过来和你道歉了吗？”

南欣侧着脸不说话，但她没有挣脱开石翔的手，石翔就知道她已经原谅自己了。他笑着一把搂过南欣。“走，带你吃好的去。”

每一次的剧本都是一样。吵架，冷战，然后在一顿美食里和好。

都市人的恋爱模式不过如此。

虽然彼此都深知无趣，但依旧心照不宣地假装乐在其中。

今晚的餐厅是一家omakase寿司店，南欣心想，这个道歉还算有诚意。两人坐在日式的吧台前，食客寥寥，服务员比客人多。

“南欣，房子的事，我想好好和你聊一聊。”石翔认真地说。这才是他今晚的重头戏。

“你说。”

“我和我爸妈商量了，我觉得既然我们决定结婚，房子只写我的名字确实有点说不过去。但是写我们两个人的名字，就意味着占掉了一张房票，也挺可惜的。现在有一个两全其美的方法。我爸妈先出钱，给我们买一套二手房结婚，名字就写我爸妈的。然后我们留着房票，慢慢摇新房。你看，这两者其实不冲突。而且，说白了，我爸妈的，以后不都是我们的。你觉得呢？”石翔一口气说完。

南欣低着头想了一会儿，然后说：“也是个办法，这是你爸妈提的？”

“咳，你就别管是谁提的了。我觉得这个操作最好，我们的日子也不能被一套房子牵着走，难道摇不到新房，我们就一直不结婚吗？”石翔认真地说。

南欣点点头，表示赞同。确实，总是被摇号这件事情拖着，已经心神俱疲了。确实应该把大局先稳下来，其他事情说不定就顺水推舟了。

石翔看南欣接受的样子，心里的石头也落下了，说道：“这周末，我爸妈就打算来杭州看房。”

“那么快？”南欣愣住了。

“买房的事儿，还不得快刀斩乱麻吗？到时候我们一起陪他们去看，房子的事情，你懂得多。最终还是要你来拿主意的。”石翔尽量把话说得好听，好让南欣觉得是自己的事儿。

“不过，你爸妈预算多少？我得根据价位去选房子。”南欣问。

石翔伸出五个手指。

南欣一惊：“五百万？”

石翔点点头。

“这么多？那可以挑一个不错的次新了。”南欣一直以为石翔爸妈最多拿出两三百万买个刚需的小两居给他们过渡而已，没想到，居然一出手就是大手笔。她表面镇定，心里其实乐开了花，顿时燃起了找房子的兴致。

回家后，南欣开始详细地做起了调查研究，她选定了自己和石翔上班生活都方便的几个板块，然后把每个板块符合这个价位的小区全部做成了表格，租售比，涨幅，最近成交价，全部一目了然。这套准备工作可比大部分房屋中介还要专业。

石翔爸妈对南欣的这套准备工作也大为赞赏，他们对杭州人生地不熟，来之前还隐隐担忧，没想到这个准儿媳妇做起事来颇为靠谱。听着南欣有板有眼的介绍，石翔爸称赞道："南欣，不知道的还以为你就是房屋中介。"

石翔在一旁帮腔："南欣做了很多准备的，房子的事情全靠她。"

"这个事没法不上心，买错一套房，白干好几年。这是和真金白银挂钩的事情。"南欣也不谦虚，一五一十地说道。

"是的是的。说到底，买房就是投资。投资需谨慎嘛。"石翔妈也对南欣的话表示赞同。

整个下午，一家四口都在城北的几个小区转悠。南欣并不满意，不是小区太老，就是户型太差。中介见状便建议道："姐，要不咱们可以去丁桥那边看看，您这个预算，在那边可以买个大四居了。"

南欣一听丁桥二字便拒绝："丁桥房子万年不涨，买了干什么？"

“姐，虽然现在不涨，但以后真说不准，因为很多产业已经搬过去了。现在地铁也通了，去未科、市中心，都方便得很。关键是，房子大，以后孩子老人都能住一起。自己住得舒服才最重要，您说是吧？”

石翔妈一听顿时有点心动，说道：“要不去看看？反正来都来了。”

中介一听连忙在一旁帮腔：“去看看，就算不买，做个参考也行。您说是吧？”

南欣一想也是，多比较一下总是好的，便答应了下来。

刚到丁桥的小区门口，南欣就觉得有点眼熟，越往里面走，南欣的心里越犯嘀咕，她恍然大悟，这不就是二姐吴景芳家的小区吗！她环视着周围，觉得浑身不自在。

突然，一个过来接应的中介小跑着过来，有些气喘吁吁地说：“姐，我是小丁的同事，专门负责这片的。要不我来给您介绍一下吧？”

南欣有点不耐烦地摆摆手，她只想赶紧离开这个小区，说道：“这片我还算熟。要不你直接带我们去看房吧。”

“好咧，姐，你说巧不巧，今天刚上一个特价房源，单价全小区最低，而且楼层也不错，房东是诚心卖的。还没挂出来呢，先在咱们内部这些 VIP 客户里面消化，您是第一个看房的。”

中介说得头头是道，把石翔妈的胃口也调了起来，拉着中介问东问西。而南欣完全不以为然，她阅中介无数，这些话不过都是套路。

一行人走进小区的某栋单元楼。南欣心里又开始犯嘀咕，她眨巴着眼睛，努力地回忆着什么，还没等她反应过来，已经跟着中介到了房子的门口。

中介敲门，南欣一愣："这屋里还住着人哪？"

"是的，房东还没搬。所以说呀，她是诚心要卖房，否则不会住着就让我们来带看……"中介的话还没有说完，门突然打开了。

"谁呀？"一个让南欣无比熟悉的，略显尖酸的声音。

"吴南欣？！"

"……二姐？！"

中介一愣："你们……认识啊？"

"何止是认识啊？这是我亲妹。"景芳白了中介一眼，然后她转过头问南欣，"奇了怪了，我连大姐都没说，你怎么知道我要卖房的？"

南欣顿时觉得无语，说道："是中介带我过来的，我什么都不知道。"

石翔爸妈也觉得惊奇，这看房还看到自家亲姐家了，这算是哪门子的事。他们尴尬地杵在门口，不知道该说什么。景芳的眼睛已经瞄到了他们，又看到石翔，有些支支吾吾地猜测道："这两位是石翔的爸妈吧？"

南欣连忙介绍。景芳还是懂礼数的，赶紧邀请石翔爸妈进屋坐。她到厨房又是泡茶又是切水果，原本的看房变成了亲戚会面。

石翔妈坐在客厅里环视，说道："那么好的房子，您为啥准备卖呀？”

其实只是场面话，但却无意中切中了要害。

景芳也懒得找借口掩饰了，一边端着水果盘出来，一边说：“这事儿都没通知南欣呢，上个礼拜，我去摇了申花那边的新房，本来没抱什么希望，没想到居然摇中了。所以，就想把现在住的这套卖了，一次性付清算了。贷款麻烦，利息又高，你们说是吧？”

南欣一愣，没想到那么快居然就摇中新房了。她心里顿时不是滋味，你用妈的房票摇中了新房，难道现在还想让我来做你的接盘侠吗？

太好笑了！什么玩意儿啊！

“是呀，现在贷款太不划算了。我们也打算一次性把房款付清，别让孩子拖着贷款。”石翔妈应和道。

“呀，是你们出钱给南欣买婚房呀？”景芳大惊小怪地问道。

石翔妈有点得意地点点头。“我们毕竟是男方，出钱买房子也是应该的。”

景芳啧啧道：“南欣能嫁给你们家，真是好福气哦。我们家南欣，除了脾气差一点，人还是好的。”

这话让南欣听得颇为刺耳。她从来不觉得形容一个人“人好”是一种赞赏。这分明就是说不出好话来的敷衍。更何况，你吴景芳装什么好人？虚伪！

“要不咱们还是先看看房子吧？等会儿还有几个房源，我怕时间来不及。”南欣只想逃走。

“对对，我带你们先看看。”景芳一边说，一边领着石翔爸妈参观了起来。

巡游了一遍之后，景芳笑着问道：“南欣，你觉得怎么样？做你的婚房合适吧？说真的，这房子我真不舍得卖的。这个价位，这个配套，在整个杭州城都难找哦。”

连石翔听了这话都觉得别扭，景芳毕竟是南欣的亲姐，但她居然在自己亲戚面前推销起来都丝毫不脸红，感觉她恨不得当下就要南欣付定金。

而南欣，自然知道怎么应对景芳。她笑着说：“二姐，你费那么大劲，又是摇号又是卖房的，还不就是为了给昊昊上个好学校吗？这点跟我和石翔想一块去了，我们也想找个学区好的房子，所以你家可能不太适合我们。不过还好有你给我们指路了，要是我们也在这边买了房，那不和你一样，被套牢那么多年嘛。”

景芳听得脸涨红成一片，但场面人多，不好失态，皮笑肉不笑地说：“你和石翔还年轻，等孩子上小学了，那都是哪年的事了。而且你们年轻人会赚钱，等过几年，说不定就置换了。”

“但还是一步到位最好，你说是吧？二姐你是运气好，新房一摇就中，我既没有你那么好的房票，也没有你这样的运气。”

景芳听着南欣阴阳怪气的话，尴尬地点着头。

石翔爸妈在一旁尴尬得插不上嘴，他们朝中介使眼色示意。中介心领神会，说了句“还有其他房源要看呢”便先从景芳家撤了出来。

走出居民楼，外面的天色已经暗了。石翔爸妈的腿早就开始酸了，一家人便结束了今日看房的行程，走进附近的商场准备吃饭。

石翔妈还是觉得神奇："真没想到，看房还能看到你亲二姐家。不过，话说回来，如果我们和你二姐私下交易的话，是不是可以省下好几万的中介费？"

"阿姨，这房子就算再便宜也不能买，"南欣直截了当的开始分析，"首先，以我二姐的性格，不来宰你一刀就不错了，要让她出血，那是不可能的事。其次，就算她便宜卖给了我，也是因为现在市场的原因，我早就做过研究，她住的那个小区，挂牌的二手房大把，价格势必造成踩踏。最后，我们既没有占到便宜，还欠她一个人情。不过最关键的，还是我二姐家的学区不行，房子住大点小点其实无所谓，但孩子的教育我觉得是第一位。"

石翔爸妈听南欣提到了"孩子"，心情顿时大好。

"看来你的功课确实做了不少啊，真是辛苦你了。杭州我们不熟，确实也帮不上你们什么忙。"石翔爸开心地给南欣倒茶。

南欣一边站起身礼貌地接过，一边说："你们能出钱给我们买房，已经是给我们最大的支持了。我花点时间研究也是应该的。"

石翔爸妈相视一眼，对南欣的回答颇为满意。

第二天，南欣带着石翔一家人去她选中的几个小区看了看。石翔爸妈这次来杭，对南欣的看法大有改观。他们觉得南欣虽然性格有些不讨长辈喜欢，但是做事果断、客观、靠谱。回衢州之后，他们放心地把选房重任全权交给了南欣。

南欣现在手握五百万现金的决策大权，心想，自己之前终究还是太冲动了。婚姻的城堡，靠的是人民币。至于爱和感觉，那是城堡上空的云和彩虹。她现在的关键是要先躺进城堡里，至于外面的风景如何，她无暇顾及。

23. 开　关

和卖房一样迫在眉睫的是，景芳必须抓紧时间租一个房子。否则，一旦房子卖了，他们一家三口就要流落街头。

本来景芳想先把房子卖出去之后再租，无缝衔接，她一点都不想多花冤枉钱。

但是中介怂恿景芳："姐，既然咱铁了心要卖房，不如尽快先租一个。这样，咱们可以把家里的东西先慢慢地搬过去，把房子收拾得干净些，这样也更容易卖。否则买家来看房，发现你们还住着呢，印象就不太好，怕是不好谈。而且咱也不差那十天半个月的房租，您说是吧？"

景芳一想确实有道理，便和中介一起看房。两人就在小区里转悠，像景芳现在住的两室，租金大概是四千。景芳一想到以后每个月要平白无故支出这么一大笔租金，心如刀割。她和中介转悠了半天，终于找到了一个一楼的小两室，虽然一楼采光差，另外一个房间没有窗户而且只能放下一张单人床，但是价格只要三千。景芳有点动心。

"三千还是太贵了，最多两千五。你去和房东谈谈看，不行的话我就不租了。”虽然心里对这个价位是满意的，但该砍的价格景芳还是要砍。

没想到，当天晚上中介就回复了：“姐，帮您给房东打电话了，软磨硬泡了一个多小时，房东见您也是小区的业主，觉得放心，所以才答应了两千五的价格。姐，您真是赚到了。”

景芳开心地答应下来立马就可以签合同。但是挂了电话之后立刻又懊恼地一想：“那么快就答应了，是不是自己报高了？”

昊昊对新家非常抗拒。自己的房间小得连一张书桌都放不下，而且没有窗户，幽闭得像个储藏室。他站在新家的客厅里，甚至都能闻到不远处小区垃圾站的味道。他一点都不明白为什么要搬家，爸妈也从来没和他解释过，就好像自己从来不是这个家的一员，他是个宠物，或者玩具，只需要被爸妈牵着走就行。

几乎每天都有中介带人来家里看房，有的时候，光一个上午，就要来好几拨人。但是一个星期过去，真正有意向的买家居然一个都无。景芳愤愤地想，敢情这些人把自己家当免费的旅游景点了！她跑到门店质问中介，中介只能无奈地说：“姐，您挂的价格确实有点高了，最近行情差，现在是买方市场，买家的选择太多了。我们已经尽力帮您推广了，买家觉得价格高，我们也没办法呀。”

景芳皱着眉头想了想，然后不情愿地问道：“那你们觉得什么价格合适？”

中介伸出四个手指头，说道：“如果您愿意再降四十万，我这边有信心这周给您卖出去。”

“开什么玩笑！”景芳脱口而出，“降四万我都不肯，你还给我提四十万！真的是滑稽死了！”

中介无奈地摊了摊手：“那没办法了姐，要不您就等等，等行情好了，说不定您现在的价格就可以卖出去。但是时间就没法和您保证了，可能要等到明年。”

景芳咬着嘴唇，内心挣扎了半天，然后妥协地说道：“那……最多再降二十万，否则真的就不卖了。”

“行，姐。今天就帮您发朋友圈打广告。”中介笑着说。

等目送景芳走出门店，他转身窃笑地和同事说道：“这次稳了，再降四十万她铁定能卖。”

降价之后，果然有了效果。没过几天就有买家来询价，但是景芳的态度比中介要想象的强硬得多，最多就降二十万，多一毛钱都不行。

晚上十点，景芳都已经熄灯睡下，手机声突然响起。她看了一眼是中介，埋怨着把电话接了起来。

电话那头，是中介有些气喘吁吁的声音：“姐，刚和昨天来看房的客户电话了一个多小时。那边表示挺喜欢您这个房子，但是和他们的预算价位实在高出太多。所以我帮您谈了一个很有利的条件，那边表示，如果您愿意再降二十万，他们可以全款付清。”

景芳听完不耐烦地回应道：“我不是和你说了吗？现在这个价格就是我的底线，再降是不可能的，大半夜的，你不要打电话来了。”

“姐，我知道。但是这个客户真的挺有诚意的，而且现在付全款的客户特别不好找。客户现在不光咱们家，其他还有不少中意的房源，如果这个价格您不接受，她就不考虑咱们的房子了。”

景芳不耐烦的说道：“你们是傻呀，这都是套路呀。你直接回过去，不考虑拉倒！”

“是的，姐。刚开始我也是这样想的，以为客户是故意逼咱们降价，可我打听了一下其他中介，还真的不是！她确实和好几个房东都联系了，而且都有意向，所以我才那么晚着急给您回电。要不您考虑一下？明天早上给我个回复？”

“行吧……那我想想。”景芳陷入了纠结。

“好咧，姐。那我明早等您的消息。”中介挂完电话，然后转身回到烧烤摊：“来，继续喝！”

夫妻俩靠在床头，刚才还有的睡意顿时全无。

“这个中介花招真的太多了。价格被他搞得一降再降，真当我们是冤大头了。”景芳越想越郁闷。

“哎，现在这个市场，能卖掉就不错了。我那天看到一个新闻，说杭州有个学区房，前两年卖十二万一平，现在才六万不到。你看看，都腰斩。我觉得嘛，我们不管卖多少钱，总比当时买的时候高不少，亏本总不至于的。”徐胜强倒是很想得开。

“话虽这么说，但想想，今年的价格居然比去年还要低，心里总是不舒服的。”景芳还在纠结。

“哪能什么事情都让你算得准。我们现在能摇到新房，已经够幸运了。不要奢求太多嘛，做人要学会知足常乐。”徐胜强开导景芳。

虽然，景芳口头上依旧在念叨，但其实心里是认同的。当她在售楼处看到楼盘的广告，她就觉得自己是在做梦。像她这样的小老百姓，能住到中央空调，新风系统，甚至还有洗碗机的新房里去，就像是做梦。她真的已经知足了。

“卖！”景芳突然喊了出来，把徐胜强吓了一跳。

“我明天一早就回复小王，再降二十万！全款！这房子虽然低卖了，但是咱们得朝前看！”景芳斩钉截铁地说。

徐胜强伸出手，和景芳用力地一击掌，然后说，“要不现在就打电话给他？听说他们中介二十四小时待命的。”

“对！现在就打！万一明天买家改变主意了呢。”景芳一边说，一边拿起手机，拨通了电话。

电话那头的中介正啃着烤串，他看到手机上响起了吴景芳的电话号码，得意扬扬地把手机展示到其他中介面前，说道：“看到没？电话来了。我就说吧！这就叫做心理战术！你们的道行和哥比，还太浅。”

晚饭后，家里其他人像往常一样在客厅里看电视，庆春独自一人在餐厅里收拾。她把桌上的食物残渣收拾到盘子里，刚想走回厨房，突然一阵头晕目眩，她赶紧抓住椅子，坐了下来。

客厅里在放《钱塘老娘舅》，孙建国和孙璐两个人躺在沙发上嬉笑着点评节目里的家长里短。

“建国……建国。”庆春在餐厅有点虚弱地招呼孙建国。

“咋啦？”孙建国头都没回，继续和孙璐闲聊着节目，“你瞧瞧，我觉得这大姐坏主意最多，怎么想的呢？居然拿自己妈的房子去做抵押，难怪家里要造反。”

“建国……”

“啊？”孙建国回过头。

“我头有点晕，突然没力气。”庆春虚弱地说。

“那你搁着，等会儿我来收拾。”孙建国说完，继续躺在沙发上，目不转睛地盯着电视。

庆春喘着气，拿起桌上的水，喝了一大口，呼吸似乎通顺了许多。她看了一眼桌上的碗筷，又看了一眼一动不动的孙建国，默默地站起身，继续收拾了起来。

直到她收拾完餐桌，洗完碗，父女俩依旧在沙发上盯着电视。她默默地在厨房里，切了两个橙子，端了过去，把水果搁在了茶几上。孙建国理所当然地用牙签插起一小块送到嘴里。

没有人关心她刚才的不舒服，也没有人发现她还是默默地收拾完了厨房。孙建国似乎早已经忘了刚才的那一句“等会儿我来收拾”。这样的话在结婚的三十多年里，他说过无数次，至于有没有兑现，他不在意，甚至庆春也不在意。

“啧，今天的苹果有点酸了。”

这才是他关心的事。

经过了第二次降价之后，景芳家终于成交。买家很爽快地交了五万块定金，两天后，双方正式在中介门店签合同。买家是一对外地的年轻夫妇，在海宁做服装生意。签合同的时候，景芳好奇地打量着他们，估摸着他们也就南欣这般年纪。

“一下子拿出几百万出来，不容易哦？”景芳试探性地问道。

“是啊，”男生点点头，“问爸妈借了百来万，硬凑出来的。”

“和银行利息比起来，您划算。而且吴姐这次给你们的价格，真的很有诚意了。”中介在一旁帮腔道。

“是的呀，我也是为了腾房票，否则这个价格，打死我都不会卖的。小伙子，你可真是捡了个大便宜哦！”景芳一边说，一边在合同上签下了名字。

签完合同的那天，景芳多买了几个菜，这应该是他们一家子在这个房子里吃的最后一顿饭，她想好好张罗一下。

昊昊放学回到家，看到家里大大小小的箱子堆得到处都是，回到自己的房间里，发现柜子，书桌，都已经被搬走。嘟着小嘴一脸不开心地走到客厅里。

“快洗手吃饭，今天做了你最喜欢的油焖大虾。”景芳端着盘子从厨房里走了出来。

“妈，我们为什么要搬家？”昊昊终于忍不住问。

景芳不理会，念叨道：“大人的安排，你一个小孩瞎关心什么。你只管好好读书，每天把作业完成。不管住哪里，都委屈不了你。”

“我就问问……”昊昊低下了头，“我也算是这个家的一分子吧？”

“哟？”景芳从厨房里探出头，“还学大人说话了哦？等你什么时候出息了，工作赚钱了，才算是家里的一分子。你呀，现在就是家里的寄生虫，我们为了供你，又是卖房，又是买房。你啊，可得争气。”

昊昊默默地转过身，关闭了耳朵——他的心里有一个看不见的开关，每当景芳开始碎碎念这些他听不懂又不爱听的话的时候，他就默默地按下那个开关。因为这些话对他来说就是天方夜谭，胡说八道。就像他现在完全不明白，自己要好好念书，和搬家又有什么关系。

反正景芳也不会对自己解释。每次他问这些问题的时候，景芳都不会解释，他不明白，为什么自己的妈妈如此看不起自己。好像自己就是一个只会念书的傻瓜。

这场最后的晚餐并没有什么特别，三人吃完饭，景芳看着乱糟糟的屋子，忽然有些黯然神伤。“这一晃，我们家在这个房子里住了也有小十年了。之前总嫌弃家里小，连个昊昊的书房都没有，但是真的要卖了，心里还真舍不得。”

“是啊，你瞅那套餐边柜，是我爸托弄堂的老木匠陈大伯做的。当时花了三百二十块钱和一条老甲鱼。现在陈大伯都去世好多年了。还有这屋子里的地砖，都是我一块块从市场搬回来，找泥水工砌上的。我记得清清楚楚，当时装修，里里外外总共才花了两万块。现在两万块能干什么哦？”徐胜强说得心里酸酸的，这个家，是他们两口子人生意义上第一个真正的家。屋里的每一个家具，甚至每一粒墙壁上掉下来的粉尘，都是他们一点一滴的心血。

景芳揉了揉眼睛，说道：“也是好事嘛，证明我们家的日子越过越好了。来，干杯。”她把玻璃杯凑到徐胜强跟前。

轻轻地砰的一声，像是一个句点，他们正式和这个房子告别。

24．无　常

“南姐，来例假了不舒服吗？”早晨，实习生刚走进办公室，就看到南欣皱着眉头，闭着眼睛躺在沙发上。

“没……没事。”南欣缓缓地张开眼睛。今天一到公司就不舒服，浑身一点力气都没有。她支撑着身体想坐起来，但是大脑突然一阵晕眩，差点没昏过去。

实习生吓了一跳，赶紧甩下包过来搀扶。

“南姐，要不我陪你去医院吧？”

南欣努力缓过神来：“没事儿，你忙你的去。把昨天直播的GMV报表发给于总。”

支走实习生，南欣重新在办公间的沙发上躺了下来。她用手轻轻揉了揉隐隐发胀的腹部。

其实也不是第一次出现这样的状况。最近总是莫名其妙觉得头晕、没力气，小腹还时常隐隐作痛。但南欣都觉得是由于加班熬夜，没休息好导致，所以也没有太在意。只是这几天情况越来越严重。今天刚到公司就垮了下来，整个人像是虚脱了一般，倒在沙发上没有一点力气。

“小张，帮我去茶水间做一杯冰美式。”南欣拿起手机，用虚弱的声音给实习生发了一条语音。

哪怕是感觉快死了，每天早晨一杯冰美式也必须雷打不动。

但是，半杯咖啡下去，腹部依旧疼痛难忍。也是，咖啡又不是止痛剂。思前想后，南欣还是决定请半天假去医院。她没告诉石翔，因为等石翔过来就得两个小时，还不如自己硬撑去医院速战速决。

刚到医院，南欣就看到门诊大厅里乌泱乌泱的人。她瞬间就后悔了，早知道就不来了，但还是硬着头皮挂号、取号。等排到面诊已经是两个小时后了。南欣坐在门诊室外冰冷的座椅上，腹部的不适感似乎消失了。她拿起手机，当看到工作群里几百条的留言消息，想到手上的工作，更后悔来医院了。

面诊不过五分钟。医生做了简单的检查，开出单子，先去做CT化验。南欣懵了，问医生自己究竟得了什么病。医生说，得先做检查才能判断。南欣接过病历卡，懊恼地想，又是莫名其妙搞这么一大堆的，简直就是花钱受罪。

“做好CT拿着报告过来找我，下午我都在。你的情况可能比较复杂。”

医生的话让南欣的心莫名地慌了一下，她原本想直接回公司的心又犹豫了。她努力说服自己，非常不情不愿地下楼排队取号做CT。

等做完CT，拿着报告去找上午面诊的医生，已经是快到了傍晚。

南欣坐在医生对面，摸着已经饥肠辘辘的肚子，脑子里想的全是等会儿出了医院去吃什么。

医生看着CT报告，皱了皱眉头说："胸部有大量积液。这个需要住院做一下检查的。"

南欣听到"住院"两个字顿时吓了一跳。

"没……没那么夸张吧？不就做个检查吗？还得住院？"南欣开始紧张了起来。

"抽积液可不是像抽血那么简单，单看你的CT，我觉得情况不是特别好。我给你开个住院单，你今天住进去，明天就能做。也不麻烦。"医生解释道。

南欣一听心里更慌了，问道："医生，胸部有积液意味着什么？您可以和我直接说。"

医生沉了一口气，说道："如果胸部有大量积液，一般有三种可能：感染，肺结核，还有癌症。"

南欣听到"癌症"两个字，脑袋轰的一下，大脑顿时一片空白。她深呼吸了一口气，稳定住情绪。"以您的经验来看，哪个可能性大一点？"

医生盯着CT片，然后说："这个真的不好说，所以得赶紧抽液检查。"

"行，我知道了，"南欣哆哆嗦嗦地拿回病历和检查报告，刚站起身走出去又转回头问道，"医生，我大概需要请几天假？"

南欣走出会诊室，坐在熙熙攘攘的大厅里。她整个人像是被抽空了一般，攥着病例不知道该做什么。接下来她要去办住院手续，但是去哪里办？怎么办？她突然觉得好累，她一刻都不想动了。

手机里弹出了石翔的微信。南欣并没有把今天来医院的事情告诉他。他们每天忙着彼此的事情，并不会像小年轻谈恋爱这样事无巨细地分享彼此。

南欣拿起手机，给石翔拨了一个语音电话。

电话接通的那一刹那，她的眼泪就掉了下来。

当石翔赶到医院的时候，南欣已经办好了入院手续，躺在自己的病床上休息了。

“这到底是怎么了？怎么就住院了？”石翔心急火燎地放下东西。

“胸里面有积水，胸闷，医生也说不出个所以然，所以明天要做抽液手术。”南欣的情绪已经稳定了下来，淡定地说。

“这么严重……”石翔皱皱眉头，其实他也不清楚抽液手术是什么。

南欣说得轻描淡写：“没什么大不了的。最近工作太忙了，又是熬夜，身体果然出问题了。哎。”

“你饿了吗？我点外卖。你想吃什么？”

“麻辣香锅。”南欣回答。

“去你的。”石翔说。

病床前的氛围终于轻松了起来。晚上，南欣没让石翔留在医院里陪护。石翔见南欣状态还不错，便回去了。他前脚刚走，乔晶便风尘仆仆地赶到病房里。她一看到南欣，眼泪就唰地流了下来。

“哭什么呀？搞得我像快要死了一样。”南欣笑道。

乔晶环顾了一下病房，说道：“石翔呢？都这个节骨眼了，他怎么能不在？”

南欣轻描淡写地说：“回家了，他还有工作。我没告诉他可能是癌症。”

“是工作要紧还是你要紧？你们现在是两口子，那么大的事，你也别一个人扛啊。他来帮你分担也是他的义务。”乔晶不解。

南欣满不在意地说：“又没领证结婚，还不算正式的两口子。这个时候，没必要考验人性。”

南欣还是那个冷静的南欣。她挤出一丝苦笑，掐了掐乔晶的脸：“好啦，别丧着个脸了。我是觉得，我肯定不会得癌症，是医生吓唬我呢。”

话虽那么说，但乔晶也清楚，这个关头不胡思乱想是不可能的。她走到南欣的旁边，把头靠在床单上，说道：“今天我留下来陪你。明天我陪你去做手术。你别怕。”

南欣点点头，轻轻地说了一声“好”。此时此刻，她清楚自己只愿意对乔晶袒露自己内心的不安和恐惧。

第二天，石翔请了假来医院陪南欣。他和乔晶一起看着南欣被推进手术室里。

南欣被打了局部麻醉，有些迷迷糊糊的。但她还是能清晰地感觉到长针被扎进自己的胸腔。一般的病人都会闭上眼睛，只有南欣丝毫不顾忌，她看着医生在自己的面前操作，看着褐黄色的液体被一点一点地抽进采取袋里。整套流程并不复杂，也就二十分钟左右，抽液手术就结束了。

“明天能出化验结果，这两天还是需要住院休养，消炎的盐水还是要挂的。”医生走出手术室，嘱咐石翔。

石翔一边点头，一边有点心疼地看着虚弱的南欣。

“还好吗？”

南欣迷迷糊糊地说道：“把我的手机给我。我要回几条工作微信。”

几小时后，胸部的麻醉渐渐消失。南欣只能躺在床上一动不动，稍微一个侧身就疼得厉害。石翔在一旁伺候，他忍不住说：“这回知道老公的重要性了吧？”

南欣叹气：“做个小检查就这样，人还真是脆弱。”

石翔说，“所以，人是需要陪伴的群居动物。”

傍晚的时候，庆春突然出现。是在手术的时候，石翔偷偷打电话告诉的庆春。这个时候，能有人多探望和陪伴，总是好的。南欣也很意外，她虽然一点都不想麻烦庆春跑一趟，但是看着她从袋子里一盒一盒地拿出自己做的饭菜，心里还是感觉莫名的温暖。

“你也真是的，住院了也不和我说一声……我做了一些清淡的菜，凑合着吃吧，总比医院食堂里的好。”庆春把饭盒的盖子打开，里面是一些南欣最熟悉的家常菜，清炒上海青、毛豆鸡块、水蒸蛋……

“本来一点胃口都没有，现在突然有点饿了。”南欣难得说几句好听的话。

庆春边吃边问：“你这个检查怎么还要住院？是身体哪里出了问题？”

“说是肺部有积液，我也弄不清楚。反正就是发炎，这两天一直打着消炎药呢，已经好多了。”南欣淡定地说。

庆春听南欣这样说，也放下心来，说道：“你啊，肯定经常熬夜，平时还总吃外卖，身体不出问题才怪。石翔，你也注意着点，少吃外卖。”

南欣还是忍不住犟嘴：“你说得容易，不吃外卖在公司自己开火做饭呀？”

石翔在一旁笑，每次听到南欣和庆春的谈话，他都觉得她们更像是母女。

晚上，石翔从护士站借了折叠床，陪南欣在医院里过夜。两个人像日常一样，石翔对着电脑处理工作，南欣躺在床上用手机回复着工作短信。如果不是空气里飘着的消毒水的味道，南欣甚至会有一种错觉，他们此刻是躺在未来的新家里。

但是，当视线从手机上脱离，看着头顶惨白惨白的白炽灯。南欣的心里突然觉得瘆得慌。明天上午抽液的检查报告就要出来了，她的命运就要落入到那三种可能性之一里面。隐隐约约地，她有一种预感，一种自己的生活即将被拉入深渊的预感。

25. 日　子

南欣的检查报告出来了。她故意没有告诉石翔，等石翔离开医院去上班后，她独自前往了医生的会诊室。

之前给自己问诊的孙主任没有在，坐在办公桌上的是一个年轻的医生，也就三十来岁的模样。

“孙主任今天突然有个会议，我过来顶班。他已经和我说了你的情况，先坐下吧。”医生做了一个手势。

南欣忐忑地在办公桌前坐了下来。医生开始一页一页地翻着报告，他每一秒的沉默和停顿都让南欣莫名的紧张。

“单从抽液的检查报告来看，没有发现癌细胞。”医生抬起头。

“真的?！”南欣几乎是要叫出来。她心里的石头瞬间砰的一声落地了。

医生点点头：“但是肺部需要消炎。你可以在医院继续住几天观察一下，但是目前看来，你恢复的情况很好，配点消炎药回家休养治疗也可以。平时还要注意作息，尽量避免熬夜。另外，三个月后最好来医院再复查一次。”

南欣激动的连连点头，“谢谢……谢谢医生！”

走出会诊室，南欣长长地深呼吸了一口气，她兴奋地走到走廊上给乔晶和石翔打电话“报喜”。阳光从窗外洒进来，原来重生的感觉如此美妙。

石翔还是不放心南欣回家独居，他总觉得第二天南欣就会回公司开始加班。于是，他提出让南欣来自己这儿住几天。南欣想起医生对自己的叮嘱，便欣然答应了。

住在石翔家的这两天，南欣还真有一种“老夫老妻”的感觉。石翔特意不加班，到点就回家。南欣意外地发现其实石翔的厨艺一流，不光是家常菜，就连一些粤菜也不在话下。

南欣津津有味地吃着石翔做的避风塘炒大龙虾，说道：“真没想到你还有这两手，之前怎么都不见你做饭呀？”

“咳，地方小，还是个电磁炉，做饭真不方便。等以后我们搬了新家，有了大厨房，我每天都给你做好吃的。”

南欣听着石翔口中的“大饼”，心里暖烘烘的。人啊，健康地活着，有个属于你自己的家，还有一个爱你的人，还有什么好抱怨的？能这样活着，就已经比这个世界上的大多数人要幸福。

吃完饭，石翔收拾碗筷。南欣躺在沙发上，刷着手机。两人分工明确，尊卑分明。

石翔整理完厨房，又泡上一杯热柚子茶，端到南欣面前。

“老婆，咱们明天去把结婚证给办了呗。”

“啊？”南欣一愣，“怎么那么突然？”

石翔说：“我妈选的日子，吉日不等人哪。反正也求过婚了，这个证什么时候去领都无所谓。早点领证，早点心里踏实。”

南欣立马侧过脸问道，“你心里不踏实个什么劲呢？是怕我跑了吗？”

“那当然。拿到那个红本本，我才放心。你就永远是我的人了。”

“油腻！”南欣轻轻地拧了拧石翔的胳膊，笑骂道。

第二天一早，南欣就爬起来美美地开始化妆。抹脸的时候南欣就在想，以前看小说和电视剧里男女主角领证的情节，总觉得那是一个庄重的仪式，而现在自己的心情，就和去派出所补办身份证差不多。唯一的那点期待，是证件上面的照片好不好看。

但是石翔的反应完全不同。他像是要去参加婚礼似的，特意换上一套西装，还用发蜡抓了头发。刚到民政局，他兴奋得像个春游的大学生，不停地和南欣唠叨。

拿到结婚证之后，他第一时间拍了照片，发给了衢州的父母。不一会儿，石翔妈的视频通话就拨了过来。

“儿子，恭喜你！”视频那头，石爸石妈喜笑颜开。

石翔赶紧搂过南欣和爸妈打招呼，石翔妈说道：“南欣，既然你们都已经领证了。现在是不是该改口了呀？”一旁的石爸连忙说道：“你呀，真不懂。都是婚礼之后才改的呀。”

还没等石爸说完，南欣落落大方地对着镜头叫道：“爸——妈——”

“哎，哎。”石爸石妈热情地回应道。

“好了好了，不和你们说了。我们得吃饭去了。”石翔挂断电话，然后搂着南欣说道：“你这声‘妈’和‘爸’叫得还挺顺的嘛。”

“你妈都提了，我还能不叫嘛。这样多不给她面子。”

“老婆就是贴心，今天，我要请你吃大餐！”石翔情不自禁地亲吻南欣的脸颊。

“吃什么大餐呀。虽然现在是你爸妈出钱给我们买房，但是装修呀，家电呀，这些钱我们总得自己掏吧。在没有搬进新家之前，一切从简！”南欣指挥道。

“行行，都听你的。”

小两口柴米油盐的小日子，就这么正式拉开序幕了。

两人随便在商场里找了一家餐厅，吃完石翔去公司上班，南欣回石翔家，准备收拾收拾东西回自己的出租屋，经过这几天的休息，她觉得自己已经基本上满血复活，明天就要重新杀回公司吭哧吭哧地赚钱。

才刚走出石翔家，手机响起一个陌生的号码。南欣下意识觉得是个骚扰电话，但还是不耐烦地接了起来。

“请问您是吴南欣吗？我是人民医院的孙主任，你之前在我们医院做的抽液检查。”

南欣一愣：“孙主任你好，我是。”

“你现在方便来医院一趟吗？我今天看了你的检查报告，有一些问题还是当面聊比较好。”

南欣的心咯噔了一下：“好的好的，我现在就过来。还是之前2号楼的办公室，对吧？”

挂了电话之后，南欣开始莫名地惶惶不安。但她顾不得胡思乱想，赶紧出门打车去医院。

赶到医院。孙主任从一叠病历里面抽出南欣的检查报告，打开，放在了南欣的面前。

南欣想问什么，但是又不敢问，只等着孙主任开口。

“上次给你分析报告的是我们的实习医生，他对你的情况不是很了解。确实，在你的抽液报告里面并没有发现癌细胞。但是，他忽略了你胸腔积液的颜色，以我的经验来看，胸腔积液如果是这个颜色，多半是癌症晚期。于是我又拿出你的 CT 来看，现在初步诊断下来，应该是卵巢癌。”

南欣只觉得脑袋轰鸣一声，大脑像是瞬间短路了，停顿了好几秒钟，哆嗦着嘴唇说：“我没生过孩子，性生活也没有不检点，怎么会得卵巢癌……”

医生解释：“这个和生育、性生活都没关系。有的病人还是处女呢。”

“误诊……会不会是误诊……你们医院一会儿说我肺部发炎，一会儿又诊断我卵巢癌，这跨度也太大了，敢情我得了什么病都靠你们一张嘴，也太不靠谱了。”南欣的嘴唇都发白了。

孙主任对南欣的反应一点也不意外，说道：“你不放心的话，可以去其他医院再复诊一下也没有关系。一般的病人复查两三次都算正常，我可以理解。但是你的情况现在很危险，不管怎么样，你必须尽快做好治疗的准备。”

“好……我知道了……这个检查报告，我带走吧……”南欣颤颤巍巍地站了起来。

才刚走到门口，南欣突然转过身，说道：“孙主任，你知道今天是什么日子吗？我刚领结婚证。我结婚了。”

她说完便转身从会诊室里走出来。她只觉得自己腿脚有些发软，她赶紧找了走廊边的座椅坐了下来。冷静了一会儿之后，她哆哆嗦嗦地摸出了手机。打开通话记录，手指停在了石翔的名字上面。

南欣停顿了一会儿，又重新关上手机，没有拨出去。

下午，回公司，南欣直接走进了老板的办公室。

“吓我一跳。”老板看南欣一副气势汹汹的样子，警惕地抬起头。这个公司里，其实就算是他也对南欣忌惮三分。

“我要辞职。”南欣冷冷地说。

老板笑道：“有话好好说，谁又给你捅窟窿了？”

“没。我就是想辞职。”南欣眼睛也不眨一下。

“不批准。现在是什么时候？马上就要双十一，你走了我去哪里找人顶上？”老板直接拒绝，懒得多问一句。

“不批准也可以，直接给我停职留薪三个月，你愿意吗？”

“吴南欣，你是怀孕了吗？还是要生了啊？也看不太出来啊？”

南欣冷冷地说：“我肚子里确实长东西了，肿瘤，晚期。”

老板愣住了，他盯着南欣那张面如死灰的脸，知道她没有在和自己开玩笑。

场面沉寂了近十秒钟，他才缓缓开口：“我知道了，你直接去找人事吧。”

南欣怎么也想不到，就在这短短的一天时间里，她的人生已经轮番发生了巨变。

果然，人不能在任何一刻得意忘形。当她拿着结婚证，开始幻想着自己婚后那些美好的琐碎的时候，命运之神甩出一个惊天大耳光，将她贬入地狱。

她麻木地躺在床上，整个人像是瞬间被抽空了精气神。她没有力气哭，也没有倾诉的欲望。她闭着眼睛，整个人浑浑噩噩地睡了过去。醒来的时候，她有一种不知道何年何月的混沌感。

但她很清楚，自己恨透了这种感觉。

要死就早点去死。现在，立刻，一了百了。如果不想死，那就努力寻找活下去的办法。更何况，自己也不是第一次面临人生这样的窘境。她想，还好自己不是在加拿大，至少自己在国内，还有医保。

她拿出手机，百度了一家专业的肿瘤医院，预约了明天的专家号，准备去复查。

南欣注意到手机上的时间，晚上十一点半。直到现在，都没有出现一条石翔的消息。她知道他在加班。她想，如果石翔发信息问自己在干什么，她就把今天的一切都告诉他。因为她实在没有勇气主动开这个口，但是直到南欣再次睡着，石翔都没有给她这个机会。

26. 凉　薄

乔晶一下班就赶来南欣的公寓，两人一见面就抱头痛哭。冷静下来之后，乔晶突然觉察出什么，问道：“石翔这家伙呢？什么情况啊，都这个节骨眼了他还有心情在上班？”

“我还没告诉他。”

乔晶张大嘴巴，非常不解。

南欣解释道：“我想去复查一下，如果确认是癌症，再告诉他。现在没必要多拉一个人来消化我的坏情绪。”

“你大姐、二姐也没说吧？”

南欣点点头：“我二姐就算了吧，等我死的时候让她来吃席就可以了。”

“精神病。”乔晶用力地拧了一下南欣的胳膊，然后哀伤的把头靠在了南欣的肩上。

南欣去了最专业的肿瘤医院复查。又是一轮又一轮的抽血、做CT、拍片、抽液……光是检查流程就花了整整三天。

结果出来了，卵巢癌晚期。南欣看着报告上的白纸黑字，嘴角居然冒出一丝笑容。果然命运从来没有垂怜过自己，一切都在自己的意料之中。

南欣问医生：“我就想知道自己还剩多久，还有没有救。你可以直接告诉我。”

祝国明医生是肿瘤医院里的老专家，他从来没见过情绪那么稳定的病人。他如实说道：“卵巢癌算是比较凶险的癌症。但庆幸的是，现在的癌细胞还没有发生转移，所以，还没有到判‘死刑’的地步。”

“治愈的概率大概有多少？”南欣的口气像是在聊工作。

“这个得看用什么方法进行治疗。现在有两套方案。第一套就是最标准的治疗方案——用紫杉醇加卡铂进行化疗。这是最常规的治疗，副作用比较大，患者会比较痛苦。第二种就是服用今年最新引进的靶向药，奥拉帕尼。用靶向药副作用小，更温和安全，而且效果明显。国外的数据表明用这款靶向药可以将死亡风险降低65%。而且相比化疗，对于患者来说承受的痛苦要小得多。”

南欣考虑了一下，然后果断地说：“医生，我选靶向药。”

祝医生停顿了一下继续说：“如果不考虑价格的原因，我也自然是推荐先服用靶向药物治疗，但是，靶向药需要自费，而且费用非常高，一个疗程就需要二十万元左右。”

南欣愣了一下，问道：“一个疗程的时间大概是多久？”

祝医生回答：“一般是两个月左右。而且靶向药也不是灵丹妙药，需要患者长期坚持服用才能达到治愈的效果，这恐怕是个持久战，你要考虑清楚。”

“行，那我们回去考虑一下。”南欣接过病历卡。

南欣走出会诊室，说来也奇怪，面对这样的结果，她居然有一丝的如释重负。她拿出手机，拨通了石翔的电话，她终于可以不用独自扛下这一切。

石翔急匆匆赶来医院，他见着南欣，半张着嘴巴嘟囔了半天，才颤颤巍巍地说道：“……你没开玩笑吧？”

南欣把病历递给他，说道：“你觉得我有这个闲情逸致开玩笑吗？”

石翔低下头，翻开病历本，一下子就看到了“卵巢癌”等字样，他红着眼睛，有些语无伦次地说道：“已经确诊了吗……医生怎么说？”

南欣轻描淡写地回答道：“确诊了，晚期。”

石翔倒吸一口凉气。

“但一时半会儿死不了。还有救。现在有两套治疗方案：一，化疗；二，吃靶向药，效果好，副作用小。”

石翔一听到化疗两个字，脑海中立刻浮现出影视剧里掉头发、被折磨得生不如死的画面。不假思索地说道：“那当然是选靶向药啊。”

南欣看着石翔的眼睛，补充道：“一个疗程就要二十万。比黄金还贵，而且也不知道吃几个疗程能治好。”

石翔愣了一下，他搂过南欣，揉了揉眼睛，然后在南欣的耳边说道：“没事。我们现在还有钱，大不了房子就不买了。二十万算什么，就算两百万也得治。我不忍心看着你化疗受苦。”

南欣再也憋不住，和石翔一起在医院的走廊上抱头痛哭了起来。

石翔的父母得知了南欣生病的消息后，连夜赶来了杭州。

南欣在病床上看着他们疲惫的样子，内疚得不知道说什么才好。石翔妈想着南欣二十多天前还生龙活虎地带着自己看房，如今却得了自己这个年纪才会得的病，心里五味杂陈，有心疼，苦涩，当然也有猜疑。

趁着石翔送自己回酒店，石翔爸妈赶紧拉石翔在酒店房间里开家庭会议。

石翔妈单刀直入——“昨天才领的结婚证，今天就告诉你自己得了癌症晚期。要说这是巧合打死我都不信。这个吴南欣安的什么心思？”

石翔一听这话火冒三丈：“她一个癌症病人还能安什么心思？妈，你怎么那么冷血？况且，去领结婚证的事儿是我提的，日子是你选的。你说的好像是南欣预谋好这一切似的，这什么乱七八糟的！”

石翔妈对石翔的反应毫不意外，一副教导主任的口气继续说道：“儿子，你要清楚，在这个世界上唯一不会害你，也不会对你有所图的就是我们。我们也不是故意和你作对，我们知道南欣得了那么重的病你也很难过。但是，旁观者清，从我们的角度客观来看，这确实太蹊跷了。你觉得有没有可能，在你们领结婚证之前，南欣故意把病情瞒着不告诉你？”

石翔听完立刻站起身：“爸，妈，我这两天已经够烦了。你们能来看南欣，我谢谢你们。但求求你们不要再给我心里添堵了好不好？！”他吼完便转身要往门外走。

石翔爸在后面喊：“一起在酒店吃个饭再走啊，三十多岁的人了，和小孩似的，和我们闹什么脾气！”

石翔妈一拉石翔爸的手，小声地说：“随他去。我们儿子也不是傻子，他自己会想明白。”

等石翔关门离去后，石翔妈唉声叹气：“哎，你说石头怎么碰上这事儿了呢？”

她越想越懊恼，从她第一次见到南欣开始，她就觉得这个儿媳妇不会是一盏省油的灯。她懊恼自己一开始就应该相信自己的直觉，吴南欣她不光不省油，而且有可能油尽灯枯。

人性啊。石翔妈竟然一点都不为自己这样想而感到内疚和不安。她的心里只有懊悔，懊悔那天给石翔打电话，催着他们去领证。

她觉得脊背发凉。

原来，自己才是将儿子推入深渊的那个人。

南欣看到石翔一脸丧丧的样子回到医院，便猜到了大概。

“老公，我想和你聊聊。”南欣说道，她其实已经想清楚。

石翔把折叠椅往病床边凑近了些：“怎么了？”

“两件事，”南欣的口吻依旧像在布置工作，“第一件，等检查做完，配完靶向药，我想回家治疗。一是可以节省住院费。二是靶向药的副作用对身体很小，没必要一直住在医院里。最关键的是，回家后我还能做一些其他的事，心态也会好很多。第二件，你爸妈之前打给我们买房的钱，千万不能动，只能拿来买房子。”

石翔面露出难色：“那万一钱不够怎么办？”

“我们的积蓄应该可以撑几个疗程。到时候不够，我去想办法。总之不能挪你爸妈的钱。”南欣说。

“行吧。”石翔低了低头，说，“南欣，你别多想。我爸妈今天和我说了，他们一定尽力帮你治疗。”

“嗯。我知道。”南欣点点头，心里却涌起一丝凉薄。

南欣在医院领完药，开始回家治疗。手机里设置闹钟，一天要雷打不动的吃六回。服用了一周之后，副作用逐渐开始出现了。

南欣身上开始起莫名其妙的皮疹，完全没有食欲。但是她清楚食物补充的重要性，她硬逼着自己吃东西，吃完之后却又开始腹胀，消化不良。更可怕的是，她像电视剧里的一样开始掉头发。刚开始的时候她并没有太在意，直到有天半夜，她被莫名的腹痛疼醒，起床无意捋了一下头发，却被抓下来大把。

她没有叫醒石翔，独自一人走进卫生间里，坐在马桶上，看着手心里的头发。

那些头发像一双双深渊里的手，想把她拽进绝望里。她以为靶向药可以逃脱掉头发这一劫的，没想到和那些化疗的病人一模一样。

对于癌症病人来说，心理上的压力和身体上的痛苦一样难以承受，就连心智如此强大的南欣也是如此。无论是靶向药还是化疗，都像是一场蒙着眼的闯关游戏。除了硬着头皮往前走，别无他法。癌细胞是否被杀死，有没有发生转移，药物有没有起作用，一切都是未知数。

这种煎熬真实得让人度日如年。南欣每天都在心里计算着距离去医院复查的天数。

庆春给南欣打电话，天气冷了下来，她做了一些腊肉，想带给南欣。南欣头晕目眩躺在床上，听到庆春的声音，立刻绷不住了，向庆春坦白了自己病情。

庆春赶到南欣的公寓，看到她这副样子，既心疼又生气。

“出那么大的事情，都不和家里人说！你到底怎么想的？！”

南欣挤出一丝苍白的笑容：“说了的结果，不就是你过来骂我一顿。”

庆春一边抹着眼泪，一边问：“生了那么大的病，也不去医院，整天躺在家里，算是怎么回事？”

南欣说得轻描淡写：“你就说我运气好吧，要是去年，我现在肯定在医院人不人鬼不鬼地化疗呢。今年国家刚上一款特效靶向药，我就像感冒吃药一样，在家里休息治疗就行。”

庆春半信半疑，对她而言，癌症等于就是死亡的代名词。

“靶向药很贵吧？多少钱？”庆春追问道。

南欣也不瞒着，伸出两个手指头：“二十万，一个疗程。”

庆春震惊。

“还好之前为了买房，我和石翔都攒了不少钱。”

庆春说：“那也撑不了多久啊……钱的事情，你别不好意思，有需要就直接和我说。”

南欣点点头，笑着说：“你放心，生死关头了，还有什么是扯不下面子的。”

庆春走出南欣家的小区。初秋的杭州已经可以闻到了桂花的香味。庆春循着香味在小区里走，心里却涌起一股悲凉。每次她和南欣见面和相处，她都有一种感觉，就像是拜访了一位久未谋面的朋友，当两人告别，各自又重回到了各自的轨道。

最多是朋友，不像家人。

27. 大　家

南欣的第一个疗程结束了，检查报告显示肿瘤有变小的迹象，而且癌细胞没有扩散。

“说明靶向药对你来说有效果。”祝医生盯着片子，面露出一丝笑容。南欣这段日子以来悬着的心终于放了下来，她不由得深呼吸了一口气。祝医生继续说：“之前你腹腔里的病灶太多了，现在通过靶向药已经有所控制。可以继续再服用几个疗程，如果肿瘤越来越小，到时候做一个肿瘤切除手术，一切就万事大吉了。”

南欣几乎要喜极而泣。刚走出会诊室，就迫不及待地把消息告诉给了石翔。

石翔下班之后第一时间冲到家里，他抱着南欣又亲又哭。“老婆，这段时间你不知道我有多担心。前几天，我还做梦，梦到你……”石翔哽咽了一下没有说下去。

石翔的反应让南欣心里很感动。南欣心里很清楚，虽然得病的是自己，但是石翔的压力一点都不比自己小。而且两人刚刚领证结婚自己就确诊癌症晚期，就算石翔立刻和自己分手离婚，也不是什么值得意外的事。甚至在这个人性如此凉薄的社会里，大多数人都会觉得情理之中，包括她自己。

“老公，为了你，我也一定要好好活下去，我一定要活下去。”南欣情不自禁地说。

冷静下来之后，南欣心里很清楚，这次自己要想活下去，首先需要的是钱。

她和石翔两个人算了一笔账。接下来几个疗程的进口靶向药加上手术的费用，至少得准备百来万。她和石翔已经没有那么多积蓄了。

到了这个节骨眼，南欣明白自己不得不要低头了。不要说拉下脸，就算跪下来，她也得去做。因为她真的想活下去。她一定要活下去。

为了和石翔的这个“家”活下去。

景芳接到庆春的电话，得知了南欣的病情简直不敢相信。和庆春聊完之后，她有些恍惚地挂断电话，转过头对津津有味看着电视的徐胜强说：“你知道吗？吴南欣得了癌症，还是晚期。”

“啊？”徐胜强猛地从沙发上坐了起来，“确定吗？现在误诊很多的。”

“都复查了两次了。”

徐胜强震惊：“你们家这个最小的妹妹是什么命？刚找着对象要结婚，就得了这种病。你说那个石翔，还能要她吗？”

景芳长长地叹了口气：“这还用得着问吗？现在的男人，都现实得要死。况且还没孩子呢，人家要拖着你那么个拖油瓶无底洞？哎，要我说，南欣干脆主动把这个石翔给甩了，给彼此都留个台阶下。”

徐胜强皱了皱眉头：“这种话家里说说可以，你可千万别和南欣说。”

“你当我脑子搭牢啦！”景芳翻了一个白眼，“我看你们男人都一样，要是哪天我得了癌症，你估计也不想拖着我这么个拖油瓶，转头就自己另起炉灶自立门户了。”

徐胜强立刻闭嘴，他知道每当这个时候沉默是最好的办法，他清楚景芳又要把矛头莫名其妙地指向自己了。

“你当我说话放屁是不是？像个哑巴一样。”景芳埋怨道。

真要命，闭嘴都不行了。

昊昊突然从房间里走了出来，他愣愣地问道：“妈妈，小姨是不是快死了？我同学说，他奶奶就是得癌症死掉的。”

“你瞎说什么！”景芳赶紧坐起来，把昊昊拉到身边：“小姨只是得了很严重的病，以后会好的。”

昊昊眨巴着眼睛，没有再说话。

过了好久，他才缓缓地说：“妈妈，你帮帮小姨，我不想让她死。”

景芳的心里突然涌上一股酸楚：“会的，妈妈会的。”

周末，庆春在家组了一个饭局。吴家的老老小小都明白，这次饭局主要是为了南欣。庆春特意给景芳打了电话，暗示她作为亲姐，怎么着也得表示一下。这个道理景芳自然也懂。挂了电话之后，她翻出了一个红包，数了八张百元大钞。刚塞进去，想了想，又加了两张进去。

饭局的气氛有些压抑，大家想说又不好说，想问又不敢问。

南欣主动打破僵局，笑着说："怎么了？你们都生病了吗？一句话不吭。"

饭桌上响起一片尴尬的笑声。

孙建国作为家族里的大家长，率先开口："南欣，现在治疗到什么阶段了？我听你姐说，靶向药起作用了？"

南欣点点头："算是我运气好，现在吃靶向药控制，比化疗少受好多苦。"

景芳大惊小怪地说道："是的呀，我在电视剧里看到那些化疗的，好吓人的，那个吐呀，掉头发呀，整个人都下不了床。不过我看你状态蛮好的，你要不说，我还真看不出来你生病了。"

徐胜强在餐桌下踢了景芳一脚，示意她少说几句。

庆春搭话道："是的，心态最重要。我们小区有个跳广场舞的张婶，七八年前就确诊了肺癌，比南欣严重多了。当时医生说最多活半年，硬是挺到现在，昨天还在小区门口的超市和我一起抢鸡蛋呢。我们南欣心态就很好，这关一定能挺得过去。"

南欣被说得有点尴尬，低头笑了笑："我也想过直接去死，不敢呀，跳楼什么的，据说不管从几楼跳下来，都要在地上垂死挣扎个几分钟才能慢慢死掉，多吓人。"

孙璐在饭桌上忍不住笑了出来，小姨还是那个小姨，说话还是像以前那样毫无顾忌。

“别总把死啊活的挂在嘴边，不吉利。”庆春一边说，一边从屁股底下拿出一个红包，塞到了南欣的手里，“姐的一点心意，你拿着。”

这个开头可好，一群人像是得到指令一般，纷纷掏出各自准备好的红包，塞到南欣手里。

南欣有些措手不及，她揣着大大小小的红包，有些感动地说：“搞得像过年一样，把我当小孩子呢。”

庆春说：“你本来就是家里最小的，这点钱什么忙都帮不上，就是我们一家子人表个态，以后有什么困难，千万别藏着掖着，和家里人说。”

景芳紧跟其后：“是的，家里人都会帮你的，你别不好意思。”

南欣看了景芳一眼，说：“那我就说了。”

景芳不由得“啊？”了一声。

“上个疗程的靶向药对我有效果，现在肿瘤算是被遏制住了。所以医生建议我继续吃，等肿瘤变小了就可以做切除手术。但是靶向药一个疗程就要二十来万，接下来要用几个疗程也不确定。我和石翔的积蓄，已经剩得不多了。所以……我只能向你们借钱了。你们放心，既然是借，我一定会还。”南欣一口气说完。

场面瞬间安静了几秒钟。景芳看了眼徐胜强，又看了看庆春。

“救命钱，谈什么借不借的。你还需要多少，直接和我说。”庆春说道。

南欣点点头，然后看了一眼景芳：“二姐，你这边不是刚卖了房吗？手头应该宽裕一些。如果可以的话，我想问你先借二十万。”

景芳支支吾吾地面露出难色。

“或者，十万也行。”南欣继续说。

“南欣，你也知道我卖房是为了买新房子……我们一家三口现在还在外面租着房呢，昊昊还要上辅导班，我这个开销大呀……”

南欣懂了，本来她其实也就是试探一下，果然吴景芳原形毕露。

她波澜不惊地回答道：“行，我知道了，我也就问问。”

“南欣，我不是这个意思……我是觉得，你可以问问石翔爸妈呀。你想啊，他们都有钱直接全款给你们在杭州买婚房，积蓄一定不会少的。”

徐胜强忍不住在桌下踢了景芳第二脚。

南欣笑笑：“二姐，你帮我是情分，不帮我是本分。其他话就不用说了，我本来也没指望你会真的救我的命。”

景芳一听这话就急了：“你这话也太严重了吧？说得我好像十恶不赦，见死不救，好像我希望你……那个啥来着。你和石翔不是领证了吗？你们是名正言顺的夫妻，我这话也没说错吧？总是先求小家，再找大家，是吧？”

南欣一听这话立刻火冒三丈，她实在受够了景芳这副虚伪的嘴脸，啪的一声把筷子摔在桌上，把所有人都吓了一跳。

“吴景芳，你不是我妈，不用在这个关头还来教育我。我只是劝你，做人不要那么虚伪，刚才还说得好好的，都是一家人。现在我随口一问借钱的事，你立马撇得干干净净，什么小家大家，从房票的事情上我就看清你了，我和你，从来就不是一家人！”

景芳听得目瞪口呆，转头拉救兵：“大姐，你听听她……这说的什么话！”

庆春放下碗，大声说道：“吃饭！你们俩都少说一点！”

众人没有人再发言，纷纷低头吃饭。

这场尴尬又糟心的晚饭吃完，孙璐把南欣拉到自己房间，她翻箱倒柜找出一张银行卡，塞到南欣手里。

“小姨，这是我的私房钱。不多，只有小几万，你拿着。”

“别瞎搞，我不要。”南欣立马把卡塞了回去。

“小姨，我没别的意思，就是想让你知道。我们这家人，是真的有人关心你、心疼你。比如我，比如我妈。”

南欣听得眼眶瞬间就湿了，低头看着那张旧旧的银行卡，哽咽地说：“我知道的，知道的。”

突然，有敲门声，是昊昊。他像做了错事一样，低着头走到南欣身边，然后一个字都没说，就把南欣紧紧地抱住。

“小姨……我不想你死……”

“昊昊！你瞎说什么呢！”孙璐忍不住一把拉过昊昊。

南欣摸摸昊昊的头，她一点都没觉得昊昊说这个话有不合适，她是懂昊昊的。

“昊昊，小姨答应你，一定会活下去。一定。”

另外一个房间里，庆春正拉着景芳开小会。

庆春责怪道：“你说你，之前房票的事情，算是占着了便宜。

现在南欣得了重病，正是需要用钱的时候，也不是借了不还你，你怎么就不能帮帮你妹妹？”

景芳冷笑：“我这个人不喜欢玩虚的，只是实事求是。我确实拿不出钱借给南欣。她的病要看，但我的日子也要过啊。而且我不是过我一个人的，我背后还拖着昊昊和徐胜强那个不争气的东西呢。况且，我怎么没帮她呢，我今天还给她塞了一千块钱的红包呢，一千块不是钱啊？”

庆春叹了口气：“我说一句，你可以回十句。你就是这个毛病，所以每次南欣都能和你吵起来。言多必失，你懂不懂？以后不会说话就不要说了，闭嘴还不会吗？”

“四十多了，改不过来了，”景芳耸耸肩，一副无所谓的表情，她又凑到庆春耳边，“而且你没听出来，其实我是在给南欣打预防针吗？你想想，今天石翔那家伙怎么没过来吃饭？”

“人家互联网公司，每天加班，哪里来的时间？”

景芳不屑：“时间都是挤出来的，之前聊房票的事儿，他怎么不缺席？哎，大姐，我和你说，人是会变的。”

庆春不满：“你神经兮兮阴阳怪气地说什么呢？”

景芳说：“我想说的你都明白，所以我得给南欣打预防针，这个恶人，还是得我来做。”

庆春有些无言，确实，无论是房票还是现在，她这个大姐，其实是什么忙都没能帮上。她忽然觉得很心酸，甚至有些悲哀。

28. 旋　涡

早晨，石翔刚到公司，就看到有人陆陆续续地往办公室外走。

“怎么了？今天是有早会？”他随便逮着一个同事问。

对方一脸惊讶：“你没看到群里的消息吗？今天我们整个部门都突然被裁员了，我们正准备去人力部呢。”

石翔惊得下巴都差点掉下来：“你……你没开玩笑吧？”

怎么可能！自己昨天晚上还在公司加班，睡前还照例做了日报，一切都一如往常，完全没有任何要裁员的消息。

同事苦笑：“早上通知，下午走人。这很互联网公司的作风吧？”

石翔愣在原地，缓不过神来。突然，有双手在自己肩上搭了一下，转过头，是陆文。

“妈的，这狗逼公司终于要倒闭了。”陆文一上来就咒骂道。

“真的太突然了，而且是一刀切。其他部门的情况怎么样？”石翔的嘴唇发白。

“也被裁掉了一些，但没有我们部门惨。我们是整条业务线全部被总部砍掉。所有人，包括吴总都没有幸免。”

吴总是前几年公司从美国挖过来的高级顾问。

石翔很懵，怎么着？就这样突然失业了？下岗了？

“走吧，没吃早饭吧？我请客，吃个散伙饭。”陆文苦笑。

两人来到了公司楼下的星巴克。

“你想通一点，你们程序员被裁员的待遇还算高的，而且有技术傍身，也好找工作。我们这些做管理的就惨了，本来就是花拳绣腿的，下家都难找。”陆文把咖啡递给石翔。

石翔心不在焉地回答：“你一个豪宅业主，就别卖惨了。”

陆文长长地叹了一口气：“你以为我是无病呻吟？其实我上半年就开始给其他公司投简历了。要是以前，至少有个面试什么的吧，现在基本杳无音信。而且去年每周我都可以接到猎头的电话，今年几乎没有。”

“好家伙，原来你早就发现公司苗头不对。我真是每天对着电脑，写代码写得人都傻了。”

“哎，大环境越来越差了，互联网行业真的不如以前。不过还好，你还没买房子。我压力才大，每个月背着巨额房贷。我算了一下，以我现在的积蓄和公司给我的赔偿金，我最多撑半年。半年之内我要是没找到工作，我就断供了。”

石翔听得心惊胆战。

陆文继续说：“趁着你和你女朋友还没有在杭州安家，回北京或者上海去，要不然，深圳也行。”

石翔不明白：“为啥要离开杭州？”

陆文卖关子：“到时候你就知道了。”

“不说拉倒。”石翔完全没有心情接陆文的话茬。他喝了一口石翔递过来的美式。

真苦，就和自己的生活一样。

从人力部办完手续，走出写字楼，还没到中午。石翔突然有一种失魂落魄的感觉。毕业工作那么久，他好像从来没有在工作日的中午，这样无所事事地在外面散步。

他也不想回家。他还没有准备好告诉南欣自己突然被裁员的消息，就连他自己也没有消化这个事实。

这个时候，他才发现自己来了杭州那么久，居然无处可去。

他找了一家咖啡馆，坐下来打开电脑，在网上开始投简历。石翔努力不让自己停下来，在这个内卷的城市里，停下来是有罪的。

整个下午，景芳都坐立不安。她越想越懊悔，她觉得大姐说的话对，现在这个情况，自己真的不应该再和南欣吵起来。一是，她现在是病人，不能再把她当以前那个长满刺的小毛孩看；二是，全家人都看着呢，如果自己一分钱都不拿出来，那就是见死不救。活生生把南欣往火堆里坑，到时候南欣有个三长两短，是不是还会怪罪到自己身上？还有最关键的一点，南欣毕竟是自己的亲妹妹。她得了那么严重的病，讲真自己还是难过和心疼的。

但是现在这个社会，要想表现出关心，光是自己想想，嘴上说说是不够的，得拿钞票出来展现。

景芳拿出计算机，在昊昊的草稿纸上算了半天，终于算出了自己最多能帮南欣的数字，五万块。这五万块钱，还得靠景芳每周多加两个班的基础上，才能省下来。

景芳平时早餐多买一个肉包都会肉痛，掏出去五万块钱对她来说简直是心如刀割。

但是没办法，毕竟是自己的亲妹妹呀。这个关头，所有人的眼睛都盯着彼此。有的时候，人情好像不是为了当事人，而是做给旁观者看的。

景芳做足了思想建设，然后拨通了南欣的电话。

“南欣啊，我二姐呀，你……休息呢？”没话找话的问候。

“怎么了？有事吗？”南欣冷淡地回应道。

“昨天你不是说了借钱的事情嘛，我后来回去和你姐夫商量了。你姐夫今天问他家里借了五万块钱。要不这五万块钱你先拿着？”

南欣冷漠地说：“还是算了吧，万一耽误你买房就不好了。”

“看来你也是知道我们家的情况的嘛，买这个房子真的把我和你姐夫的血都要抽干了，我们也不容易啊。”

“姐，你的好意我心领了，但是真的用不着，少你这五万块，我也死不了。”

“吴南欣，你非得把话说那么难听是不是？”景芳一开始就不爽南欣冷冰冰的语气，此刻终于爆发，“你搞搞清楚，我是主动拿钱给你，不是欠你的！你别不知好歹！”

南欣笑笑：“你借我钱，真的是想帮我吗？不就是看大姐那么慷慨解囊，而你一毛不拔，面子上挂不住吗？二姐，都是自家人，谁都知道你什么德行，何必再来演这么一出，假不假？”

景芳顿时恼羞成怒：“你……你真的是个造孽的！没良心的！难怪以前妈一直都不喜欢你，原来她早看清你了！”

南欣的心像被突然扎了针一般：“妈不喜欢我，还不是因为你一直挑拨离间？自从妈生了我，你就百般看我不顺眼，觉得我抢了你的风头，觉得你不是家里那个最小的了。就算现在，你还是不放过我。吴景芳我告诉你，昨天你塞给我的那个红包等会儿我微信转给你，这次我不会问你借一分钱！我怕到时候我没死，你就要说我这条命是你的！”

景芳一边哆嗦着嘴唇，一边说：“行！你转给我，你现在就转给我。我真的是冤大头了花钱来你这里找气受！以后不管什么事情，不要再说我不帮你，你过得好最好，过不好也别赖到我身上！从现在开始，你是你！我是我！”

“吴景芳，从今天开始，我们俩彻底两清！”

南欣说完便啪的一声挂断了电话，她立刻给吴景芳的微信转了一千块钱。

几乎是在同时，从对话框里跳出了“已收账”的信息。

南欣真觉得自己是个笑话，她从一开始就不应该抱有幻想，和景芳开这个口。她觉得自己就是在自取其辱。人被迫活在所谓亲情、血缘织的这张网中，殊不知大多数人都是恨你有，笑你无。谁会真心帮助你，希望你好？你渡过了难关，过得好了，和他们又有什么直接的关系？

所以，看清一点。就像景芳今天说的，你是你，我是我。

她觉得景芳说得一点都没错。她们之间，从来就没有存在过“我们”。

石翔一回到家，就感受到了家里的低气压。

南欣坐在餐桌前核对着各种医院的发票和收支单。算完之后，她抬头对石翔说："还好你还有收入，否则我们真的就要坐吃山空了。"这句话让他浑身打了个寒战，本想和南欣坦白自己被裁员的消息，话到了嘴边，又苦涩地咽了回去。

他想，现在家里是乱世之秋，多一事不如少一事。等他找到新工作，就和南欣说有别的公司挖了他。

完美过渡。

第二天，石翔假装出门上班，实际上却泡在咖啡馆里。

难怪说程序员思维简单，所有的脑细胞都花在了代码上面。石翔完全不了解如今的行情，他原本觉得自己工作经验丰富，又参与过业内几个大项目，况且之前一直有猎头挖他，找新的工作应该不成问题。但是没想到，投出去的十多个简历，全部石沉大海。

无奈之下，他翻出了以前联系过自己的猎头的电话，主动打了过去，没想到对方现在已经转行做中介，还没闲聊几句，就发了一堆房源信息过来。他终于有些愚钝地感觉到，大环境真的犹如很多人说的那样，已经发生了变化。

他一脸阴郁地从咖啡馆里走出来，正巧路过陆文的小区。于是拿起手机给陆文打了电话。上一次去陆文家，还是一年多前，当时他坐在客厅里，俯瞰着窗外的钱塘江和高楼，内心只酸溜溜地涌起四个字——人生赢家。

而现在，一走进去就被吓了一跳。只见客厅里大概堆了二十来个大大小小的箱子。

"哥们儿，你这是要搬家吗？"

陆文回答："没，我表叔是做香水工厂的，我这几天开了一个网店，自己当客服自己卖。”

石翔笑了：“原来你投身到电商行业了。”

陆文一脸苦涩：“反正都是互联网相关，算是专业对口。”

石翔向陆文大吐苦水，而陆文却一副早就预料到的模样，他说道：“你想在杭州找一个和之前薪水一样的工作，估计很难。你从北京来杭州的那一年是个什么世道，那是互联网产业发展最好的那几年，有太多人经不住杭州的诱惑，和你一样逃离北上广。毕竟当时的杭州多香啊，工资比北京高，房价比北京低，环境比北京好。但是你别忘了，杭州除了这几个大厂，工作机会要比北京少得多得多。离开了这些大厂，一般的小公司怎么可能开得起你们在大厂的高薪给你们？”

石翔本想到陆文这边来找安慰，没想到却被一顿暴击，他瘫在沙发上：“那怎么办？只能混吃等死？”

陆文说：“要么自降身价，月薪主动砍半。要么转行，像我这样，当个电商小老板，不用上班，不用看老板眼色，也蛮香的。最后一条路，其实我觉得最适合你，离开杭州，去北上深，回到一线城市去，或许还有机会。”

石翔面露出难色：“老婆在这里，走不开啊。”

陆文不以为然：“你们房子都没买，有什么走不开的？”

石翔支支吾吾地说：“我老婆她……得了癌症。”

陆文眼睛瞪得老大：“你没开玩笑吧？你不是才领证吗？”

石翔点了点头。陆文沉默了，他没有再继续说下去，过了好一会儿，他才轻声地说：“那你可得想清楚了。”

29. 协 议

景芳今天要做一件大事——她要去付新房的全款，整整六百多万!

出发去售楼部前，景芳拿着手机，反复确认着银行卡里的数字，她一位一位的数。确认无误后，她觉得脑袋有些眩晕，她做梦都想不到自己银行卡里会有这个数字的钱。

但是，她很清楚自己不是发财变成富婆了。她为了凑这个数字，把房子都卖了，把家底给掏空了，还和自己的亲妹妹撕得老死不相往来。她觉得整整半年，自己为了买这套房子，几乎把半条命都搭进去了。

但一切苦尽甘来，她觉得值得。

售楼处里，销售员在POS机上按下数字，确认了一遍之后，递给了景芳。

景芳拿POS机的手都在颤抖，她对旁边的徐胜强说："再核对一遍，这个数字没错吧。"在得到了肯定的答案之后，她哆哆嗦嗦地按下了"确认"的按钮。

账单"滋——滋——"地冒出来。景芳长吁了一口气，她觉得这场摇号买房大戏，终于可以落下帷幕。从此刻开始，她是尊贵的申花学区房业主。

景芳把交房的日期，各种细节又和销售确认了一遍。

"另外，我想问一下，大概交房多久，可以办过户？因为这个房子，是用我妈妈的名义买的嘛。”

销售回答：“只要产权证下来，随时都可以去房管局办理过户的。记得到时候要和你妈妈本人一起去办才行。”

景芳随口一问：“一定要本人嘛，因为我妈的情况比较特殊，老年痴呆很多年了，恐怕不太方便。”

销售小姐一愣，说道：“这恐怕不行，办理房产过户必须双方本人到场的。而且您母亲患有老年痴呆……我不确定能不能过户哦。”

景芳一听惊了：“不确定？你们之前信誓旦旦说过户没问题，很多人都是用的别人的名额摇的号，怎么现在号摇了，房款也付了，就改口说不能过户？”

销售小姐也无奈：“如果是正常人一般没问题，但您母亲是老年痴呆，这个我还真不敢保证，要不然您问问专业的中介，或者律师？”

景芳懒得和这个不靠谱的销售多废话一句，她收起材料，走到售楼处外就拨通了之前给自己卖房中介的电话。

中介给出的答案几乎是给景芳致命一击——患有老年痴呆，丧失行事能力的人，是无法办理房子的过户手续的。

“那怎么办？！”景芳几乎是要跳起来，“搞了半天，真的变成我妈的房子了！那是我们家出的钱啊！”

中介安慰道：“不过嘛，您想开点，虽然房本上的名字是您母亲，但是这根本不影响您家日常生活呀。您母亲现在得了老年痴呆，也不会和你们抢房子。其实也无所谓，不是吗？”

景芳冷静下来想了想，确实也是这么一回事。

“冒昧地问一下，您还有其他兄弟姐妹吗？”中介继续问。

“还有一个姐姐、一个妹妹。怎么了？”

“这个嘛……有点难办了。如果您母亲去世了，这个房子按遗产分配来说，您是要和您的两个姐妹平分的。”

“平分？！”景芳几乎是叫了出来，“这个是我买的房子，我掏的钱啊！凭什么平分啊？”

“毕竟法律就是这么规定的。不过嘛，也是有办法的。您和您的家属签一个遗产放弃协议就可以了，这样房子在您母亲去世之后，就顺理成章全部落入到您的名下了。”

景芳哑口无言，她万万没有想到，事情的发展会变得如此复杂，居然还牵扯出遗产协议。她有点蒙，刚付完全款买到房的喜悦顿时没有了。

她很清楚，如果要签遗产放弃协议，庆春那边自然好说，

但是南欣那边怎么办呢？她会同意吗？

景芳忍不住狠狠地掐了一下大腿，她懊恼地想，自己为什么偏偏要在这个节骨眼前和南欣吵架？现在的她，怎么去和南欣开这个口呢？

南欣发现，石翔下班一天比一天早。而且每天时间都无比准时，每次到家的时间刚好都是六点半。

“最近不忙吗？怎么不加班了？”南欣觉得有点奇怪。

石翔把从超市买的蔬菜和肉放进冰箱，无精打采地说道：“我

还不能按时下班了吗？怎么到点下班还是错了？”

南欣愣了一下，说道：“我又没这个意思，你这是怎么了，说话那么冲。”

石翔把蔬菜放进水池里，头也没回，说道：“没怎么，累。”

南欣拖着浑身无力的身体，走到厨房里。“我在网上看到你们公司裁员的消息了。是不是对你也有影响？”

石翔正在洗菜的手突然停了下来，他关上水龙头，终于对南欣坦白。

“是的，我也被裁了。意不意外？”

南欣愣住了，果然她的直觉是准的。“所以这几天你都没去上班？”

石翔像个委屈的孩子似的点了点头。

南欣不解：“为什么瞒着我？难道我知道你被裁员还会骂你？”

石翔突然像着了魔似的，他用力地把菜往水池了一甩，蹲下身子抱着头说道：“我不知道……不要问我……不要再逼我！”

南欣被石翔突如其来的反应吓了一跳，她不自觉地往后退了一步，然后蹲下身，压低声音问道：“我真的没有逼你的意思，我只是想知道你到底怎么了？”

石翔压抑在心底的火山彻底爆发，他呜的一声哭了出来。“我真的不知道该怎么办……我压力很大……我在网上投了几十封简历，但是一个面试的通知都没有……我觉得自己比刚大学毕业的应届生都不如……我不明白为什么会这样……”

石翔从高中开始，几乎都是过着一马平川的人生。升入名校，大四就通过校招找到了工作，在职场扎稳了脚跟，特别是从北京到杭州之后，收入直线上升。而正当他以为自己的未来一定会越来越好的时候，现实给了他当头一棒。

乌云密布的大环境里，每个人都可能是那一粒微小又渺茫的沙尘。

南欣抱住石翔，安慰道："现在经济不好，各大公司都在裁员，你一下子没找到下家也正常，不是你的错。你先休息一段时间，好好调整一下。"

石翔哽咽地说："现在不是我该休息的时候，我停下来了，你看病的钱怎么办？往后的生活怎么办？"

"大不了不治了，反正就连我们家的人，也没几个在意我能不能活下来。"南欣也突然哭了出来，这几天她一直压抑着和景芳吵架的事。

石翔被南欣的这番话吓住了："你说的什么胡话呢？我都没放弃，你怎么想放弃了？"

"反正就是受够了。每天吃完药就想吐，吐完浑身又开始痒，这样的日子一天都不想过了。"南欣的负能量彻底爆发。

石翔长长地叹了一口气："我去厕所抽一支烟。"他说完，独自往卫生间走去。

那一夜，南欣和石翔都无眠。他们背对着背躺在床上，两个人都不发一言。南欣想着自己的病情、石翔的事业，好像自己生活里的一切都在这短短的一个月里变得无比混沌。原来就算是普通人，就算每天像个螺丝钉一样安分守己的活着，生活也有可能瞬间陷入万劫不复之中。

一大早，被一连串急促的敲门声吵醒。南欣眯着眼睛往猫眼里一瞅，居然是景芳。

她打开门，惊讶地问道：“你怎么会知道我老公家的地址？！”

只见景芳提着一大袋水果，一脸皮笑肉不笑地说道：“大姐告诉我的呗，我没敢提前和你说……”说了也没用，你也不会想见我不是吗？景芳默默地想。

“你来干吗？”南欣用手扶着门，丝毫没有想让她进门的意思。

景芳朝门里瞅了瞅，口气有些示弱地说：“进去说可以吗？”

南欣有点不情不愿地让景芳进门。

“要喝水自己倒。”她笔直往沙发上走了过去，一屁股坐了下来。

景芳拎着水果，往茶几上放，然后坐到了南欣旁边。“今天路过超市，买了点进口的水果，都说国外的水果维生素含量高，你尝尝看。”

场面静止了两秒钟，她见南欣没有搭理她的话，走到南欣旁边坐了下来，说道：“之前在电话里和你吵起来，是我的不对。就当我过来给你道个歉，毕竟我们是亲姐妹嘛，难道真的要闹得老死不相往来？不至于吧，搞得像小孩子一样。”

她一边说，一边从包里拿出厚厚的一沓现金，放在了茶几上，“这里是十万块钱。你先拿去。如果不够，咱们再想办法。”

南欣一愣，心想，这什么情况？不会是冥币吧？她拿起那叠现金，翻了一翻，然后不可置信地侧过脸，直勾勾地盯着景芳，沉思了两秒钟，幽幽地问道："直接说吧，你到底来找我做什么？"

景芳被南欣凌厉的眼神搞得浑身发毛，她也懒得再兜兜转转，直接从包里拿出一张协议放到南欣面前。"之前我用妈的名义摇号的买的房子，现在已经付完全款了。所以，这个需要你签个字。"

南欣定睛一看，上面六个大字——遗产放弃协议，她吓了一跳，问道："这什么吓人的玩意儿，你买房就买房，让我签这个做什么？"

景芳解释道："房子不是用妈的名义买的吗？如果以后妈去世了，法律意义上来说，这个房子就变成了妈的遗产，我们姊妹三个，是要平分的。所以嘛，你现在签一个这个协议，以后妈走了，这个房子就自动转到我名下了，省得到时候再折腾。"

南欣一听顿时觉得滑稽，说道："吴景芳，你想得还真远，妈现在还活得好好的呢，你就操心她的身后事。"

景芳一听急了："话怎么能这么说啊？这就是走个过场，做个流程，只是为了以后过户方便。"

南欣顿时明白了，景芳这是怕以后自己侵占她摇号买的房子。她今天假惺惺地过来给自己塞几万块看病钱，也是为了她的房子。她不禁感慨，人啊，原来可以自私虚伪到这个地步。

她把协议书往茶几上一推。"这个我签不了，妈的遗产又不是只有她名下的那套房子，我凭什么要放弃？"

景芳没想到南欣会那么难搞，情绪一下子上来了："妈搬到大姐家去的时候，东西早就整理清楚了，除了几件首饰，哪里还有什么值钱的东西。你要是介意，我可以和你再签一个协议，妈的首饰我都不要，都给你。”

南欣冷冷地说：“二姐，这个协议涉及原则问题。签了这个协议，就好像让我和妈断绝关系似的。我是不会签的。”

景芳强压住心里蹿上来的火焰，她知道和南欣硬碰硬的下场，沉下气说道：“南欣，如果你还有什么条件尽管和我提。我知道你是因为之前我不借你钱治病，和我怄气。我错了还不行吗？”

南欣笑了：“你说对了，还真是因为这个原因。这么快你就忘记自己说的话了啊？‘你是你，我是我’，桌子上的钱你拿走，这个协议也收起来吧。我不图你的，你也不要来麻烦我。你走吧，我要休息了。”

“吴南欣你……”景芳气得嘴巴直哆嗦，她一把拽起茶几上的协议书，塞进包里。

“对了，把你带来的水果也拿走。高果糖的东西，我们家不吃。”南欣看着景芳灰溜溜的背影，冷冷地说。

景芳离开之后，南欣感受到了前所未有的神清气爽。当时自己有难，你袖手旁观。早知如此，何必当初呢？这报应真是大快人心。她想，这遗产放弃协议，自己绝对不会签，她一日不签，景芳就硌硬一天。

她就是要好好的给景芳将一军。

正如南欣所料，景芳回家后，一连几天都陷入了失眠。每天只要眼睛一闭，她的脑海里就跳出那份没有南欣签字的遗产放弃协议书。就连梦里，她都梦到南欣咬牙切齿地要来和自己分房子。

景芳实在没办法，只能向庆春求助，希望庆春好好劝一下南欣。没想到庆春把景芳一顿数落："你说你自从打主意想用妈的名额去摇号开始，家里消停过一天吗？不要总说南欣的不是，这个什么遗产协议，我都不想和你签！我觉得晦气！妈都没怎么呢，你搞这一出什么意思？"

景芳实在欲哭无泪："姐，我也不知道事情会发展成这样。那销售就是个缺德胚，事先都不说清楚。现在胜强爸妈都知道这件事了，每天念叨我，说我给你们买房子……那个话难听的呀。大姐，你就帮我最后一次，帮我想想办法，劝劝南欣。否则我真的……都要得精神病了。"

"你得精神病你活该！就算我们不签那个遗产弃权协议又怎么样？你是觉得我和南欣都会来和你分房子？你真的没脑子你！"

庆春这番话其实景芳也对徐胜强说过。她觉得南欣和大姐还不至于真的和自己抢房子。但是景芳的律师提醒她："亲姐妹算什么？就算是亲生父母，都指不定和你抢房子。几百万的利益放在面前，谁不会动心？您真的要谨慎，千万不要去挑战人性。"

这句话点醒了景芳。对，不要去挑战人性。现在嘴上说的当然是一家亲，但是人在利益面前，当上百万的现金摆在你面前，谁敢保证不会有歪念？

更何况是一年也就见几回的吴南欣。她不相信，也信不过，所以，这个协议书，她必须让南欣签下。

"姐，不瞒你说，胜强因为这个事，每天和我吵架。我们家现在，租在这个破房子里，过的真不是日子。我现在所有的指望就是那套房子，胜强说，如果你们不签，他就要和我离婚……”景芳哭哭啼啼地继续说。

庆春皱着眉头，她沉默了一会儿，还是心软了下来，说道：“你现在让我去和南欣说这件事，就是刚好撞到枪口上，她不可能会答应的。这件事你就先别想了，马上不是要立冬了吗，到时候来我家，大家一起吃个饺子。我再想想办法。”

景芳心领神会，连声说：“谢谢你大姐，还是你体谅我。哎。”

挂了电话之后，旁边的徐胜强立刻凑过身：“怎么样？大姐怎么说？”景芳翻了个白眼：“当然是答应帮我想办法了。你看到没？任何事情都要争取，就你这个猪脑子，居然还和我说算了。算了的下场，就是房子被分走，懂不懂！”

30. 回　流

石翔终于接到了面试的电话。对方虽然不是大厂，但是给的薪资待遇都不错。唯一让石翔犹豫的，是工作地点在北京。

“我还是想去试一下，现在大环境那么差，对方能给到这个薪资很难得。我一直闲在家，也不是那么回事儿。”石翔虽然是找南欣商量，但是南欣听得出来他已经做了决定。

南欣想了想，只问了一句话：“如果面试通过了，你是想回北京工作？”

石翔停顿了一下：“只能走一步看一步。我是这样想，论医疗条件，肯定是北京更好。到时候我在那边稳定了，你就和我一起回北京治疗。”

这突如其来的变动让南欣有些不知所措，但是，她冷静下来一想，反正房子也没买，自己现在也没有工作，其实也不是不可以。

原来人生中那些看似巨大的转折，居然只是自然而然地发生在一瞬间。从加拿大到杭州，现在可能又要去北京。

而自己却没有变得越来越游刃有余，现在的她就像一叶舟，只能随波漂流。

石翔看出了南欣的茫然和犹豫。他把南欣搂在怀里，说道：“别想太多，我要赚钱，这个才是现在最重要的事。”

南欣反问：“最重要的，难道不是治我的病吗？”

石翔突然不耐烦：“我不赚钱，以后你怎么治病？都这个时候了，你就不要咬文嚼字了好不好？漂亮话谁不会说？有用吗？”

“我只是随口说了一句，你怎么那么多负面情绪？”南欣也急躁了起来。

石翔从沙发上站起身：“行行行，我一句话都不说。”他从客厅走到房间里，然后用力地一摔门。

南欣坐在沙发上，深呼吸了一口气，努力控制自己想作呕的感觉。下午药效的副作用还在，她真的没有力气生气。

生活中这些无端发生的争吵越来越多，南欣也不清楚是谁的原因。或许，两个人还是疏离一段时间比较好。

三天后，石翔飞往了北京。

面试很顺利，对方当场就下了 offer。晚上，石翔约了几个旧同事在国贸吃饭。

他在餐桌上听前同事们聊天，居然有种插不上话的感觉。相比之下，自己在杭州虽然也忙得起早贪黑，但总有一种在过小日子的感觉。这种差别让石翔觉得有些失落。原来自己根本不贪恋那些所谓的岁月静好，他想拥抱的是北京的大世界。

几人大聊特聊到餐厅打烊，石翔感慨，杭州的互联网产业看似发达，但其实仅仅是靠几个大厂在撑，现在大厂的日子不好过，之前的泡沫就渐渐退去。在这个形势之下，如果想拿一线的薪水，还是得回北京。

石翔不禁唏嘘，自己兜兜转转，还是回到了原来的起点。

刚回到杭州家里，石翔就向南欣表明了自己想回北京的态度，他不断念叨着新公司的待遇有多好："……而且公司给我短租了个房子过渡，看得出人家很有诚意。薪水也比之前的工作高，以后还可以分我股份。"

"所以你已经决定了？"南欣问。

石翔振振有词："为什么不？现在这个大环境还能开出这样的条件，我觉得已经很不错了。今天在回杭州的高铁上，我和杭州的同事们说了，人家别提有多羡慕。现在杭州的互联网人回流到一线城市是大趋势。"

“那你征求过我的意见吗？你觉得我愿意去北京吗？”

石翔一愣：“之前不是都说好了吗？你去哪里不都是治病，北京的医疗条件还更好，你有什么好不愿意的？”

“就因为我生病了，所以我就得像一只跟屁虫一样跟着你，尾随着你，是吗？”

石翔刚才还兴奋的心情顿时被浇了一盆冰水，他努力控制住情绪：“吴南欣，我体谅你生病了情绪不好，但是你能不能控制一下你自己。我们现在都是一条船上的，这点你到底明不明白？我多赚点钱，对你有坏处吗？你自己也好好想清楚，现在你不跟着我，有谁会真的帮你？你那两个姐姐吗？”

石翔的这番话重重地捶在南欣的心里，她捂着脸说：“我就是觉得自己很无能……我现在除了定期去医院复查，在家吃药，其他什么都做不了。”

“我能理解，但是如果你继续这样，逮着空子就是一副要和我吵架的样子，我是真的受不了。”石翔说完就站起身，走回房间收拾行李。

南欣独自一人坐在空荡荡的客厅里。这段时间以来，她很清晰地感觉到石翔对自己态度的变化。以前不管自己怎样无理取闹，石翔总像个好好先生，什么都哄着她，依着她。而现在，两个人的角色像是反转了过来，南欣变成了那个总是迁就对方情绪的人。

立冬前，杭州一连下了好几天的冷雨。冷雨带来湿漉漉的潮气，把人浑浑噩噩地拽进冬天里。庆春让南欣去家里吃饺子。南欣走到书房，问石翔去不去，石翔对着电脑，头也没回，冷冷地说道：“你自己去吧，每次去你大姐家吃饭，你们都闹得不欢而散，我不想去听你们吵架。”

“行吧。”南欣从书房里退了出来。她没有多说什么，她知道自己多说一句又要吵架。

吴景芳一家果然也在。南欣像没看到她似的，只管自己走到妈的房间里。昊昊在身后追了上来：“小姨，石翔舅舅怎么没有来？”

“你石翔舅舅加班呢，”南欣摸了摸昊昊的头，说道，“来，一起去看看你外婆。”

沈良珠的状态还不错，看到南欣，还是说着胡话，“妹妹，你是不是丽君的同学？”

南欣点点头，沈良珠立刻握住南欣的手，凑近窃窃私语道：“等会儿你看到丽君，帮我劝劝她。让她不要那么早结婚。”

南欣顺着沈良珠的胡话继续问：“为什么呀？”

沈良珠的两眼突然泪汪汪：“我……我就是不想。”说完之后，她就不说话了。

南欣握着沈良珠皱巴巴的手，心里忽然涌起一阵感伤。她忽然想起，如果自己去了北京，下一次回杭州就不知道是什么时候了。可能自己回来的时候，沈良珠已经不在了。

也可能自己这次就回不来了。

“吃饭了。”庆春走了进来。南欣揉了揉眼睛，站起身，推起沈良珠的轮椅。

昊昊在凑过身问道：“小姨，刚才外婆说的丽君是谁呀？”

南欣想了想，回答道："可能是外婆一个很好很好的朋友。"

吃饭的时候，南欣刻意回避着景芳的眼神。这次景芳出奇地安分，只顾低头吃饭。但两人在饭桌上的僵持其他人都感觉得到。

庆春有一搭没一搭地问着南欣关于病情的问题。

"……石翔换了工作，在北京。过阵子，我应该和他一起去北京。"

南欣刚说完，餐桌上的人都不约而同地停下了筷子，纷纷抬起头。

"去北京？你的意思是……和他一起搬到北京去？不在杭州待了？"庆春问道。

南欣点点头："反正我们房子也没买。北京那边的肿瘤医院很好，不耽误我治病。"

景芳一听就慌了，如果南欣去了北京，找她签协议的事不是更没谱了吗？她支支吾吾地说："怎么说去就去呀，在杭州还能有我们这家子能帮上忙……那边人生地不熟的。"

南欣抬起头，和景芳对视了一眼，慢悠悠地说："之前找过你帮忙，你不也没帮吗？"

景芳语塞，朝庆春投了一个求救的眼神。庆春心领神会，给景芳使了一个眼色，然后侧过脸对南欣说道："南欣啊，既然你都决定要去北京了，有些事情，我觉得还是要处理清楚比较好。之前你二姐买房，现在房子都付了全款了。至于她之前说的那个什么遗产弃权协议……你要不还是别为难她了……你看看她这个样子，每天睡觉也睡不好……"

还没等庆春把话说完，南欣就说道：“大姐，她觉睡不好，我就能睡得好吗？我每天晚上都失眠得头发一抓一大把，一晚上要吐好几次。我今天到你家之前，一直都是在房间里躺着，我真的一点力气都没有。如果你每次千方百计把我支到你家来，就是为了说吴景芳的事，那请你以后不要再邀请我了，这饭我真的没力气吃。”

“你看你……我说一句，你说一通……”庆春皱皱眉头，也不知道该如何回答。

景芳在餐桌下搓着手，开口了：“南欣，我知道因为之前摇号的事情，你心里多少有点怨我。但是，我也是没有办法呀……你体谅一下我好不好？你留过学，文化程度比我高，就不要和我计较了。”

“二姐，你每次都让别人体谅你，不要和你计较。但你知不知道，真正计较的人是你，得寸进尺的人也是你。之前因为你要和我抢妈的房票，差点让我婚都结不成。现在我得癌症，你宁可看着我没钱买靶向药，也不愿意把钱借给我。请问从头到尾，你有哪一点体谅过我？你自己买的房子，问题你自己解决，不要牵扯上我。”

景芳继续哀求：“就是让你签个字的事儿，也没麻烦你。我也不会让你吃亏，都说了会补偿你。你这好处落得多轻松，干吗和自己过不去。”

南欣笑笑：“白捡的东西，我不要，更不想占你的便宜。你不用再说了，这个协议我是不会签的。”

景芳一听南欣如此坚决，立刻就急了，扯大嗓门说：“吴南欣！我看你就是想来占我的房子！大姐，你看清楚没有，她的目的暴露了！”

南欣的情绪毫无波澜，她抬起头，慢条斯理地说：“产权证上是妈的名字，又不是你的。具体以后房子算谁的，我看还要律师来判断。”

景芳一听这话差点没晕倒，她抬起手，指着南欣说：“吴南欣……你真太不要脸了，还真的想来占我的房子。难怪……难怪你会得这个病！我看都是报应！报应！”

南欣一听立刻嗖的一声站了起来，指着景芳的鼻子骂：“我告诉你，癌症都是有基因遗传的。既然我得了，你也不会好到哪里去！”

景芳气得嘴唇发白：“你……你这是在诅咒我！你怎么心那么坏！”

“够了！”庆春忍无可忍，大声一喊，“每次见面都是吵！就不能消停一会儿好好吃个饭吗，你们还嫌事不够多吗？！”

南欣没有噤声，说道：“我也不想吵，我今天一次性把话说清楚，这份协议我不会签。自己做的事，后果自己承担。”

景芳抬起头，冷笑一声：“你真以为你可以分到我的房子？我让你签这个协议，无非是想给你个台阶下。”

南欣也笑：“你省省吧，自己都竹篮打水一场空了，还想着给别人找台阶，你怎么那么好心呢？我告诉你，我不仅不签这个协议，我还要去立一份遗嘱，找一个继承人。就算我死了，他也会找你来要房子，你不要想有好日子过！”

景芳气得牙齿打战，她没想到南欣居然如此“心狠手辣”，一步一步，完全知道自己的死穴在哪里。她气若游丝地嘟囔道：“你……吴南欣，就是要逼死我……”

南欣站起身，她没有再多说一句，拎起沙发上的包，准备离开。

“小姨……”孙璐站了起来，却被庆春一把拉下。

“随她去吧。”庆春叹气说。

31．官　司

石翔爸妈来杭州了。两人提着大包小包，里面全是补品和高档的食材。南欣在厨房里和石翔妈一起把海参、燕窝、鱼翅放进冰箱，心里却犯嘀咕，这次两人打算住家里，可公寓那么小，一室一厅，怎么住呀？

一整个下午，石翔妈都在厨房里忙活。

石翔对南欣说：“你看你婆婆对你好吧？特地来杭州给你做好吃的照顾你。”

南欣却有点心不在焉：“他们那么突然地过来，不会是为了买房子吧？”

“应该不是，我和他们说了我们要搬家去北京的事，这次过来，应该帮忙收拾收拾屋子。至于买房，他们没再提了。”

南欣问："他们也支持你去北京？"

"当然。"石翔头也没抬。南欣看得出来，石翔的心早已飞到了北京。他对自己回流的决定没有丝毫犹豫。

晚上，石翔妈做了一大锅参鸡汤。她先给石翔盛了一碗，第二碗给了石翔爸，第三碗给了南欣。南欣看着碗里厚厚的一层油脂和嘌呤突然有些反胃，她无意间瞟到了石翔的碗里，满是食材，还有一截粗粗的党参。

石翔爸对南欣说："快尝尝，我们今天一早特地为你去农村买的土鸡，现杀的，特别补。"

南欣应和着，勉强喝了一口。

"南欣，最近状态怎么样？"石翔妈问。

"还行。之前吃靶向药反应还挺大，现在也习惯了。"

"那就好。每次我想到你得了这个病，晚上真的觉都睡不好，"石翔妈的语气突然哽咽了起来，"我就想啊，你们小两口才刚结婚就遭遇了这么一劫，这以后日子还怎么熬呀。"

南欣像个做错事的孩子，低着头不发一言。她能听出石翔妈的画外音，自己跟着石翔，拖累了这一大家子的好日子。

石翔妈继续说："所以啊，我和石翔爸怎么都坐不住了，趁你们还没去北京，就过来杭州陪陪你们。我带了很多中药材过来，这段时间好好给你补一补。"

石翔皱皱眉头："妈，你可别乱下药啊，中药也不能随便吃。"

"你当你妈是傻呀，我都是去老中医那边抓的正规的方子。就我们家六楼那个邻居张大伯，你还记得不？前几年得了肺癌，后来全靠这个方子调理好的。”

石翔爸用手肘碰了碰，说道：“行了，别说了。”

石翔妈也意识到刚才的话有些欠妥，硬扯出一个笑脸，对南欣说道：“总之啊，你别怕。我们一大家子人在一起，总是好的。我们一起帮你抗，没事的。”

“谢谢……阿姨。”南欣几乎就要脱口而出“妈”那个字，但她还是收了回去。不是她不愿意，而是她冥冥中觉得，在这个时间点改口，好像并不恰当。

吃完饭，石翔妈又开始收拾家。她自作主张地把房间里的被单床套全换了，然后塞进洗衣机里。南欣被洗衣机的噪声吵得有点头疼，她回到房间里，躺在床上闭目养神，石翔一家在客厅里其乐融融地铺床聊天。南欣无意听到客厅里他们的谈话，无非都是关于“北京”“工作”这些。

深夜，南欣凑到石翔耳边，压低声音问道：“这次你爸妈来住多久？”

石翔已经有了睡意，有点不耐烦地翻了个身说道：“怎么他们一来你就问这个问题？他们今天忙里忙外一整天碍着你了吗？”

南欣无言。生病之后，她觉得自己好像渐渐丧失了吵架的能力。

自从被南欣明确拒绝签字之后，景芳就没睡过一个踏实觉。通过售楼处的销售，她预约到一个专门打房产官司的律师，她就不信自己豁出半条老命买的房子，还能被南欣莫名其妙占掉三分之一？

五百块钱半小时的咨询费，每一分钟都是血汗钱。律师花了前十五分钟，才搞清楚了事情的来龙去脉，说道：“从现在这个情况来看，如果等您母亲去世之后才来处理房产的事情，恐怕比较难办。而且，不排除您小妹直接上诉要求分割财产的可能。到时候，您就比较被动了。”

景芳一听惊了，吴南欣对自己撂下的狠话，果然要成真。

“律师，所以我该怎么办？”时间剩下最后的十分钟，景芳必须要在这五百块里找到答案。

“我建议您直接走司法程序，起诉您的小妹。您现在这边证据比较充分，胜诉的可能性还是比较高的。”

景芳一时没反应过来：“你的意思就是……我要把吴南欣告上法庭？”

律师点点头：“我们这边做过好几个和你类似的案子。根据您描述的情况，吴南欣女士提前默认并且知晓您才是房子唯一的出资人和授权人。所以她的行为实质上已经涉及侵占您的私人财产。但是，要想打赢这场官司的关键是提供证据。要证明吴南欣女士知道您只是用了沈良珠的名义买房，您才是房子实际的出资人，房子本身和沈良珠无关。另外，如果有其他第三方证人可以证明，吴南欣只是想通过不签署遗产弃权协议来侵占您的房产，那就更好了。比如您的大姐，不知道您是否可以说服她出庭作证。”

景芳若有所思地转了转眼睛，然后说道：“行，我大概清楚该怎么做了。我得回去和我老公商量一下，然后再和您联系。”

“好的，没事儿。这是我的名片，我们后续再跟进联系。”

景芳回到家里，几乎已经下定决心。

“吴南欣不仁，休怪我不义。这次我必须得给她点颜色看看，否则她真的当我是个软柿子！”

徐胜强的态度反而有点犹豫：“你这么一告，你和南欣的姐妹关系……算是真的断了哎。”

景芳完全不在乎：“断就断！她吴南欣把我当亲姐姐吗？我再不治治她，她真的不知道自己姓什么了。而且你想想，我们那个房子，如果被吴南欣占去三分之一的话，那是多少钱？”

徐胜强想着那个数字，不由得倒吸了一口冷气：“确实！那都是我们的血汗钱，凭什么就被你妹妹占走，搞笑哦？”

景芳不屑地看徐胜强一眼：“这种大事，你听我的就没错。你看你，到了关键时刻又是扭扭捏捏，这么多年，你说你哪一件事情做对过？要不是我……”

还没等景芳说完，徐胜强就自动把耳朵关上了。这是他这么多年以来修炼的本领，你说你的，但是我一句话都不会听进去。他不知道的是，此刻独自走进自己小房间的儿子昊昊，也渐渐开始修炼了这项本领。

接下来几天，景芳和律师商量对策。她捋清思路，要想打赢这场官司，有一个人起到决定性作用——吴庆春。

隔天，景芳买了两斤黑猪肉，一捆韭菜，假模假样地去庆春家包饺子。

“最近怎么啦？有这个闲时间不去加班，跑到我家来做家务？”

庆春把韭菜洗干净甩干，放进搅拌机里。

“哎哟，瞧你这话说的。我是最近嘴馋了，想念你包的饺子了。还是你擀的饺子皮好吃，和外面买的现成的，简直不是一个东西哦。”景芳一边和着面，一边说。

两姐妹在厨房里一阵忙活。等擀完皮，剁完馅，包完饺子，趁着空当，景芳突然从包里拿出一沓文件，放到了餐桌上。

“姐，我今天来找你，其实是有正事儿。”景芳开门见山。

“你又要作什么妖？”庆春一回头，看到桌上的文件。她不由得拿了起来，还是之前那份遗产弃权协议，她的心情一下子低落下来，说道：“吴景芳，这件事情你到底有完没完？你赶紧把笔给我，我现在就给你签！签完以后不准再和我提这件事情！”

“姐，我当然是相信你。还有另一份协议，您要不也帮我签一下吧？”景芳有点忐忑地从下面抽出另一份协议，放到了庆春的面前。

“这是什么？……证明书？”庆春拿起协议，眯着眼睛看着上面的字——“本人吴庆春，证实 ×× 小区 ×× 号楼 × 室房产，沈良珠女士只是代名持有，实际出资人为吴景芳女士。所以该房产不涉及任何遗产纠纷……”

“你这个东西是什么意思？”庆春有点没看太懂。

“既然吴南欣想来占我的房子，我也没办法了。我找了律师，打算去告她。一切让法律来判决。大姐，这次您一定要帮我。我的房子可不能白白让吴南欣给占去。”景芳说得义正词严，一点都没觉察到此刻庆春的脸色已经变得铁青。

“帮你？我帮你什么？帮你一起去告南欣？”庆春不可置信地抬起头。

“大姐，我能理解你现在心里肯定不舒服。我也不是让你站边儿，咱们都实事求是。这件事情，说实话你也算是参与者。也不用你出庭，你就帮我做个证明就行。”

庆春问道：“我帮你做了这个证明，你是不是就可以理直气壮去告南欣了？”

景芳皱皱眉头：“大姐，你这话说得真别扭。现在是吴南欣在占我便宜，不是我在欺负她。我知道你偏心，处处向着她。”

庆春愣了两秒钟，然后哆嗦着嘴问道：“我偏心？妈的房票都给你了，你还想怎么样？吴景芳我问问你，从你想要买房开始，你有一刻是消停过的吗？现在你还想去把你亲妹妹告上法庭，我看你是真的走火入魔了，你脑子真的不清楚了！”

景芳听得不耐烦：“大姐，你就给句痛快话，签还是不签。你签，最好。如果你不签，也不影响我要把吴南欣告上法庭。”

庆春想了想，然后说：“行，你把笔给我吧。”

“大姐，我就知道你还是明事理的。你放心，这次打官司，我绝对不牵扯上你……”景芳一边说，一边笑着从包里拿出签字笔，递给庆春。

庆春接过笔，拨开盖子，然后拿过那份证明书。接着，她用力地在每一页纸上都画了一个大大的“×”字。

景芳目瞪口呆：“大姐……你这是干吗啊！”

还没等景芳说完，庆春拿起协议书，用手撕得粉碎。

景芳叫了起来："大姐！你就算不签，也不用来这么一出吧？你什么意思呀你！"

庆春不发一语，站起身，走回厨房，冷冷地对景芳说："吴景芳，你想想以前爸妈是怎么教育我们的，你不配做我们吴家人。"

景芳不服气地在后面喊："大姐，你就是站着说话不腰疼！你看你，什么都有。而我，现在就只有这套房子，我的命都在那套房子里！你试试看，如果有人要把你的命分走一部分，你会怎么样！"

景芳说完，对着桌子上的饺子，长长地叹了一口气。这顿饭，看来又是吃不下去了。

虽然在庆春这里碰了一鼻子灰，但是景芳没有气馁。紧接着她要开始第二步，取证。

南欣收到景芳短信的时候，正百无聊赖地躺在房间里。石翔妈在客厅里看着连续剧，声音开得很大，她也不好意思说让石翔妈把声音调小一点。在这个家里，她好像一条没有贡献的寄生虫，自然没有发声的权利。

本来她根本不可能去赴景芳的约。但是，这可以让她短暂逃离一下这个让人有些窒息的家，便答应了景芳。

景芳看到南欣推门进来，她披着一件风衣，还戴着一副墨镜，像个明星。

"摆出这副要来吵架的气势干吗哦？"景芳想。

南欣走过来，慢条斯理地把包放在沙发上，然后坐了下来，墨镜都没摘，说道："把我叫出来干吗，又要逼我签遗产协议？我早就和你说过了……"

景芳打断南欣的话："我今天可是两手空空来的，就想单纯约你出来喝个咖啡，毕竟你要去北京了，我们姐妹俩以后见面的机会估计就少了。"

"哦？"南欣一愣，事出反常必有妖，她倒想看看吴景芳到底卖的什么关子。

"服务员。"景芳招呼服务员拿来菜单，然后趁着南欣点餐的时候，把沙发上的包放到了桌上。

南欣也不客气，点了最贵的手冲咖啡和乳酪蛋糕。

景芳说："你说我们姐妹俩，小时候在餐桌上争葱香大排，长大了，争妈的房票。真的从小争到老，还真有意思。"

南欣笑笑："别把话说那么好听。我可没想和你争，是你自己过来抢。"

景芳换了个坐姿，问道："这件事情归根结底，是我自己做得不够周全。不过，这个房子，虽然是用妈的名字买的，但其实，实际的出资人是我，这个你应该都清楚吧？"

南欣低着头喝咖啡，不说话。

景芳继续追问："你就表个态，就说清楚，还是不清楚。"

南欣有点不耐烦地抬起头："吴景芳，你葫芦里究竟卖的什么药？"

景芳不慌不乱："我没什么意思，就是想把一些话和你聊清楚，否则我心里过不去。”

“是啊，我清楚，怎么了？你想让我签遗产弃权就直说，何必兜兜转转，阴阳怪气？”

景芳继续问：“那你也应该知道，这个房子，只是名义上是妈的，但其实所属权，是我家，对吧？”

南欣停顿了一下，然后直勾勾地盯着景芳，问道：“吴景芳，你是不是在套我的话？”

景芳的心里“咯噔”了一下，她故作镇定地说道：“你说你这个人，我好好和你聊天，你说我套你的话。你是又想吵架是不是？如果是这样，什么都别说了！真的是！”

南欣说道：“我没说那房子是妈的，家里谁都知道那房子其实就是你的，但这个和我签不签遗产放弃协议没有关系。”

“行，你清楚就行。”景芳说完，拿起咖啡抿了一口。

南欣愈发觉得不对劲，她瞥了一眼景芳：“你约我出来，就是问这些有的没的？”

“就是随便聊聊啊……那既然……你不想聊，我就回家好了。等会儿我还得去兴趣班接昊昊下课，账我结了。”景芳一边说，一边拎起桌上的包。

南欣坐在沙发上，觉得莫名其妙。还没等自己开口，景芳已经一溜烟，消失在了咖啡厅里。

景芳走到门外，忍不住朝咖啡厅里看了一眼。确认安全之后，她把手伸进包，拿出那支事先就准备好的录音笔，按了一下结束键。

“吴南欣，你想来搞我，你还嫩着呢！”她忍不住笑了出来。

虽然，她还是心疼这一顿咖啡钱——“要命哦吴南欣，下手真狠，就一杯咖啡和甜点的钱，我可以买一个星期的菜了！”

32. 分　离

南欣回到家，看到石翔一家坐在餐桌前，像是在聊天。她有气无力地打了声招呼，然后往房间里走。

“南欣，你过来。”石翔妈的声音。

南欣走了过去，发现餐桌上铺满大大小小的发票和病历卡。

“在算账呢？”南欣尴尬地笑笑。

“南欣，你解释一下，这个是什么意思？”她把一本病历卡挪到了南欣面前，南欣打开，一张检查单从里面滑落了下来。

石翔妈冷着脸继续说：“你看看这张单子，你在和石翔结婚前几天就做了癌症的抽液检查，为什么要瞒着他？”

南欣的身体渐渐僵住了，她翻着病历卡，看向石翔。石翔坐在餐桌前，低着头不说话。

“我……”还没等南欣开口，石翔妈就抢先说：“行了，不用找理由了。你当时怎么想的、什么目的，你应该比我们清楚。”

南欣一听这阴阳怪气的话，有点生气地反问道：“那您说说，我是什么目的，什么意思？”

石翔妈一听这话，内心的火苗一下子就噌的蹿了起来：“还用得着我明说？你这就是骗婚懂不懂？你把我们石翔当什么了，你的取款机，还是你的医保卡？”

南欣沉了一口气：“阿姨，我不知道您为什么要这样说。如果您非要给我扣上帽子，我只能告诉您，我没做任何对不起石翔的事情。”

石翔妈冷笑一声：“南欣，咱们都是念过书的文化人，就别来对天发誓这一套。我们只是看事实，讲道理。现在证据都在这里，你再狡辩就是你没道理了。”

石翔爸皱着眉头：“行了，都少说几句吧。他们三十来岁的人了，自己会想明白的。南欣，那么晚到家你也累了，赶紧回房间休息吧。”

石翔爸的话表面关心南欣，实则暗藏玄机，不给南欣反驳的机会。

南欣只能悻悻地回到房间。

石翔面无表情的走进房间，南欣一把拉过他，压着声音问道：“你刚才一声不吭的是什么意思？”

石翔冷冷地反问：“你想让我说什么？问什么？南欣，先不管你是不是故意要隐瞒我，你扪心自问一下，你是真的想和我好好过日子吗？你对我坦诚相对了吗？如果医生没有告诉你可能得癌症，你会和我去领证吗？”

南欣的心低落到谷底：“石翔，有些事情我还是要说清楚，当时是你要去领证，不是我求着你的。所以，这两件事情根本就没有因果联系，一切都是巧合。我确实是在领证前去做了检查，不告诉你的原因是当时我都没有确诊，我不想把这些负能量的消息传播给你……”

石翔一个字都听不下去，摆了摆手说：“行了，巧合，都是巧合。如果你当时那么负能量，又为什么要强颜欢笑和我去领证？吴南欣，不要再把我当三岁小孩了好吗？有些事情我不说，不代表我不知道！”

“所以你想怎么样？你和你爸妈都已经讨论明白了吧？”南欣不想再继续解释，她今天一整晚都很累。

石翔沉默了一会儿，然后说：“南欣，我想我们都需要时间各自冷静一下。”

“你什么意思？”南欣不解。小小的家，已经拥挤下四个人，哪里还有空间去各自冷静。

“我想明天和我爸妈去老家住几天。”石翔说。

南欣愣了一下，说道：“原来你们早就商量好了，没事，你们不用折腾回去了，我给你们腾地方。反正这里也不是我自己的家，我住不惯。”

“你什么意思？”

南欣站起身，从衣柜里拖出自己的行李箱，然后胡乱地塞了几件衣服进去。

“南欣，你干什么？”

南欣依旧没有回答，她迅速收拾好行李箱，然后裹上大衣，有点狼狈地推开房门。

石翔爸妈坐在客厅的沙发上看电视，他们看着南欣蹲在鞋柜边自顾自穿鞋的背影，什么也没有说。直到南欣关门离去，石翔妈才转过身对石翔说："儿子，这次你做得对。她要走就走，都是成年人，做事情要动脑子想清楚。你去劝她，你就输了。"

南欣独自一人拖着行李箱走出小区，外面忽然飘起了雪花。南欣忍不住仰起头——啊，这是杭州的第一场雪吗？

对于这个城市而言，每一场初雪都是一个隆重的时刻。而今年的第一场雪对于南欣来说，是如此突如其来，又悄无声息。

她呆呆地看着头顶的雪越下越大，等回过神来，掏出手机打车，看到熟悉的旧地址，她才恍然想起自己的家已经退租，她其实无处可去。

她想了想，然后拦手叫了一辆出租车。

晚饭后，庆春照例像往常一样独自一人收拾好碗筷，然后切上一盘水果。刚走出厨房，便听到门铃响。

孙璐去开门："……小姨？"

南欣有点尴尬地杵在门口："我姐……在吗？"

"在呀，快进来吧。"孙璐看到南欣身边还有行李箱，愣了一下，然后伸手帮南欣拎过箱子。

"我自己来。"南欣有些虚弱地提着箱子进门，看到客厅里坐着一大家子人，有点尴尬地向各位打招呼。

庆春看到南欣提着箱子，便猜到了大概。她把南欣拉到厨房，压低声音问道："怎么了？和石翔吵架了？"

南欣点点头。

庆春不满："这孩子也是……吵架也不分个时候，你现在是个什么情况，就不能让着你吗？"

南欣苦笑："可能就是不想让了呗。"

庆春顿时心生酸楚，她知道南欣如果不是走投无路，是不可能找自己的。她安慰道："两个人先分开冷静一段时间也好，大姐家就是你自己的家，你就踏实地住着，别乱想，知道不？"

南欣朝庆春点了点头。

庆春把阁楼收拾了出来，翻出干净的被褥，给南欣铺床。

"这还是你第一次在我家过夜吧？"庆春说。

"也是第一次住那么大的房子。"南欣笑着说。

庆春心里却听得酸酸的，她忽然觉得，自己对这个最小的妹妹了解和付出的都太少了。

孙璐敲门，她抱着一个枕头，笑吟吟地走进门："小姨，这是我双十一买的泰国乳胶枕，给你用。"

南欣接过枕头，捏了捏手感，欣喜地说："我最近还真的想换枕头，你这个硬度刚刚好。"

"送你，作为你的入户礼。"孙璐挽起南欣的手，她们虽然隔着辈，但像一对亲姐妹。

深夜，南欣躺在庆春家的阁楼上。阁楼上有个天窗，透着月光，她可以看到雪在玻璃上一点点地堆积起来。这一觉，她意外地睡得很踏实。

等起床下楼，庆春早已做好早饭，一家人围坐在餐桌前吃饭。吃完饭，工作的出门上班，姐夫孙建国坐沙发上看报纸，庆春收拾碗筷，南欣照顾母亲。一家人做着各自的事情，这是平静又寻常的一个早晨。

南欣有一种错觉，这种不属于自己的生活，她好像已经过了很久了。

午后，南欣推着轮椅，陪沈良珠在花园里散步。这个花园被庆春打理得井井有条，除了各种各样的月季，庆春特地开辟出一块小菜地，种了青菜和葱。

南欣饶有兴致地蹲下身，指着土壤里萌发的菜芽，对沈良珠说："你看看，这个是什么呀？"

轮椅上的沈良珠低下头，皱着眉头，嘴里念叨着："什么呀？"

南欣像教小朋友似的："这是青菜，青——菜。"

"哦？菜……小白菜……杨乃武……"沈良珠说着说着就哼起了曲来。

庆春笑着走了过来："什么都忘了，就是年轻的时候唱的歌还记着，前几天还唱《甜蜜蜜》呢。"

南欣说："看来妈的状态越来越好了。"

庆春叹了口气："这种病，哪里有越来越好的说法，无非就是控制加重的速度罢了。去年还能正常吃东西，今年开始吞咽有点困难了，吃一口吐半口。"

南欣清楚这种病，从慢慢遗忘人世间的悲欢事，到慢慢退化自己作为一个人的本能，最后就像一阵风一样消失在这个世界上。如此一想，作为得病的人可能感受不到太多的痛苦，苦的或许只是身边人。

南欣联想到自己，有些伤感：“多活一天就是多赚一天，谁不是呢？”

“你别这样想，”这话让庆春心里发酸，“你看你，要是不说，谁会以为你得了癌症？我之前以为得了这病，得每天去医院躺着呢。没想到靠吃药就能控制住，哎，你命好，赶上好时代了。所以啊，你别怕。这种在现在看来都是小病了，没问题的。”

南欣笑而不语，所谓的命好，都是用真金白银换来的。而吃完这个阶段的靶向药，自己的积蓄已经无法支付下个阶段的药钱了。眼下又和石翔闹僵了，自己怎么还好意思问他伸手要钱。

她突然想起乔晶对她说的话：“南欣，自尊唯一的用处是可以用它来换真金白银。像我这样的人，有什么资格谈自尊心。”

当时乔晶对她说这话的时候，南欣心里其实是带着微微的鄙夷的，而现在，她觉得那话明明说的就是自己。

她究竟在骄傲什么？独自一人离家出走，她又能得到了什么？

成年人的世界里，每一个决定都要计算得失。她是昏了头了，这个阶段，不是自己可以单打独斗的时候。

庆春突然说：“说真的，如果石翔来找你，求着你回去。你别硬刚，该给面子的时候，还是得给他面子。”

南欣惊讶，庆春像是能读懂自己在想什么。她“嗯”了一声，点了点头。

这个时候沈良珠突然晃起了手，在座位上拍打着，南欣有些慌：“妈这是怎么了？”

庆春早已习惯：“她渴的时候就是这样，把她推进去吧。”

33．风　暴

南欣在庆春家住了近一周。眼瞅着离石翔去北京的日子越来越近，石翔那边却连一个电话都没有。晚上，孙璐和南欣躺在阁楼的床上聊天，南欣忍不住聊起石翔最近的失联，孙璐大为震惊。

对孙璐而言，一对新婚夫妻，怎么可能彼此毫无联系一周，这也太不正常了。南欣却自欺欺人地笑笑：“他以前谈恋爱的时候也是这样，两个人吵架，如果我不去找他，他就当我死了一样。”

孙璐实在惊掉下巴，这实在太不符合她心里那个雷厉风行小姨的形象：“所以每次都是你去找他和好？”

“也没有，耗到最后，他还是会忍不住出现。”话还没说完，手机就震动了起来，南欣低头一瞅，居然真的是石翔的微信。她有一点略带得意地把手机放到孙璐的面前：“说曹操，曹操到。你帮我看一眼他说什么，我懒得回他。”

孙璐点开微信，说道：“他问你明天在家吗，想来找你。”

“别理他。”

孙璐却自作主张地打起字来：“你过来吧，来吃晚饭。”

南欣赶紧抢过手机：“死丫头！”

为时已晚，信息已经发出去了。

南欣只能干瞪眼睛，孙璐却得意洋洋地看着她："小姨，我们女人该示弱的时候还是要学会示弱，这次是小姨父做得太过分，你放心，明天他来，我们全家人一起帮你整治他。"

南欣笑："疯丫头，就你主意多。"

石翔要来"负荆请罪"的消息第二天一早就传遍了孙家。一大早，庆春就从菜场拎着大包小包回家。整个下午，庆春都在厨房里忙活。南欣看到一家人都在默默为自己的事操劳，心里有些过意不去，她走进厨房，想了半天，还是硬着嘴说："你是不是嫌我烦了，巴不得石翔早点接我回去？"

庆春在水池里掰着菜，笑着说："你知道就好。"

"大姐！"南欣难得流露出撒娇的语气，她走到庆春背后，从背后环抱住她，然后把头靠在庆春的头发上："那么多年了，还用蜂花的洗发水呢？"

"用惯了老底子的东西。"庆春把蔬菜上的水珠在池子里甩了甩，放进菜篮里沥干，然后转过身："老实说，大姐还真舍不得你走。这几天可能是你来了，妈的状态也特别好，晚上也不惊醒了，我都睡了好几个踏实觉了。你看我们这一家子人住一起，多好。"

南欣心里又暖又酸楚，其实她也何尝不是这样觉得。每天能吃到庆春做的家常菜，吃完饭一家人聊天，看电视。这样的生活，如果可以一直过下去，该有多好。但这里毕竟不是自己的家。自己的柴米油盐不属于这里。她有这个自知之明。

“大姐，我走之后，阁楼不要收拾好不好？等以后我还想回来住。”南欣说。

“以后是什么意思？你真的决定要和石翔去北京？”庆春听出了画外音。

南欣心里的酸楚涌上眼眶：“大姐，你看我现在这个样子，我还有选择的权利吗？我只能跟着石翔走。大姐，我现在没有勇气任性了……我想活下去。”

庆春被这番话愣住了，她抬起手，颤抖着拨了拨南欣额头杂乱的刘海，然后轻轻地拥抱了一下她：“肯定会好起来的，等在北京把病治好了，你就回来，好不好？”

南欣含着泪点着头。

晚上，庆春准备好一桌饭菜。临近饭点，屋外的门铃声如约而至。孙璐去开门，南欣坐在餐桌边，她有点莫名的尴尬和紧张，她向来处理不太好这种“和好如初”的局面。

孙璐打开门，愣了一下，然后回头朝南欣看了一眼。

南欣敏感地觉察出了什么，还没等她缓过神，孙璐已经招呼石翔爸妈进了门。

屋里的众人一愣，庆春刚想问，石翔妈就笑盈盈地说道：“今天刚要出门，翔子突然接了一个工作，我就让他在家里处理工作算了。”

南欣的脸立刻就沉了下来，究竟是什么工作，还能比这顿饭还重要？庆春也不悦，这是过来道歉的态度吗？她连站都懒得站起来，坐在餐桌边指挥着孙璐拿拖鞋。

石翔爸妈有点尴尬地进门入座。

“这次来得匆忙，也没带什么，您见谅啊。”石翔妈作了开场白。

庆春冷冷地说：“没事，我们家也不缺什么。话说石翔不是辞职了吗？还有事忙？”

石翔妈解释道：“可不是？这两天刚和北京那边的公司签了合同。那边立刻就派项目给他了。我是觉得，刚进新公司，得好好表现表现，你们说是吧？”

餐桌上一片噤声，并没有人搭话。

石翔妈也懒得再寒暄，直接切入主题：“其实我们这次来，是想找南欣好好聊聊离婚的事。”

突然一颗重磅炸弹。南欣的身子不由得打了寒战，手里的碗差点没掉在地上。

“离……离婚？！”庆春瞪大眼睛。

石翔妈有条不紊地说道：“大姐，原谅我说话比较直接。我这个人做事不喜欢兜兜转转。离婚是石翔的意思，也是我们的意思。石翔这孩子老实，有些话说不出口，我们做父母的，没办法，只能替他来擦屁股。”

庆春听了简直气得发抖：“小两口之前都是好好的，怎么说离婚就离婚？而且现在我们南欣什么情况？你们这个节骨眼来谈离婚，你们的良心呢？亏你还是知识分子，这是人做出来的事吗？”

庆春越说越急，旁边的孙璐见状赶紧放下碗，扶住庆春，轻轻抚慰她的胸口。

石翔妈像是早已预料到这样的反应，淡定地笑道：“具体离婚的原因，我想南欣自己最清楚。这些就不要拿到台面上来说了，不好听。南欣，你说是吧？”

南欣沉了一口气：“有什么不好敞亮说的？婚是他求着我结的，证也是他选的日子去领的。你要有什么不清不楚的，问你儿子去。”

“你……”石翔妈一时语塞，她没有想到南欣还是如此硬气，“我是为人师表的，难听的话我说不出口。我们今天过来也不是来和你们吵架，况且寡不敌众，也吵不赢你们。南欣，我们对你怎么样，你比谁都清楚。当时你和石翔要结婚，我们二话没说就决定拿出自己的钱给你们买房子安家。后来你生病了，石翔也把积蓄拿出来给你治病。南欣，做人要有感恩之心。懂吗？”

不知道是不是下午靶向药的副作用，南欣突然觉得有些头晕目眩。她捂了捂胸口，控制住体内的呕吐感。

见南欣不说话，石翔妈继续咄咄逼人：“凡事都要讲究个度，便宜占够了，也差不多该收手了，不要得寸进尺。”

庆春突然把筷子啪的一声放在桌上，瞪着石翔爸妈说道：“既然你们说自己是讲道理的人，有些事情还是摊开来说清楚比较好。首先是房子的事情，你说你们买房给小两口住，但是现在房子在哪里？房产证在哪里？所以，画大饼的事情就不必拿出来说。其次，你说看病是石翔出的钱。前期几十万医药费，都是刷的南欣自己的卡。况且，就算是石翔出钱，他们现在是法律名义上的夫妻，也是应该的！”

南欣的情绪有些激动，她喘着气，抓住庆春的手说：“大姐，我和石翔的事情，我自己会和他聊清楚，你不用和他们解释。”

石翔妈说：“我们的意思就是石翔的意思，我们家特别民主，来之前，我们家也开了家庭会议。如果不是石翔同意，我们也不会贸然来这里。”

南欣缓缓闭上眼睛，这点她是相信的。石翔一家最喜欢三个人秘密窝在一起开小会。

石翔爸一副表面温和，实则笑里藏刀的口吻说道：“欣欣，感情这种事，有的时候不能勉强。所谓长痛不如短痛，你们分开其实对谁都好。不管怎么样，你都是我们石家的儿媳妇——”他一边说，一边从包里抽出一张银行卡，挪到了南欣的面前，“这张卡你收着，里面有二十万，作为你下个阶段的治疗费用。”

南欣盯着那张卡，沉默了几秒钟，然后突然抬起手捂住嘴，笑了出来。那笑声有点瘆人，石翔爸妈看着南欣的反应，脊背有些发凉。

石翔妈紧张地问：“南欣，你到底什么意思……”

南欣摆摆手，把卡拿了起来，然后像扔飞镖似的扔了回去，直接甩到石翔妈的脸上。石翔妈惊叫一声。

南欣冷冷地说：“卡你收回去，就这点钱，留给你儿子以后娶媳妇擦屁股。如果是带着离婚合同来的话，现在就拿出来吧。早点签完走人，别影响我们家吃晚饭。”

石翔妈一听这话，难听的话塞了回去。她果然是有备而来，从包里拿出一份合同，递到南欣面前：“你和石翔刚结婚不久，所以不涉及太多的财产分配问题。合同条款很简单，你看看，没问题的话就签字吧。”

南欣接过合同，直接翻到第二页就准备签字。庆春的手突然一挡。

庆春侧过脸，略带沙哑地对石翔爸妈说：“结婚的时候求着我们南欣，现在南欣生病了，不想负责任了，就想签字一撇两清？你们这样明目张胆地欺负我们家南欣，你们把她当什么？南欣，这件事情你听大姐的。我们不签！”

石翔妈的手一挥：“不签，那我们就走法律程序，到时候弄的不好看就不要怪我们了。”

孙璐也忍无可忍：“你以为就你们家会找律师？我协调了多少起社区的离婚案子了，这些我最熟。阿姨我告诉你，如果你们执意要离婚，我们也可以请律师，反告你们遗弃配偶罪。”

“你们反告我们？”石翔妈惊掉下巴，“我还真没见过那么不要脸的一家人！一家子人全是骗子！”

南欣颤抖着苍白的嘴唇：“你说我可以，别牵扯我家人！”

石翔妈一阵冷笑：“我还就是要说，你们真是不是一家人不进一家门。南欣，你学谁不好，偏学你两个姐姐。之前和你二姐抢房票，买房子。现在和你大姐狼狈为奸一起算计我们家。你们这三姐妹究竟是安的什么心？吴南欣我告诉你，这个婚不管你想离还是不想离，今天都必须把这字给我签上！我不能让我儿子和这样一家子人牵扯在一起！”

南欣拿过离婚合同，停顿了两秒钟，然后抬起头：“阿姨，本来这个合同我可以签，但是听完你说的，我觉得我应该听我大姐的。我得知自己确诊是在和石翔领证之后，所以不存在骗婚这一说。我清清白白，你随便找律师去告，我不怕。”

“你清清白白？”石翔妈站起身，走到南欣面前，两只眼睛恶狠狠地瞪着她，“你自己为什么得这个病你自己心里清楚，如果真的是个清清白白的姑娘，卵巢怎么会得病？你有没有背着石翔做一些不干不净的事情，你自己心里最清楚！”

南欣听得脸色煞白，她想说什么，大脑却一阵眩晕。还没等她反应过来，旁边的庆春嗖的一声站起身，背后的凳子啪的一声摔倒在地，把在场的人都吓了一跳。

庆春抬起手，直着石翔妈的鼻子说道：“你们，现在从我家滚出去。”

石翔妈拉起石翔爸：“吴南欣，我们法庭见。”

南欣从来没有看到庆春如此生气过，她的身子和额头的发丝都在微微颤抖，好像随时会一个踉跄跌倒。南欣赶紧站起来扶住庆春：“大姐，你别气。这是我自己的事，我会处理好。你放心，放心。”

庆春抬起头，眼睛里含着泪：“不，这不是你自己一个人的事，这是我们全家人的事。南欣，你别怕。他们要告，我们也找律师帮你告。这个婚，绝对不能说离就离。”

南欣深呼吸一口气，努力把眼泪逼了回去：“大姐，我听你的。”然后她转过头，对石翔妈说：“阿姨，我们的意思你明白了吧，麻烦回家转告给石翔。”

南欣的话音刚落。突然，一阵滴答、滴答的滴水声传来。一阵温热的感觉从南欣的腿部传来。她睁大瞳孔，然后颤抖着身体，慢慢低下头。只见尿液不受控制地从自己体内流出来，然后淌在地板上。

尿液流到了庆春的脚边，庆春忍不住“啊”的一声捂住了嘴。然后，趁着其他人还没有发现，她赶紧一挥手，把桌上的白酒打翻在地。

“你们再不走，我打电话叫保安了！”庆春发了疯似的朝石翔爸妈吼着。石翔爸妈其实看到了刚才发生的那一幕，但他们被庆春发飙的语气吓到了，有些狼狈地拎起包离开。

等石翔爸妈关门离去之后，庆春转过身对餐桌上的各位说道：“我想一个人静静，你们都去客厅，我一个人来收拾。”

34．撕　裂

南欣洗完澡，回到阁楼，躺在床上。庆春端着一杯热姜茶敲门而入。南欣有点尴尬地埋下头，一阵莫名的羞耻感涌上心头。

庆春把茶放在床头柜上，坐在床头，问道：“什么时候有这个症状的？”

南欣低了低头：“之前偶尔觉得控制不住，像今天这样，还是第一次。之前医生说……如果有尿失禁这样的症状出现，说明卵巢里面的肿瘤变大了。”

庆春心里一惊：“你别乱想，之前第一阶段的靶向药，你不是说控制住了吗？”

南欣点了点头，苦笑道：“得这种病，就算痊愈了也随时可能会复发。我这一个阶段控制住了，算不上什么。”

庆春心疼地捏了捏南欣的手：“等过几天，大姐陪你去医院再检查检查，好吗？”

南欣不说话，她忽然鼻子一酸，两行眼泪毫无防备地流了下来：“大姐，我害怕。”

庆春拥抱住南欣，哭着说：“你以为我不害怕？南欣啊，我怕得要死。你知道我的，我经受不住这样的事的。所以，我们相互打气，一起努力，好不好？”

“大姐，你看看我，三十多岁的人，没有家，没有工作，还拖着一个绝症。刚结婚几个月的老公要和我离婚，你要我怎么争气？怎么努力？大姐，我真的有点累了。”南欣瘫软地躺在床上。

庆春擦掉南欣脸上的泪痕，说道：“如果是别人撑不住，我相信。但你不可以，你是我们家最小、最不听话、最古灵精怪、主意最多的那个小女儿，你是南欣啊。以前念书的时候，就因为班上的男生欺负你，你把人家的腿都差点踢断。老师找上家里，我们都吓坏了。你那个时候就那么要强，好像没有谁可以伤害到你。南欣啊，你要像以前一样。就算石翔不要你了，我也永远不会放弃你。”

“大姐，我知道。我知道。”两姐妹在床上抱头痛哭了起来。

那个晚上，南欣做了一个梦。

她梦到了自己在浣纱路老弄堂里的那个老房子里。晚上，沈良珠带着她们三姐妹在弄堂里走。那个时候，她才刚读幼儿园。她看着头顶的月亮，对沈良珠说：“妈妈，月亮好像也跟着我们走咧，你看，我们动，它也跟着动。”

沈良珠低下头，笑着说：“那是你爸爸在跟着我们呀。”

三姐妹不由自主地停下了脚步，然后齐刷刷地抬起头。

那个夜晚的月亮好透亮，好透亮。

清晨，又一个不知趣的电话，打扰了南欣的梦境。

南欣迷迷糊糊接起来，说是律师事务所，要给自己送文件。她猛然就清醒了，她没想到石翔家的速度那么快，真的是一点余地都不给自己啊。

她有些心不在焉地洗漱完下楼，看到庆春和沈良珠坐在花园里晒太阳。

庆春给她留了早餐。她喝了一勺白粥，全无胃口。

突然，门外敲门声响。

“我去，是我的快递。”南欣一边对着花园喊，一边小跑着过去开门。打开门，门外站着的是一个穿着西装的陌生男人。

“您好，请问您是吴南欣女士吗？”

南欣点头。“我是。”

“我是朝华律所的吴律师。这边有您一个律师函，麻烦您收一下。”男人从随身的挎包里抽出一本文件夹，递给南欣。

南欣接过文件夹，抽出里面的律师函——“致吴南欣女士，朝华律师事务所依法接受吴景芳女士委托，就阁下恶意侵占其名下物业房产一事，专门致函警告。请您于20××年××月××日之前来我所签署遗产放弃嫌疑，逾期风险自担……”

南欣越看越眉头紧锁，她缓缓抬起头，问道：“这是吴景芳给我发的律师函？”

律师点点头：“确实是吴景芳女士委托我们对您提起诉讼。您可以接受诉讼，或者和吴景芳女士私下协商。”

“如果我拒绝协商会怎么办？吴景芳就会把我告上法庭？”

律师笑笑：“那估计就要进入法律程序了，我们这边已经掌握了充分的证据，恐怕结果就不好说了。”

南欣冷笑：“没想到吴景芳居然还会花钱找你们来恐吓我。”

律师不紧不慢地说：“吴小姐，我们所有的程序流程都合法合规，不存在恐吓。另外，吴景芳女士委托我们告诉您，如果上了法庭赢了官司，您要支付这次所有的律师费用，希望您知晓。”

“好的，我知道了。”南欣关上了门。

“南欣——谁呀？怎么聊那么久。”庆春的声音从花园里传来。

“没事儿，快递签个单子。那个……大姐，等会儿我去医院一趟。”南欣回应道。

“晚点等绍东回来了开车带你去呗。”

“不用了，大姐。”南欣说完就拿着律师函走上了楼。

一大早，景芳家客厅里的气氛有些压抑。昊昊噘着嘴，坐在餐桌前一动不动。

“快吃，过一会儿就要迟到了。”景芳把肉包子夹到昊昊的粥上。昊昊皱了皱眉头，他已经不止一次说过，自己不喜欢沾了水的包子，那让他觉得莫名的恶心。可景芳每次都不理会。

“妈……我……”

“别说了！不行就是不行！周六你要上补习班，哪里来的时间去参加你们足球队的活动。你知道现在补习班有多难报吗？我得花多少钱吗？依我看，你下个学期直接退队算了！纯粹浪费时间！还不如在家里多看看书。”景芳喋喋不休。

昊昊突然变得激动起来：“你答应过我的！只要我好好上补习班你就让我一直在足球队里！我的好朋友们都在足球队里！你让我怎么和他们交代！”

“以前是以前，现在是现在！如果你踢足球可以上重点初中，那我每天都让你去踢！从早踢到晚我都不管你！你拎拎清楚！现在小升初可不考足球！总之，这事儿没得商量，下学期就把足球队给退了。行了！别噘着嘴了！快吃！”景芳用筷子敲了敲昊昊的碗，里面的粥飞溅出来。

厌恶，这个家的一切都让昊昊厌恶。

突然，一阵急促的敲门声从门外传来。

“大清早的谁呀？敲那么大声干吗呀！”景芳放下筷子，骂骂咧咧地去开门。

她走到门口，往猫眼里一瞅，然后嗖的一声缩回了头。

“谁呀？”徐胜强问。

“吴……吴南欣……她来干吗呀？”景芳本能地觉得来者不善。

门外哐哐的敲门声此起彼伏。

“……谁……谁呀！”景芳假装不知道，朝门外问道。

“吴景芳！你开门！”南欣在门外大喊。

“大清早的……你来我家干吗呀？”景芳对着门外说道。

“我来找你干什么，你自己心里清楚。今天我不是来和你讲道理的，是来和你拼命！既然你都要把我告上法庭，那我也不介意多加一条故意伤害罪！你开门！开门！”南欣在门外咒骂道。

景芳不由得打了一个哆嗦，她沉了一口气，然后佯装理直气壮的口气：“吴南欣！你别来我这里发疯！我们走法律途径！我和你没话可说！”

“走你他妈的途径！吴景芳！你有种就开门！你不想好好过日子！我就成全你！”南欣抡起腿朝门狠狠地踢着。

徐胜强哆哆嗦嗦地凑了过来，压低声音说道：“要么还是让她进来吧？她还能把家给砸了不成？”

景芳一拦：“我告诉你，她还真会！她不是别人，她是吴南欣！我知道这丫头疯起来是没有底线的！你赶紧去给物业打电话！叫保安过来！我去给大姐打电话！”

门外的咒骂和踢门声此起彼伏，一点都没消停。

“吴南欣！你再发疯我就报警了！你这是侵扰民宅！违法的，

我告诉你！”景芳对着门外喊。

南欣一听“报警”两个字，心里的火气就更大了。她环顾了一下四周，然后抡起楼梯口的消防灭火栓，朝门上砸去。

顿时咣的一声，门被砸凹了进去。

景芳在屋里听得心惊肉跳，她一边拨通大姐吴庆春的电话，一边往猫眼里瞅着：“造反了……这真的是要造反了……”

电话终于接通，“大姐！你快点来我家一趟吧！南欣这是……她是要杀人了！”

还没等她的电话说完，她就看到昊昊朝门口走去，眼瞅着伸出手就要去开门。景芳顿时吓了一跳，挂断电话大声喊道，“昊昊！你是要干吗！”

昊昊回过头，冷冷地说：“你为什么要把小姨关在外面？小姨都生病了，你为什么要这样对待她？”

没等景芳来得及拉住他，昊昊已经把门打开了。

南欣冲进屋里。景芳赶紧一把拉过昊昊，把他关进房间里。

“吴南欣！你到底想干什么！你想把我家给砸了是不是！”景芳冲着南欣喊。

南欣像是发泄一般，抬起手就把茶几给掀翻了。

景芳赶紧躲到窗帘后面，对着徐胜强喊：“你个大男人还愣着干什么！赶紧去制住她呀！”

徐胜强哆嗦着站在原地：“南……南欣，你冷静一点，冷静一点。”

正说着，物业保安和闻声而来的邻居出现在了门口。景芳像是找到救星一般，对着保安喊：“就是这个女的！一大早来我家里，要把我家给砸了！你们赶紧制止住她呀！快呀！”

“吴景芳，我为什么来找你，你自己心里不清楚吗？既然要把我往绝路上逼，那我也什么都不管了，今天大家都别活了！”她一边说，一边抡起鞋柜旁边的花瓶，狠狠地朝墙壁砸了过去。

景芳一声尖叫，躲到窗帘后面。保安和邻居见势赶紧过来制止住南欣，把她像犯人一样摁在地上。

南欣明显体力不支，面色苍白的瘫软在地上：“你们……你们为什么要这样对我？为什么要这样一次次的把我往死里逼？”

“究竟谁逼谁呀！吴南欣你说清楚，到底是我逼你，还是你逼我！”景芳继续指着南欣喋喋不休。

南欣嘟囔了几下嘴唇，整个人一软，晕了过去。

当南欣醒来的时候，发现自己躺在一个陌生的房间里。庆春坐在对面，焦急地看着自己。

她环顾了一下四周，确认自己还在景芳家里，便支起身子准备离开。

“你别乱动，好好躺着。”庆春发出命令。

“大姐……”南欣的声音哽咽住了。

庆春心疼地摸了摸南欣的头：“先别说话了，哎，出门也不和我说，跑到这里来。你别担心，大姐会给你做主。”

景芳噘着嘴站在身后，念叨着：“大姐，她没什么事儿，就是低血糖。”

庆春劈头盖脸的问道："你到底想干什么？你看看南欣被你逼成什么样了？她现在什么情况你不是不清楚！"

景芳反倒一脸委屈的模样："大姐，这次我是受害者。你知道她一大早跑来我家是怎么闹的吗？你看看客厅那一片狼藉就是她搞的！整栋楼的邻居都跑来我家看热闹，不知道的还以为我是在外面欠了债，被黑社会找上门了！"

南欣不想再和景芳多说一句话，她虚弱的对庆春说："大姐，帮我把我的包拿来。"然后，她从包里拿出两张皱巴巴的纸，递给庆春。"大姐，你自己看。吴景芳她为了一个房子，无所不用其极，给我发律师函，还说要把我告上法庭。"

庆春拿起律师函，看了看，然后扔到景芳面前："这就是你做的事！要把你亲妹妹告上法庭？你到底是怎么想的？还嫌你妹妹受的苦不够多是不是？"

景芳一听也自觉理亏，噘着嘴说："姐，我又不是没和她好好说过这件事，走到这一步，也是她逼我的。我也是没办法……"

庆春打断景芳的话："你没办法？我看你办法多的是！今天我说清楚了，你房子的事情，到此为止。以后再要去找律师，我们就断绝关系！"

南欣说："没事，姐，就让她去告我吧。以为我不会找律师是吗？我倒要看看，她能不能告赢！"

景芳一阵冷笑："你也想告？你拿什么告？我这里，可是有你想侵吞房子的证据。"

南欣的心里咯噔了一下，她不由得回想起之前在咖啡馆里景芳种种诡异的行径，忽然间恍然大悟：“吴景芳……我真的看不起你！”

正在这时，昊昊突然从房间里走了出来。他走到南欣跟前，伸出手摇了摇南欣的胳膊，小声地说：“小姨，你别生气了。”

南欣的心瞬间就软了下来，她摸了摸昊昊的头说道：“昊昊，这不关你的事。”

景芳突然一拍大腿，大声地说道：“都几点了！你怎么还没有上学去！哎呀！你说你！”

昊昊转过头，也同样大声地冲着景芳喊：“刚才不是你把我关在房间里的吗？为什么什么事情都怪我！为什么做错的都是我！”

景芳破口大骂：“你自己几点上学你不知道？！大人的事情你在这里看热闹！赶紧滚去上学！”

昊昊的情绪突然被点燃了，他红着眼睛对着景芳喊道：“反正什么都是你说了算！你说的话永远是对的！你不给小姨钱让她治病，还要让小姨去坐牢！你是天底下最坏最坏的妈妈！我讨厌你！讨厌你！”

“死小孩你说的这是什么话！”景芳顿时火冒三丈，但还没等她的手打下去，昊昊就攥起书包，冲出门去。

“姐！你看看！我这么拼，每天吭哧吭哧加班干活为了谁？榨干自己买房子为了谁？这孩子……居然……居然这样说我……”景芳一边说，一边坐在餐桌边，捂着额头哭了起来。

庆春不由得深呼吸了一口气，眼下，她左边是南欣，右边是景芳。她不知道自己该说，该做什么动作，这个大姐，她觉得自己当得从来没有那么累过。

35. 昊　昊

“你先和我回家。”庆春搀扶起南欣，当务之急是先带南欣离开这个是非之地。

南欣的头还有些晕眩，她勉强支起身子，她其实也不想再看到景芳这张脸。

景芳在一旁嘟囔着嘴：“今天的事情我不和你计较，但你也不要得寸进尺……”她话还没有说完，就被庆春打断：“你少说几句让我们都多活几天吧！”

庆春领着南欣离开。两人上了出租车，南欣把手靠在车窗上，看着窗外。庆春轻轻地把她的手抬下来：“外面风冷。”

两姐妹在车上相对无言。庆春打破沉默：“你说你，做事那么冲动。一个人不声不响就跑过去了。这万一……”南欣笑笑，打断了庆春的话：“大姐，我的人生还能有什么万一？还能比现在更烂吗？”

庆春一愣。

南欣继续说：“老公和亲姐姐都着急着把我告上法庭。我如果现在去死的话，他们估计皆大欢喜。”

“你胡说什么！你二姐虽然不像话，但是再怎么说也不是和石翔那家伙一路货色。她毕竟是我们自己人。”

南欣叹了口气：“大姐，你还没看明白吗？最狠的往往都是自己人，因为自己人知道对方的软肋究竟是什么。她吴景芳在这个节骨眼上还要整那么一出，不就是想把我往死里逼吗？我就是想不明白，我本就是一个活不长的人，她为何就不能耐心一点，耐心一点等我死去，不可以吗？就连我最后的一点点体面都不肯给我，是吗？”

庆春哑口无言，她紧紧地握住了南欣冰冷的手：“你说我们三个人，怎么变成今天这样？”

晚上，入睡前，庆春坐在床头唉声叹气。

“还想着你那两个妹妹的事儿呢？”孙建国问道。

“哎，我在想，这不马上要过冬至嘛，要不要把景芳一家再喊来家里吃顿饭。”

孙建国一听惊了：“你怎么还不识趣啊，你看看你哪一次组的饭局不是闹得不欢而散啊？说好听点，你是在当和事佬。说难听点，你是火上浇油！”

庆春心生烦躁：“那你说我该怎么办？都是我的妹妹，手心手背都是肉。我就真的坐视不管吗？你看看现在的情况，景芳是要去法院告南欣了。南欣一下子收到两张律师函，这对她来说是多大的打击。”

孙建国翻着手里的报纸：“依我看，你还真别管。你这两个妹妹，从小到大，你除了之前在家里管她们一口饭吃，其他的事儿，你哪件管得了。你还真把自己当妈了啊？”

庆春一伸手把孙建国的报纸给挡了下来，“你是不是看我们家的人都不顺眼啊？是不是最近南欣住家里你不自在啊？你不帮忙也就算了，用得着这样冷嘲热讽吗？”

孙建国有些不耐烦：“你怎么也像你那两个妹妹似的那么拧巴？我是觉得你这个人吧，有的时候就是不太聪明，总帮倒忙。南欣现在住我们家，你如果把景芳再叫来，把她气走了，她还能去哪里？你这不是把她往绝路上逼嘛。你这人啊，总是好心办坏事，她们自己的事，你就随她们自己闹去，你就做你该做的，无愧于心，不就行了嘛。”

孙建国碎碎念完，把灯一拉，准备睡觉。

庆春在黑暗中默默地叹了口气，孙建国是他们家最小的儿子，头上两个姐姐，无怨无悔地把家里最好的都让给他。他怎么会懂庆春作为一家之主的心情？庆春觉得自己就像一条透明的线，默默地牵引着这个家。如果没有她这根不起眼的线，这个家就真的散了。

而最近她也感觉到力不从心，她觉得自己这根线就要断了。

第二天午饭过后，庆春收拾好碗筷。默默地把绍东拉到厨房：“等会儿你陪我去你二姨家一趟，别让你爸知道。”

绍东默契地配合，开车带着庆春来到景芳家。他很识趣地对庆春说：“我就不上楼了，在楼下等你。”

庆春独自上楼，刚走进居民楼，就听到了景芳刺耳的声音从屋里传来："你看看你现在这个成绩！还有脸来和我说想继续在足球队里！我看你脑子被驴踢了！没良心的东西呀！你知道我每天拼死拼活为了谁呀！"

庆春皱皱眉头，敲了敲门。

"……谁呀？"景芳刺耳的声音，门打开，"呀，大姐，你怎么来了？"

庆春朝屋里瞅了一眼，只见昊昊低着头站在餐桌边，脸红扑扑的。庆春没好气地讲："在小区门口就听到你的声音了，怎么了？生怕别人不知道你嗓门大，是不是？"

"哎呀姐，我是被这伢儿气的呀。你看看，数学期末模拟考，才考八十多分。你说说，就这个成绩，以后怎么升重点初中？我心里那个急呀。"

"八十多分有很差吗？难道总分是两百分吗？"庆春一边说，一边拉过昊昊，心疼地摸了摸他的头。

景芳振振有词："姐呀，话不是这么说呀。你是不懂现在的竞争有多激烈呀？你以为是我们那个年代，小学和玩似的。现在不行了呀，我看，这钱不花是不行了，下周就给我上小区王老师的辅导班去。"

昊昊一听辅导班三个字，立刻就急了："我不去！王老师的学生都是考奥数的，我跟不上！而且……王园园他们还总是笑话我，笑话我拖他们辅导班的后腿！我不去！"

景芳不以为然："笑话你是应该的！你看看你考几分！王园园考几分！就应该笑话你！谁让你不会做题！分数那么低！活该！"

昊昊愣住了，身体在不住地发抖。

庆春实在看不下去，大声责怪道："瞧瞧你说的这是什么话！哪有你这样教育孩子的！"

昊昊的反应让庆春更心疼，他走过来，低着头说："没事的，大姨。"

而景芳依旧喋喋不休："这孩子能有现在这个分数，都是被我逼出来的！否则他就和那帮足球队的小孩一样，估计以后只能读体校，啧啧……"

昊昊缓缓地抬起头，然后狠狠地瞪着景芳，那神情让庆春看得都有点心悸，景芳却非常不以为然："看什么看，回房间写作业去！"

昊昊愣了几秒，然后走进了房间。过了一会儿，他又背着书包走了出来，独自一人走到门口，开始穿鞋子。

庆春一愣："昊昊，你这是去哪儿呀？"

景芳摆摆手："随他去，估计是去找汪凯，同小区的，那孩子数学不错，还能辅导辅导他。"

昊昊没说话，表示默认。关门后，景芳才反应过来："这大晚上的，大姐你来我家干吗呀？"

庆春在沙发上挪了挪屁股："还不是因为南欣的事。有一些事情，你不了解情况，今天就过来和你聊一聊。"

景芳冷笑一声："我就知道，除了南欣的事，大姐你什么时候专门来我家看过我了。说吧，什么情况？"

"石翔要和南欣离婚，离婚合同都拿到家里来了。"

景芳两手一拍："我早料到了，这不是板上钉钉的事儿吗？才刚结婚，就得了那么重的病，是谁都靠不住。哎，现在的人都现实得很。"

庆春责问道："你料到还发律师函给南欣？她现在一下子收到两张律师函，你让她的日子怎么过？还好意思说！"

景芳理直气壮："这是两码事。姐，你别因为南欣现在生病了就什么向着她。你也清楚，当初我买这个房子，就是借用妈的名义而已，和她吴南欣有什么关系？既然和她没关系，她为什么就不肯签遗产放弃协议？这不明摆着想来占我的房子吗？好，就算她现在没这心思，也不代表以后。人都是会变的，等以后妈走了，指不定她会出什么招，到时候估计就是她把我告上法庭了。所以我真的也是被逼无奈，必须先下手为强。"

庆春越听越觉得滑稽："搞了半天，你是受害人。那你也去告我吧，我也不准备和你签这个遗产弃权协议。你明天就去告我！"

景芳不说话了，她沉默了几秒钟，然后突然哭了出来。庆春别过头，不知道她又在演哪出戏。而景芳的哭声越哭越大，有点收不住的感觉。

庆春忍不住："你差不多得了。"

景芳一边抽泣一边说："我就是觉得委屈。从小到大，家里什么不是让着吴南欣。当初家里困难，如果不是为了供她去上学，我也不用上技校，早早出来工作，这辈子就这么定了。我们家就供出了南欣这一个大学生，她想过回报家里什么了吗？一切都觉得理所当然，逢年过节就是一张死脸，觉得家里谁都欠她的。姐，你嫁得好，什么都有，什么都不缺。我要是能有你这样的命，今天我也不会做这样的事。你看看，你看看我现在住的这个家，看看我现在究竟在过的什么日子。”

庆春忍不住环视着这个局促的家，到处堆满着杂七杂八的生活用品。这哪里是家，就是一个群租房。

景芳继续说：“我知道，你们都觉得我自私。但是我真的自私吗？我做的哪一件事情，是为了自己？我买那个房子，是给自己买的吗？那是为了昊昊呀。你看看我这脸，我们单位的小姑娘都以为我五十了。你以为我听着心里好受呀，你以为我不爱漂亮呀，但那都要钱呀。逢年过节，我有给自己买过一件好衣裳吗？我一个胸罩戴十年，带子断了缝一缝继续戴。姐，你摸着良心说说，我真的自私吗？”

庆春哑口无言，她看着景芳眼角的鱼尾纹：“所以说了半天，你是铁了心要和南欣打这场官司。”

“姐，我们俩的事，说到底和你都无关。我和南欣之间的事，法院会判清楚，法律自有公道。你不能那么自私，因为自己拉不下面子，就阻止我和南欣打官司。这算怎么回事啊！”

庆春愣住了：“现在变成我自私了？是我要面子？”

景芳冷冷地说：“你要的是什么我不知道，反正我要的是命。房子就是我的命。”

“行吧。你自己想清楚，如果爸妈在，她们知道你要去告南欣，她们会是什么态度。”庆春说完就站起身，朝门外走。

出租屋里的吊灯一闪一闪的，只留下景芳一人在这片阴郁的灯光里。

南欣躺在阁楼的床上，突然听到楼下花园里有人在喊“小姨——小姨——”那声音有些熟悉，她下床，拉开窗帘，发现一个小小的身影，定睛一看，居然是昊昊。

她推开窗：“昊昊，你怎么来了？等等我，我下去给你开门。”

南欣小跑着下楼，打开门，昊昊的小脸冻得红扑扑的，手上拎着一只瘪瘪的书包。

“昊昊，你自己一个人来的？”南欣忍不住张望，她并不想看到景芳。

昊昊点点头。

南欣疑惑：“你一个人跑来大姨家做什么？你爸妈知道吗？”

昊昊低垂着头，一声不吭。忽然，他紧紧地抱住南欣，把南欣吓了一跳。

“小姨……对不起。”昊昊哽咽地说。

“傻孩子，怎么了你？”南欣摸着昊昊的头，“和妈妈吵架了？”南欣猜到了大概。

昊昊不说话，他的眼角红红的，像是刚刚哭过：“绍东哥哥在吗？我想他了。”

“他带你大姨出去了，要不你进来坐一会儿，我给他打电话，催他回来。”

昊昊失落地摇摇头：“不用了，小姨，我要走了。”

“你等等。”南欣一边说，一边转身小跑着去厨房。她从柜子里拿出一袋零食，递给昊昊：“你最喜欢的牛肉干，带回家吃吧。”昊昊却摇摇头，懂事地说：“不用了小姨，谢谢小姨。”

昊昊和南欣告别，才刚走出几步，他突然回头，脖子缩在单薄的羽绒服里，对南欣说：“小姨，你的病一定可以好起来。”

南欣的心里忽然暖暖的：“谢谢你，昊昊。小姨会努力治病的。”

“加油，小姨。”

南欣从来没有因为景芳的关系而减少对昊昊的喜爱。她甚至觉得昊昊都不像是吴景芳养的孩子，他永远都是这副礼貌又懂事的模样。而这份乖巧，有的时候在南欣眼里看来，有些莫名的酸楚。她是懂昊昊的，所以明白这份心酸究竟从何而来。

南欣看着昊昊离去的背影，忽然觉得奇怪，大晚上的昊昊家离这儿也不近，他怎么特地过来一趟找自己和绍东。究竟发生了些什么？她拿出手机，想给景芳通个信，但是刚打开景芳的微信，景芳那张世俗小市民的脸又浮现了出来。她叹了口气，于是塞回了手机。

庆春走出景芳家，回到了绍东的车里。

“姆妈，回家咯？”绍东看了庆春的表情就知道聊得不怎么样。

“走吧，”庆春系上安全带，“哎，你这个二姨啊，真的太不像话了。说什么也得告你小姨。”

绍东实话实说：“姆妈，这事儿其实我和爸一个看法。这房子是二姨豁出老命才摇到号买的，我觉得她不会轻易妥协。这件事，您不如从小姨开刀，劝劝她签了遗产弃权协议得了。况且，小姨又不是真的要她的房子，你说对吧？”

庆春看着车窗外，过了好久，才缓缓说道：“说到底，还是我这个做大姐的没本事。要是爸在天上看到我们现在这样，得多寒心哪！”

36. 我　家

回到家，庆春刚洗完澡在梳妆台前面坐下，手机突然响了起来，把她吓了一跳。接起来，是景芳的来电。

“姐！！出事了！！”景芳心急火燎的声音。

“怎么了？”庆春一边开着免提，一边把面霜抹在脸上。她完全没当回事，因为吴景芳的电话哪一次不是这样大惊小怪，无中生有。

“昊昊不见了！”

庆春抹脸的手停了下来，坐在床上刷新闻的孙建国也不由得放下手机。

“你说什么？昊昊晚上不是去邻居家写作业了吗？”

景芳的声音带着哭腔：“是啊，我看他带着书包出去的，就以为他是去找汪凯。到了十点的样子，我看他那么晚还没回家，就打电话给汪凯妈妈。可谁知道，他晚上根本没去汪凯家。我给昊昊的电话手表打电话，一直显示断线。大姐……你说这可怎么办呀！昊昊会不会……被人拐走了啊！”

庆春听完也慌张了起来，她安抚道：“昊昊这个年纪的孩子不太可能被拐呀，我估计是晚上你当着我的面骂了他，孩子自尊心受到伤害，一时半会儿想不开就离家出走了。你别急，说不定等会儿就自己回家了。这个年纪的孩子都这样。”

景芳的情绪丝毫没有得到缓解，哭丧着说：“那么晚了，你说昊昊能去哪里啊……今天天气那么冷，他穿的好像也不多……怎么办呀大姐！”

“要不你们先在家里等我们，我和你姐夫过来一趟。你们去查查小区的监控，看看昊昊能去哪里。”

景芳痛哭流涕：“好……大姐，我等你们……我和胜强那个窝囊废真的不知道该怎么办。”

南欣在阁楼听到楼下的谈话声，她套上衣服打开门下楼。发现一家人穿得整整齐齐，像是要出门的样子。

南欣一问缘由，惊讶地说：“昊昊今天晚上来家里了。”

“来家里？他来我们家做什么？有和你说要去哪里吗？”

“我也不知道他来干什么，就说来看看我，还想见见绍东。我以为他离开后就回家了，也没有多问。”

庆春一听两腿有点发软：“这听起来不像是在外面贪玩忘记回家了，怎么感觉有点像特意来和你们道别啊。”

南欣一听也慌了，说道：“你们等我一下，我也和你们去找昊昊。”

“你就别去了，你身体也不好，帮不上什么忙。”庆春犹豫。

南欣知道庆春是担心自己过去反而是添乱，于是说：“大姐，你放心。现在是昊昊的事情要紧，吴景芳估计也没有心思和我吵架。昊昊平时和我很亲，或许我可以帮上忙。”

庆春见南欣态度坚决，只好点头答应。孙璐留在家里照看沈良珠，一家人换好衣服就往景芳家赶。

南欣显然“低估”了景芳。当景芳知道昊昊今晚去了孙家之后，激动得几乎是要跳起来对南欣发问：“孩子那么晚去你们家，你就这么让他走了？也不给我打个电话通知我！你说你怎么做小姨的！如果昊昊出了什么事，我不会放过你！”

“景芳，你差不多得了！”这次忍无可忍的是孙建国，“你们三姐妹的事，我本来不想插手。但是你也别太过分了！南欣知道昊昊是要离家出走吗？她没给你打电话难道是她故意的不成？她本来就是病人，拖着那么疲惫的身子还要过来帮着找昊昊，你不感恩，还要把责任推到她身上，你这个姐姐怎么做的！”

景芳一见平日里和和气气的大姐夫都生气了，便低下头闭上了嘴：“我就是担心昊昊……这么晚了……他到底去哪里了呀！”

南欣也实在没力气和景芳吵，问道：“你报警了吗？小区的监控都查了？”

景芳低垂着头：“报警了，警察调取了小区的监控，昊昊是独自一人走出小区的。至于去了哪里，他们还在进一步排查。”

南欣冷静地分析道：“至少说明昊昊不是被拐走的。他现在没有身份证，坐不了火车，应该出不了杭州。小孩子一般也不敢乱跑，多半是去了平时熟悉的地方。你好好想想，昊昊平时有没有特别喜欢去的地方？或者特别要好的朋友？”

景芳皱着眉头：“还能去哪里呀？这孩子每天就是学校，补习班两点一线来回跑。在群里问了其他同学的家长，都没有他的消息啊。姐……我怕……我怕昊昊他会不会想不开……突然寻短见了啊！都怪我今天当着你的面骂他！我该死！我该死！”

景芳突然猛扇起自己的耳光，徐胜强赶紧冲上去抱住她：“你可别乱说！昊昊多乐观一孩子，怎么会做那种事！”

“胜强……如果昊昊出事了……我也不活了！！”景芳大哭起来，“不行！我要出去找！我要出去找昊昊！”景芳一边说，一边发疯似的往门外冲。

“你冷静一点！”庆春大声喊住景芳，“你知道去哪找吗！大晚上得像只无头苍蝇！你先坐着别动，听我们安排！”

景芳披头散发地一屁股坐在了客厅地板上开始抽泣起来。

绍东冷静地说：“现在公交都停了，估计昊昊都走不远。那么晚了，孩子能去的地方也不多。这样，我们分头去各个肯德基、麦当劳、便利店去找……那些店开得晚，我估计昊昊可能在里面躲着。”

景芳像抓到救命稻草：“对，对！昊昊最喜欢麦当劳，我们现在就去！”

绍东继续吩咐安排：“昊昊可能突然就回家了，所以，小姨你守在家里。我们现在分头出去找，有什么消息就发在群里。”

众人作鸟兽散出去找昊昊，只留南欣一个人在家里。

她坐在客厅里，一楼的房子在冬天显得格外湿冷。景芳自然也不舍得开暖气，南欣越坐越冷，她站起身，活动活动身子。

环顾四周，这个地方哪里像家。三四个挂钩挂着摇摇欲坠的旧窗帘。天花板上大块发霉的黑斑，各种纸箱杂货从客厅堆到厨房。南欣走进昊昊的房间，发现居然没有窗户，只是一个封闭的小暗室，床边放着几双干干净净的足球鞋。

南欣在昊昊平时学习的书桌前坐了下来，台灯边摆着昊昊的单人照，他穿着秋衣，单脚踩着足球，咧着嘴灿烂地笑着。她看着厚厚的一叠又一叠的练习册，随便一翻，里面都是密密麻麻的笔记。突然，一本精美的日记簿在练习册里滑落了下来。

南欣不由得打开，好像是一篇小作文，名字是《我的魔法之家》：

“我的家，好像有一种魔法。那种魔法，让爸爸越来越沉默。每天回到家，他通常一句话都不说，不是坐在沙发上看电视，就是躺在床上刷手机。他回家了，又好像没有回来。

“爸爸越不说话，妈妈的话反而就越来越多。我的妈妈，她有一双魔法眼睛。她能发现我吃饭掉在地上的米粒；发现我倒水时不小心甩在地上的水渍；发现我放学因为太饿了吃了小卖部里的烤肠。所有我无心的过错，甚至自己都不记得的过错，都能被她发现。那些小事，在我和爸爸看来都不算什么，对于妈妈来说，却像是世界末日。

“我的家，好像动画片里炸裂的魔法世界，我好像有点厌倦这样的世界。”

南欣读得有些莫名的不寒而栗，不想再看下去。她塞回日记本，然后走出了昊昊的房间。

直到后半夜，众人才悻悻地回来。昊昊没有找到。

从来不熬夜的庆春也有点支撑不住，一个踉跄差点在家里晕倒。一家人这样耗下去也不是办法，绍东决定先带一家人回家去休息，第二天再想办法。

第二天依旧没有昊昊的消息。

景芳已经一宿没有合眼，她躺在昊昊的房间里，双目无神，像祥林嫂似的嘴里默念着“都是我的错……如果昊昊出了什么事，我也不活了……”徐胜强听着这种丧气话忍无可忍，在客厅咒骂道：“你别乌鸦嘴了！要不是你这张嘴，昊昊现在也不会离家出走！”

景芳头一回没有反驳，她拽着昊昊的校服，恨不得把牙齿给咬碎了：“确实是我这张狗嘴……都是我的错。”

下午，总算传来了好消息。民警在市民中心附近的便利店接到报案，一小学生偷拿便利店里的面包和零食，被营业员抓了个现行。孩子趁乱逃跑了，但根据监控录像显示，八成就是昊昊。

景芳盯着录像，确认那就是昊昊，她总算舒了口气：“他还知道吃东西……说明还不想死……”

庆春责怪：“别扯那个字！昊昊本来就是赌气出走，说不定晚上就回来了。”

“对，对。他晚上肯定回来了。这小子哪里受过风餐露宿的苦，熬不住了估计就回来了。”景芳给自己打气。然而，一直到晚上九点，昊昊依旧没有回家。

一家子面对着一桌子冷掉的外卖发愁，景芳又开始胡思乱想，发疯似的又准备出去找。但是此刻除了在街上游荡，还能去哪里找？

南欣突然灵光乍现：“昊昊平时除了学校，喜欢去哪里玩？爬山？或者公园？”

景芳答：“他平时最喜欢的事情就是和球队去球场踢球。”

“球场在哪里？”

“钱塘江边的那个江岸球场，”景芳突然一拍脑袋，“那个球场就离今天他出现的市民中心不远！”

南欣当机立断：“我们现在就去球场找找吧，总比坐在这儿好。”

夜晚的钱塘江上扬起一阵薄雾，江岸的灯光昏黄朦胧。众人来到球场，铁丝网锁着门，球场上空空荡荡。

“昊昊——昊昊！”一双双眼睛焦灼地四处张望着，但完全没有发现昊昊的踪迹。

江面上扬起汽笛声，众人顺着球场，走进江岸边的一个公园，公园很安静，没有一个人影。

“在哪里啊……到底在哪里啊……”景芳突然双腿一软，差点没跌倒。

“哎，你们看那边是不是有个人影？！”孙璐突然指了指公园旁边的江堤上。

透过蒙蒙的雾气望去，好像是有一个身影坐在堤坝上，众人赶紧朝江边跑去。

直到那背影越来越清晰。“昊昊?！”景芳大叫。

那身影转了过来，果然是昊昊!

只见昊昊脸色苍白，瘦小的身子在寒风中瑟瑟发抖。他低垂着头，双手环抱膝盖，整个身子蜷缩成小小的一团。

“别过来！！”他发现了家人，朝着他们大声喊。

众人纷纷止步，唯独景芳不顾一切地往江边跑。

“我让你别过来！你再过来我就跳江了！”昊昊喊。

景芳赶紧哆嗦着站住：“昊昊，妈妈错了。你快和我们回家吧，你看天那么冷，你冻坏了怎么办！”

“不要管我！”昊昊突然大声吼道，“你不要过来！你是坏人！”

“你怎么能说出这样的话？我是你妈妈，我的一切都是为你好，我的命都可以给你！”景芳伤心地哭了出来。

昊昊抬起头，眼神突然变得有些狰狞：“我恨透了你的‘为我好’！你的一切都是为了你自己！我看会儿电视你就不舒服，我踢会儿球你就看我不顺眼，只要我开心，你就不开心！你是这个世界上最坏最坏的妈妈！我恨你！真的恨你！”

“昊昊！”景芳难以置信地看着眼前的儿子，她不明白，自己到底做错了什么，竟然被自己含辛茹苦养大的孩子这样憎恨。

南欣从景芳身后走了上来：“昊昊，听小姨的话。先下来，今天去你大姨家住好不好？小姨也住大姨家，晚上让绍东哥哥陪你看球赛，好不好？”

昊昊一见南欣，情绪稍微有点缓和了下来。

但是，景芳突然冲了上来，情绪失控地喊道：“他哪里都不能去！他只能和我回家！我每天省吃俭用给你穿好的，吃好的，送你上补习班，你这孩子狼心狗肺！”

景芳一边说，一边往江边冲去。

“你别过来！别过来！”昊昊在大叫，但是景芳丝毫不理会，不顾一切地朝昊昊奔去。

眼见着景芳就要冲到昊昊身边，昊昊站起身，一个跳跃，直接往钱塘江里跳了下去。

“昊昊！”所有人都异口同声发出了惊叫，景芳顿时吓呆了，腿一软，直接瘫倒在地上。

南欣最先冲到堤岸边，黑乎乎的江面上还能若隐若现看到昊昊的身影，南欣看到昊昊在江面上一边大哭，一边扑腾着水。

接下来的场景震惊了所有人，只见南欣二话不说，甩下羽绒服，就跳入了江中。

江水冰冷刺骨，南欣顿时冻得牙齿直打颤，她奋力朝昊昊游去。众人在岸上看着江面上扑腾着的是两人，都吓呆了。孙璐赶紧掏出手机报警。

岸上只有绍东一人会游泳，他也二话不说便跳进了江中。江面看似平静，实则暗流涌动。绍东奋力游到南欣身边，用力托起南欣，南欣虚弱又急促地说：“我没事，你赶紧去救昊昊！”

“好。你先上岸。我去救昊昊……”绍东回应，然后拼尽全身力量向昊昊的方向游去。城市的霓虹晕染着暗黑的江面，绍东奋力游到昊昊身边，用尽全力地托起昊昊，把他往岸边送。

在几分钟之后，绍东终于把昊昊救上了岸。景芳呼喊着冲过去，只见昊昊嘴唇发紫，脸色苍白，微睁着眼睛，处于半昏迷的状态。

“昊昊！你醒醒！醒醒！你别吓唬妈妈啊！”景芳撕心裂肺地哭了起来。

120 救护车终于赶到，从车上跳下几个医生，立刻给昊昊做起了人工呼吸。昊昊一阵咳嗽，吐出了半肚子的水。

众人这才放下悬在嗓子眼的心。

然而，就在这时，庆春才反应过来。她四处张望着，然后气若游丝地问道：“南欣呢？南欣……在哪里？”

37. 抉　择

医院长长的病房走廊里，景芳急匆匆地从电梯间里冲了出来。

“你怎么不去照顾昊昊？跑这儿来做什么？”庆春问道。

“徐胜强陪着呢，昊昊没什么大碍，就是身体虚弱。南欣呢……她现在什么情况？”

庆春低了低头，深呼吸了一口气：“在救护车上差点就过去了，做了急救，还好救回来了。现在还在抢救，还没有消息。”

正说着，医生神情严肃地从抢救室里走出来：“病人现在情况很不稳定，需要进重症监护室。需要家属来签个字。”

庆春脑袋一轰，差点没跌倒：“她只是溺水，在救护车上也抢救过来了？现在怎么严重到要进重症监护室？”

医生解释：“病人原本就有严重的基础病，现在因为溺水窒息可能导致了其他的并发症。我们已经联系了肿瘤科的祝医生，需要再做一个全面的检查。现在病人有些心衰，你们家属要做好心理准备。”

景芳一听腿顿时软了：“南欣是为了救昊昊才出事的，要是她有什么三长两短。这可怎么办啊……”

庆春深呼吸一口气，控制住情绪，“听医生的。我们先签字再说。”

透过重症病房的玻璃，庆春看到南欣躺在病床上，手上打着各种吊针。旁边的检测仪器滴滴作响，庆春神色紧张地盯着那些跳动的数字，她生怕南欣突然出现意外。

庆春兀自轻声说道：“有谁能想到呢？我们家最早躺进病房里的，居然是小妹。”

景芳的声音也带着哭腔：“你说她怎么那么傻，明明知道自己有那么严重的病，偏偏还要跳进江里去救昊昊。这下万一把自己的命也搭进去……哎……”

庆春冷冷地说：“你以为她跳进江里的时候不知道自己是病

人？你以为她不清楚自己可能会溺水淹死？南欣没有你想得那么傻。她之所以会跳进江里，是因为她都想明白了，她想不顾一切地去救昊昊，去救你的儿子。景芳，你好好想想，现在南欣和昊昊都躺在医院里，是不是都是因为你？”

景芳被这一番话怔住了，她哆嗦着嘴唇，强烈的羞耻感和愧疚感让她一个字都吐不出来。

“大姐，你说得对。我该死，我该死。”她低下头，用手狠狠地捶着自己的大腿。

“别在医院里随便说‘死’这个字。你回病房去照顾昊昊吧，别在这儿杵着。”庆春冷冷地说完便转头离开了，只留景芳一人站在空荡荡的病房外。

肿瘤科的祝医生约家属会谈。南欣的情况比想象中还要凶险。因为溺水导致了一系列的并发症。而且经过详细的检查之后发现，南欣的肿瘤有变大的迹象，这说明上个阶段的靶向药已经不再起作用。

“肿瘤已经开始变大。如果继续发展下去，压迫到膀胱的话，会导致病人出现尿失禁的状况。发展到最后，病人的排尿就需要导管才能进行。”

庆春听得手心发汗：“之前住我家的时候，她还好好的，没发现她有什么异常啊？”

祝医生叹了口气：“可能只是她不太好意思说罢了。到这个程度，病人的每次小便都应该很痛苦，不可能没有异常。”

庆春倒吸一口冷气，原来南欣只是没让自己知道而已。

“那接下来该怎么办？”庆春焦急地问道。

祝医生低着头，眼睛盯着南欣的 CT 片，说道：“接下来有两套方案。一是做化疗，这是现在最普遍的治疗方法，但是副作用明显，病人承受的痛苦会比较多；第二种方案就是做腹腔镜手术，看能不能把肿瘤全部割除。如果可以切除，那自然是一劳永逸。但是卵巢癌这个病比较特殊，容易出现盆腹腔广泛种植转移的特点，想要完全切净是一件非常困难的事情，所以，具体手术能达到什么样的效果，现在也没办法保证。但是如果病人一旦接受了手术，就意味着她彻底没有生育能力了。”

会诊室里的所有人都不说话，大家互相对视，没有人敢下决定。

祝医生继续说：“不管采用哪一种方案，我希望你们能尽快做决定。现在肿瘤开始恶化变大，已经转移到了腹膜。如果不加以治疗控制，这就像一颗定时炸弹，随时都有可能危及病人的生命。”

庆春想了想，然后旁敲侧击地问道：“如果做手术的话，治愈的概率有多大？”

祝医生实话实说：“最多只有一半的成功概率，你们回去好好想想吧，最好这两天就给我答复。南欣现在的情况真的拖不了。”

“好的，我们知道了，谢谢医生。”庆春情绪复杂地接过祝医生递过来的病历本。

刚走出会诊室，孙璐就问庆春：“妈，你怎么想的？”

庆春沉默了一会儿，然后叹了口气：“这个还得你小姨自己决定。”

深夜，在南欣昏迷了三天之后，她终于醒了过来。

孙璐赶紧叫醒正趴在一旁打盹的庆春，众人一起凑上前。南欣缓缓地睁开眼睛，用了近半分钟才把眼前的景象变得清晰。她看着一张张熟悉的家人的脸，虚弱地说：“……怎么都在？给我办追悼会呢？”

庆春的眼泪掉了下来，她转过头对周围人说：“瞧瞧这张嘴，看来真的清醒了。”

南欣顶着昏昏沉沉的脑袋就要坐起来，庆春赶紧把南欣摁住：“你别乱动！躺着好好休息。这几天，你真的把我们吓坏了……”

“我到底怎么了……”南欣依旧昏昏沉沉，前几天的事就像断片了一样。

绍东凑上前，笑着说：“小姨，你不愧是女中豪杰，那么冷的江水，你说跳就跳。”

有印象了。脑海里片段的记忆，有冰冷的江水，浪潮的声音，还有岸边的呼唤声。在自己丧失意识的一刹那，她是被绍东紧紧地从水里拽住的。她依旧记得绍东在呼唤自己名字的声音。

“绍东，是你救了我……”南欣感激地抓住绍东的手，问道：“昊昊……昊昊呢？他还好吗？”

孙璐说道：“小姨，你放心。昊昊除了有些着凉，身体没什么大毛病，已经出院回家休养了。”

“现在我们比较担心的是你。”庆春心疼地看着南欣，她的脸上一点血色都没有，苍白得有些瘆人。

南欣笑笑，然后虚弱地说：“大姐，我没事。你们回家去吧。你们守着我，我睡不着。”

庆春一听这话更是难过，只有她才明白，就算是现在，南欣心里想着的还是不想麻烦任何人。

“我们陪你一会儿就走，你别想太多，只管自己休息。”庆春心疼地说。

南欣点了点头，然后迷迷糊糊地又睡着了。

庆春执意留下来陪护，绍东和孙璐去医务室借来了折叠床，好让庆春睡在病房里。

第二天早晨，当庆春迷迷糊糊地醒来，发现南欣的床上已经空空如也。

她猛地清醒过来，手忙脚乱地在房间里到处找。在走廊的尽头，她看到一个熟悉的身影正站在窗口，她连忙小跑过去，果然是南欣。

她手里拿着一盒酸奶，嘴巴里叼着一根吸管：“怎么了大姐？”

庆春喘着粗气：“谁让你一个人到处乱跑的？你才刚刚恢复，万一着凉了怎么办？”

南欣一听“噗嗤”一声笑了出来：“瞧你紧张的，昨天睡了一觉之后，我感觉自己已经至少恢复了一半了。我想下午约一下祝医生，让他再给我开一个疗程的靶向药，估计最快明天我就能出院了。”

庆春面露出难色，支支吾吾地说："其实……也不用那么着急见祝医生，先把你现在的身子养好再说。"

南欣笑笑："大姐，你放心，下个阶段的药钱，其实我之前就准备好了。现在我也不想想太多，走一步看一步，说不定这个疗程结束之后，我的病就好了。"

庆春不知道该如何是好，庆春还没有做好告诉南欣她真实病情的心理准备。但是，庆春心里清楚，现在一切都等不及了，南欣必须尽快做出选择，现在没有时间留给自己做这些心理建设。

她挽了挽南欣的手："我们先回病房，我有话跟你说。"

回到病房里，庆春鼓起勇气，把南欣真实的病情全盘托出。

南欣听完愣了一会儿，然后整个人瘫软地陷在了床上不说话。

庆春紧张地安慰道："欣欣，你别乱想。虽然靶向药没起到作用，但是现在还有两套治疗方案，医生说希望很大。"

南欣沉默了一会儿，然后露出一丝苦笑："之前花了那么多钱，结果还真是竹篮打水一场空了。"

庆春握住南欣的手，说道："靶向药不行，我们就选择其他的方法。南欣，你一定要有信心。"

南欣低了低头。"大姐，你回家去吧，我想一个人待着。"

庆春有些不放心，但她支支吾吾地也不知道该如何是好。

南欣继续说："你别担心我，我不会做出什么过激的事。我就想一个人好好静静，我得想清楚接下来该怎么办。你回去吧，我没事的。"

庆春只能点头："行，如果有事你直接打我和璐璐的手机。"

她拎起包，刚走出病房，就听到里面传来南欣号啕大哭的声音。庆春的步子微颤了一下，但她没有回头。她很清楚，南欣此刻不需要任何人安慰她。

第二天，南欣拎着一袋砂糖橘，来到了祝医生的办公室。

"我们医生不能受贿赂。"祝医生笑着说，他看南欣状态还不错，以为南欣还不知道自己靶向药失效的事。

没想到南欣主动开口："祝医生，我大姐已经把情况和我说了。我现在就是想和您讨论一下，我适合哪一种治疗方式。或者，您可以直白一点告诉我，哪一种治疗存活率更大一些。"

"以你现在的状况来说，两种方案其实没有哪一种更优一说。因为这两种方案风险都很大，首先是化疗，想必你也了解化疗的各种副作用，这个过程对你来说，无疑会是非常痛苦的，你要做好心理准备。另一种方案，直接做卵巢切除手术。坦白说，一次性将病灶完全切除的可能性微乎其微。因为卵巢癌这个病比较特殊，容易出现盆腹腔广泛种植转移的特点，想要完全切净是一件非常困难的事情。所以，就算做了卵巢切除手术，后续也大概率要进行化疗。"

南欣不说话，她伸手拿出袋子里的一个橘子，低着头剥了起来。

"祝医生，如果我选择做卵巢切除手术搏一下，成功率大概会有多少？"

"以目前的案例来看，治愈率可能不到5%。但是如果后续结合化疗的话，治愈率可以到 20%。”

南欣剥着橘子的手突然停了下来，“就算化疗，最终治愈率也只有 20%？我的肿瘤已经恶化到这个地步了吗？”

祝医生抿了抿嘴，然后无奈地点了点头安慰道：“换个角度来看，治愈率低说明还有希望。总比一点希望都没有要好。我这里无力回天的病例每周都有。南欣，你还算是幸运的。”

南欣突然笑了：“祝医生，我就是觉得这病挺奇妙的。如果不是自己亲身经历，我以为那么严重的病，肯定会把人折磨得半死不活。但是你看我，我不觉得自己像一个快死的人。你说得没错，祝医生。我是幸运的。”

南欣把橘子塞进嘴里，然后露出了一个苍白但又灿烂的微笑。

南欣离开之后，祝医生给庆春打了一个电话。

“刚和你妹妹聊完。挺令我意外的，她的状态还不错。我的病人里面，很少有人那么淡定地接受自己的病情的。”

庆春一听悬着的心终于放下了。“那就好，太感谢你了祝医生。南欣从小就特别独立，不管什么事情都是自己做主，我想她能接受的。接下来，咱们是不是应该好好商量治疗方案了？”

“是的。其实治疗最难的一步是患者的配合，如果患者心态好，对治疗的帮助是很大的。现在看来，南欣具备这个心理素质。总之，咱们一起努力。”

庆春欣慰地说：“是的，是的。我们一起努力，南欣一定可以战胜病魔。祝医生，我们明天就过来医院里，和您一起商量治疗方案。”

“没问题，最好约上南欣一起过来。”

“好的。她一定会过来的，她自己的事，还是要她自己做主才行。”

第二天，本来约好中午一家子人一起过去，但是庆春按捺不住，一大早就兴致勃勃地蒸好南欣喜欢吃的芹菜水饺，装进保温饭盒，自己打车去医院。

到病房的时候，南欣正坐在窗边发呆。

“大姐，你来了。”阳光照在南欣的身上，看得出来，她的状态确实不错。

“我猜你就没吃早饭，给你带了水饺，趁热吃。”庆春把饭盒打开。

“哇，芹菜馅的。”南欣迫不及待拿起筷子，一整个塞进嘴里，果然还是熟悉的味道。

“听说你昨天去了祝医生那边？”庆春问道。

南欣点点头：“他把我的病情都和我说清楚了，我也想明白了。”

庆春迫不及待地问：“你决定做手术吗？还是先化疗一个疗程看看？具体想用什么方案？”

南欣笑了笑：“大姐，你先等我把饺子吃完呀。”

等吃完饺子，南欣拿出抽纸擦了擦嘴，坦然地说道：“大姐，我想清楚了。我这个病当时确诊的时候，就是晚期。我也算运气好，吃了最新出的靶向药，拖了几个月，也算是赚到了。你们别多想，我不觉得有遗憾。”

庆春愣住了：“你说这话是什么意思？”

南欣微笑：“大姐，我不打算治了，我想回家。”

庆春哆嗦着嘴唇：“你开什么玩笑?！现在医生能给出两套方案，就说明这个病治愈的希望还很大。现在医疗那么发达，得了癌症也不意味着被判死刑。而且医生说了，卵巢癌都不算是凶险的癌症，那些什么乳腺癌，肺癌才可怕。我们尊重你，但是治病这事儿由不得你，两套方案，二选一。你必须做个选择！”

庆春的反应没有让南欣意外，她继续说：“大姐，如果你们真的尊重我，就应该听我的。我的这个决定，不是赌气，也不是悲观。昨天我和祝医生聊得很清楚，我的病，就算手术和化疗双管齐下，治愈率也只有20%，后续还有复发的可能。我不想为了这个无底洞继续耗下去了。”

庆春完全听不进去，她激动地说：“你这是胡闹啊！你看看医院里的这些病人，哪一个不是想尽了办法地要活下去？你都没开始化疗，什么都没做，就想放弃，你别糊涂啊南欣！”

“大姐，你去看看那些化疗的病人，到最后哪个不是人不像人，鬼不像鬼。最后把自己和整个家都淘空，悲惨地带着怨气死去。大姐，我只想最后走得体面一点。”

庆春苦口婆心：“也有很多人通过化疗治愈的，你不要极端。就算只有一点点的生存机会，你难道不想试一试？真的就这样放弃了？”

南欣笑道："为什么只要有机会就一定要把握住？大姐，我以前一直是这样活的，我知道这样活着有多累。所以现在，在接下来可能有限的日子里，我不想这样活了。我不想再去计算得失了，我就想自由自在地把剩下的日子过完。"

庆春无言，她不知道该说什么才好。她比谁都清楚，只要是南欣做的决定，没有人可以说服得了她。

南欣走过来，抬起手，轻轻地捋了捋庆春干枯的发丝："大姐，我想在最后的这段日子里陪陪妈，再吃吃你做的菜。你答应我，好不好？"

"你这是胡闹啊。"庆春红着眼睛，无奈地摇了摇头。

"大姐，我们回家吧。"南欣说。

庆春抬起头，看着南欣同样红通通的眼睛，默默地点了点头。

38. 丽　君

南欣放弃治疗的事，在吴家达成了心照不宣的一致。谁都不主动提这茬儿，也不敢提，更不知道怎么提。吴家老老少少都知道南欣的个性，既然是她决定的事，谁都没办法左右。

一连几天，家里气氛阴沉，每到饭点，餐桌上就氛围压抑。庆春给景芳打电话，让她周末带着昊昊来家里，一方面她依然还担心昊昊的心理状态，另一方面她希望家里多些人活跃活跃气氛。

庆春特意叮嘱景芳，多说多错，千万别提放弃治疗的事。

她知道任何话到了景芳的嘴里，都会变味。

周末，景芳带着昊昊来到吴家。她主动包揽了做饭的大任，在厨房里一顿忙活。

昊昊见到南欣，像个做错事的小孩，低着头："小姨，对不起。"

南欣整理着昊昊的衣角："傻瓜，小姨只是想保护你。"

昊昊抬起头："妈妈说，你差点因为我丢了性命。小姨……我错了，我真的不想这样。"

"昊昊，你答应小姨两件事。"南欣认真地说，"第一件，以后不管遇到多大的挫折，不管自己心里有多么不开心，甚至痛苦，都不能做伤害自己的事情。第二件，要相信我们这一大家子的人都是爱你的。以后如果遇到什么困难，一定要学会向家里人开口。"

南欣说完心里有些悲凉，其实，她才是那个丧失向自家人开口能力的人。

昊昊似懂非懂地点了点头。

景芳独自一人做好了午餐，笋干老鸭煲，红烧肉，蛋黄南瓜，西湖粗鳜鱼，荠菜粉丝汤……全是南欣喜欢的口味，看得出来她是真的花了心思。

这样一顿人员到齐的团圆饭，却让庆春心里吃得不是滋味。南欣心里明白，庆春到现在都没有接受她放弃治疗这件事。

饭桌上，大家聊的话题也不外乎是学习工作这些琐事。

"二姐，以后周末就把昊昊带到家里来，我和孙璐一起辅导他功课。晚上干脆就住在我们这儿，小阁楼上还有张单人床。”南欣的突然开口让景芳有些受宠若惊。

她连声说道：“那再好不过了，这一周多的空当，他的功课也落了不少。”

昊昊的脸上终于露出笑容：“太好了，那我……可以把足球带来吗？我想让绍东哥哥陪我踢球。”他说完，还是怯怯地看了景芳一眼。

“当然可以啊。绍东，辛苦你了。”景芳的语气和神态像变了一个人。

这真是吴家一顿难得的和谐晚餐。

吃完饭，景芳在餐厅收拾，庆春在厨房洗碗。南欣卷着袖子想去帮忙，却被庆春挡了出来：“你回屋去休息。”

南欣不理会，拿起抹布就在水龙头下冲了起来：“大姐，从今天开始，就别把我当病人了。最后这段日子，我想过得像正常人一样。”

这听似平静的话戳得庆春的心生疼，她关上水龙头，眼睛通红：“你当我是演员，还是觉得我的心是铁做的？你过得潇洒了，我怎么办？南欣啊，看着你这样没有盼头的一天天耗下去，我的心疼啊。”

南欣的眼睛也红了：“那你就最后依我一回，好不好？之前那么多年，你都忍下来了。再最后忍一次，好不好？”

庆春一边点头，一边把水龙头打开，她不想让客厅里的人听到自己的哭声。

景芳端着菜盘，呆若木鸡地站在门外。这道门，把她隔绝得像一个局外人，她还不知道自己该以怎样的身份走进去。

南欣的作息变得无比规律，每天和庆春同一时间起早，帮忙照顾沈良珠，吃早饭，然后两姐妹一起去超市。

南欣发现，庆春每次逛超市，都有一套自己的路径动线，先买什么，后挑什么，都有讲究。一般先挑干货，然后去熟肉海鲜区，最后买蔬果。这样，蔬菜放最上面，就不容易被压坏。

正当南欣帮庆春挑菜的时候，突然，一个身影靠近："……你是不是吴家阿春？"

庆春回过头，只见那人摘下口罩，露出了一张熟悉又陌生的脸。

"呀，还真的是你。你看我眼神好吧？就算你戴着口罩，也认得出来。"眼前这位老人大概七十岁的模样，一口本地口音。

庆春"啊"了一声，然后问道："……陈家姆妈？"

老人兴奋地点头："是呀是呀。旁边这位是你女儿吧？"

庆春笑了："哪里呀！是我们家的小妹呀，南欣。"

老人惊讶地捂住了嘴："之前听说良珠快五十岁了还生了一个女儿，我都不信。没想到是真的。"

庆春拉过南欣，给她介绍道："南欣，这位是陈家姆妈，以前是我们家在浣纱路的老邻居，妈以前的同事。"

南欣礼貌地向老人问好。

“哎，这一晃多少年了，你们家也不住在浣纱路了吧？我和你妈都几十年没见面了，她还好不？”

庆春有些尴尬地低了低头：“我妈现在和我住，要不干脆您今天去我家吃个饭？顺便见见她。”

“好的呀，好的呀，”陈家姆妈扔下手里的白菜，丝毫没有客气的意思，“我老伴去年没的，脑淤血。我一个人吃饭啊，真是没意思。正好，今天是周末哎，我去你家坐坐。”

庆春侧过脸，悄悄对南欣说：“这个婆娘以前就是这副疯疯癫癫的模样，以前最喜欢来我们家和妈聊八卦，所以我现在还记得她。”

南欣笑：“这年头，能有这个心态是福气。”

陈家姆妈看到现在的沈良珠之后，原本兴奋的神态顿时消失了，她皱着眉头对庆春说：“真的造孽啊，你妈什么时候变成这样的？你要是早说，我就不来了，我不想看到良珠这个样子。”

“有四五年了，这两年病情突然变严重了，现在是谁都不认得了。”

陈家姆妈叹了口气：“比我好，至少她不知道什么是苦。良珠啊，还记得我不？我是海仙啊，二车间的陈海仙啊。”

沈良珠微微抬起头，嘴巴里念叨着：“丽君……你是丽君哦？丽君啊……”

南欣凑上前：“妈得病之后，嘴巴里总是念叨一个叫丽君的人。陈家姆妈，你知道丽君是谁不？如果能找到她就好了，我想让她和妈见一面，这样也了却了妈的一个念想。说不定，勾起妈以前的记忆，还能对她的病情有好处。”

陈家姆妈努力回忆着：“丽君？我不记得有这么个人呀？”

庆春有些失望地说：“没事，就算找到了，她也不认得了。哎，我们就是好奇她到底是谁，妈现在连我们都记不得了，却总念叨这个丽君。”

突然，陈家姆妈像是想到了什么，她蹲下身子，对着沈良珠，轻声地唱了起来：“……甜蜜蜜，你笑得甜蜜蜜，好像花儿开在春风里，开在春风里……”

沈良珠听见歌声就像看到光似的，她猛地抬起头，不断地眨着眼睛，然后跟着陈家姆妈小声唱了出来：“好像花儿开在春风里，开在……春风里……”

陈家姆妈笑了，她有些泪眼婆娑地抓着沈良珠的手：“沈丽君，好久不见啊。”

“不见……见……”沈良珠又开始说胡话。

庆春和南欣疑惑地互看了一眼，陈家姆妈抬起头：“这个丽君就是你们姆妈她自己呀！”

“啊？从来没有听说过姆妈还有这个名字。”南欣惊讶地说。

陈家姆妈解释道：“你们当然不知道呀，这是你们姆妈以前在纺织厂的外号。那个时候啊，她说自己要当歌星，像邓丽君一样，我们就叫她沈丽君。”

庆春有些震惊：“从来不知道她还有这个爱好。”

“人嘛，结婚生子了，每天操持着家里的柴米油盐，哪里还记得年轻时候做的这些梦哦。我记得那个时候厂里文艺汇演，你妈总是第一个报名。那个时候我们还都笑她呢，说她爱出风头，真以为自己是大歌星啦。”陈家姆妈回忆着她们年轻时的趣事，眼睛在闪光。

一九八四年的元旦，杭州第二棉纺织厂的大礼堂座无虚席。

“接下来的节目，让我们以热烈的掌声欢迎第三车间的沈良珠给大家带来一首《漫步人生路》。”

大幕缓缓拉开，台下掌声雷动。

四十二岁的沈良珠穿着当时最时髦的高肩礼服，顶着大波浪的卷发，用微微颤抖的手拿起话筒。

“——在你身边，路虽远未疲倦。伴你漫行，一段接一段。越过高峰，另一峰却又见，目标推远，让理想永远在前面。”

台上的灯光打得沈良珠的脸通红，没有人知道此刻的她有多陶醉。此刻的她终于可以忘记自己的身份，一个普通的纺织女工，一个平庸的妻子，世俗的母亲。这一刻，就那么稍纵即逝的这一刻，她成为了她自己。

晚上，庆春在南欣的阁楼里织毛衣，陪南欣聊天。

“虽然你总是不让家里人省心，但是说实在的，我一直很羡慕你。”庆春突然说。

南欣忍不住下笑了，自嘲道：“羡慕我不结婚，无儿无女，没有存款，没有房子。还是羡慕我只剩下不到一年可以活？”

庆春不再理会南欣这些刺耳的话，兀自说道：“羡慕你自由自在。想去哪里，就可以去哪里。想吃什么，就可以吃什么。”

南欣笑：“说得你好像是在坐牢一样。”

庆春突然放下手里的针线，愣愣地说：“谁说不是呢？”她的心里忽然涌起一股悲凉。每日操持着家里的一日三餐、卫生，这些看似平淡又普通的小事，就像一个个无形的钩子，把她活生生困在生活这张大网里。这个家里没有人关心过她是否对这样的生活心生厌倦。从来没有人问过她，除了日复一日的做家务之外，她还想做什么。

我想做什么呢？我还能做什么？在每次洗完碗那短暂的在厨房里吃个苹果的空隙里，庆春不是没有叩问过自己这个简单又深刻的问题。

“你真以为想过什么日子，就过什么日子那么容易？南欣啊，你真以为我给妈换尿布的时候不会觉得恶心？你是不是以为我就喜欢在家里洗洗涮涮？南欣啊，我也想像你们年轻人一样，捧着大桶的爆米花去看电影，去卡拉 OK 跳舞、唱歌。还记得我第一次去你租的那个小公寓，可把我羡慕坏了。可以自己一个人生活，想做什么，就做什么，可以像你这样随意把碗筷扔在水池里，想什么时候洗，就什么时候洗。南欣啊，我也想什么都不管，饿了就吃，困了就睡。我也想像你这样，捧着咖啡去上班，别人看到你，都叫你‘吴小姐’‘吴总’，真的像电视剧里的人哎。南欣啊，一个女人，有自己的工作，可以赚钱养活自己，然后随心所欲地过自己的生活，是一件多么了不起的事。我真羡慕你，佩服你。”

庆春缓缓地说完，然后继续低头开始织起了毛衣。

南欣突然把手一挥：“走，大姐。”

“怎么了？”

“去做你想做的事。我们去看电影，去唱歌。”

“就现在？”

“嗯，就现在。”还没等庆春答应，南欣就跳下床，脱下睡衣，开始换衣服。

庆春突然变得很兴奋：“去看那种戴眼镜的好不好？”

“你想看什么就看什么，我请客。”南欣笑着说。

两人跳起来说走就走。庆春走到屋外，按了下车钥匙，然后拉开驾驶座的车门。

南欣惊讶：“大姐，你居然会开车？”

“今年我偷偷学的，你敢坐吗？”

南欣笑道：“你敢开，我就敢坐。”然后，拉开了副驾驶这边的车门。

庆春信心满满，但刚转动车钥匙，她忽然有一种手足无措的表情，她沉思了一会儿，放开刹车，有点惊慌地问南欣：“……为什么车不动？”

南欣有点无语：“大姐，你手刹没放。”

“对对，这都忘了，”庆春尴尬地拍了拍脑门，她一边放开手刹，一边说，“你放心，其他我都记得，教练说我车感还不错的。”

南欣默默地扣紧了安全带。

那个无事发生的平常夜晚，庆春捧着爆米花，戴着3D眼镜，坐在电影院里和南欣一起随着剧情大笑。那个瞬间，庆春忽然明白了，为何母亲沈良珠一辈子都在寻找自己的路上，她和母亲虽然如此不同，但是殊途同归。她只记得自己是吴家的大姐，孙建国的老婆，孙璐的母亲，绍东的丈母娘，她似乎都忘了自己只是自己。

周围的人随着剧情发出哄笑，庆春终于如释重负地哭出了声。

39．面　对

南欣心里很清楚，虽然家里人不再劝她回医院继续治疗，但是谁都没有放弃这件事。

孙璐从单位里拿回一大袋中药，和庆春两个人在厨房手忙脚乱地炖煮完，然后端到南欣手里，一副你不喝也得喝的模样。

“我们单位王姐的姑父，是做中医的，在杭州很有名的。我听她说现在中医做辅助治疗效果不错，很多人吃了中药，肿瘤都缓解了。我托她帮忙去开了几个方子，小姨，你试试，我尝了一点，居然一点不苦哎。”孙璐的语气像是哄小孩。

南欣不屑：“如果真有用，那医生可以拿诺贝尔医学奖。”

她虽然不情愿，但是煮了好几个小时的药端到自己手里，也不好意思不喝。

庆春在一旁帮腔：“中医这东西，怎么说呢。有的时候，还真的和迷信似的。关键是你要相信，你信它有效，它就有效果。反正我是相信的，我有咽喉炎，吃了那么多抗生素头孢啥的，身体吃免疫了都没效果。去中医那边配了几个方子，照着煮，喝了三天就好了。其中的原理我们老百姓也不懂，反正有用就行。喝几帖中药而已，又没有副作用。”

南欣只能接受：“反正死马当活马医呗。”

又听到不吉利的词，庆春立马面露不悦。

“大姐，这周末你约一下二姐呗，来家里吃个午饭。”南欣突然说。

庆春愣了一下：“你还是担心她想去告你这件事？你别多想，你救了昊昊，她现在心里愧疚得不得了，绝对不可能再去找律师告你。不过嘛，你找她来把话说明白倒也好。”

南欣笑笑：“都这个时候了，她告不告我，也无所谓了。我是想请她来帮我看个房，她不是看房经验很丰富吗？”

庆春惊讶：“你又要买房子？还是租？你想啥呀，就在这儿踏实住着！哪里都不准去！”

“我有我自己的打算。到时候你也一起去，帮我参谋参谋。”

庆春无奈地点了点头，既然是南欣已经决定的事，她的意见顶个屁用。

周末，一家人吃完午饭。孙建国留在家里照看沈良珠。景芳开车，带着南欣和庆春去看房。

“去哪里？”

“径山竹茶园。”南欣回答。

“径山？那么远？”

南欣笑：“市区的房子贵，买不起，只能去郊外。”

景芳噤声，不再说什么。或许，她知道自己在这个时候，已经没有立场给南欣任何建议，说不定又会引发一场战争。

一路往西，开了一个多小时，终于到了定位的地点。

车刚驶进园区，就把景芳和庆春吓了一跳。所谓的竹茶园，居然是个公墓陵园。

“……你来这里买房子？”庆春几乎要惊掉下巴。

南欣下车，指了指站在销售处门口的那个穿黑西装的男生：“那位就是我预约的销售中介，专业服务。”

庆春和景芳只能硬着头皮跟在南欣后面，只见这个销售处倒是装修得毫不含糊，甚至不亚于一些楼盘。销售把三人领到沙盘前，拿着激光笔开始做起了介绍：“大家好，我是咱们竹茶园的置业顾问，阎涛。阎王的阎，波涛的涛。您可以叫我小阎。先给大家做个整体的介绍吧——咱们竹茶园位于杭州城区西北历史悠久的径山山麓，是民政局批复的合法营业性公墓，也是国内为数不多以书院文化为核心的生态人文纪念园林。园区总共分为‘如意墓园’和‘径山书院’两大板块，承袭宋唐古典书院文化。另外，咱们这个项目和一般的公墓的不同之处在于，它是‘旅游加纪念园’的一个综合性项目，会不定期地举行亲子活动，无论是业主本人，还是业主的亲属，都可以免费参与的。”

景芳忍不住和庆春念叨：“真瘆人，还业主本人参与……这是要吓死谁呀。”

庆春小声说："现在的公墓搞得真是花哨，居然还有书院、茶园，搞得都不像是给死人住的。"

"是呀，还亲子活动，谁有事没事来公墓春游啊。"

"麻烦问一下，是给长辈准备的是吗？"销售突然打断两人的窃窃私语。

"给我自己。所以，最好要现成的，期货的话，估计我等不了。"南欣坦然地说。

销售愣了一下，说道："那咱们可以考虑一下三期的项目。三期现在刚规划好，还没落成，相当于是期房。三期的价格最合适，您先付一个定金，五年后再付尾款就行。"

南欣淡淡地说："不用，我着急住。有现成的吗？"

销售吓了一跳，他咽了一口口水，缓过神："那您可以考虑我们的一二期，还有少量空的墓穴的。"

"行，那你给我们介绍介绍一、二期呗。"

销售领着三人走到另一个沙盘，介绍道："我们的一、二期是去年才刚落成的，统称如意陵园。主要分三大区域，刚入园的这部分是茶园区域，主要以小型的艺术墓为主，清新典雅，性价比高。非常适合您这样喜欢文艺范儿的女士；第二区域是竹林区域，顾名思义嘛，周边景观以竹林为主，地势比茶园区域要高，墓穴面积也要大很多；最顶端的是庭院区域，这个适合大家族，虽然总价高，但墓穴多，一大家族人都可以放在一起，多福气。"

南欣笑着转过头："要不咱们一起众筹一个高级大庭院？"

庆春和景芳吓了一跳，不知道该说什么。

“逗你们玩的，看把你们吓的。我觉得茶园就行，大小合适，这户型方方正正的我也蛮喜欢的，你们看看周围的布置，确实还有点文艺范儿。就是这个总价……好像还是好了点……”南欣说道。

销售应和道：“咱们现在推出分期付款，就和买房子一样，您先付个首付，之后可以慢慢还。”

南欣问：“人都没了还怎么还？”

“咱们可以设置亲密付，打个比方，如果您去世了，可以由您指定的亲人帮您还款。另外，您亲密付的亲人以后买我们的墓地，可以享受九折优惠，购买‘福气大家族’套餐，最低可以打八折。要不，你们一起商量看看？”

景芳简直惊诧，原来买公墓还有这些团购套路，真的诡异！

庆春说：“如果你一定想买的话，就买个自己喜欢的。不够的钱，我来出。”

“我一个孤家寡人，够放骨灰盒就行，我又不奢求住‘豪宅’。我就想挑个风水好的，二姐，你不是最懂风水吗？帮我选一个呗。”南欣的目光投向景芳。

景芳有点面露出难色：“我都是些三脚猫功夫，而且我只懂怎么选宅地……”

销售说道：“风水这块您可以放心，我们整个竹茶园的选址依山傍水，风水都绝佳。不过，如果要我推荐的话，您看看这块 A 号地，地势最好，前后无遮挡，朝南日照好，不容易聚集阴气。您要是久居于此，日后家族必定兴旺，顺风顺水。”

景芳尴尬地应和道：“我看这 A 号地行，前面没遮挡，顺畅。”

南欣直接敲定："那就A号地吧，现在还有哪几个位置有空？"

庆春在后面拽了拽南欣的胳膊："要不要再回去商量商量？"

南欣语气坚定："大姐，你不用劝我。我想清楚了，我活了一辈子，就没有真正属于自己的家。你就当圆我一个梦吧，我自己住的地方，还是得我自己挑，以后也住得舒服。"

庆春说："我不是这个意思，我是在想……要不顺便也给妈买了，反正就是迟早的事。"

景芳也在一旁帮腔："一起买，说不定还能再打折，而且你们住一起，以后也有个照应，不是吗？"

庆春狠狠地朝景芳瞪了一眼，示意她闭嘴。

南欣直截了当："我和妈性格不合，生前就住不到一块去，难道上了天还得继续做邻居？这什么时候是个头啊，我怎么解脱？妈的'房子'你们自己挑，总之别和我埋一起，最好别选我这个墓园。妈向来喜欢住市区，你们去市区给她选。"

庆春和景芳哑口无言。

南欣说完，转身对销售说："要不就第一排第三个吧？"

"第一排特别好，是卖得最好的。您太幸运了，现在冬天是买墓地的高峰期，估计下周就没有了。"

"直接下定金吧，刷卡可以吗？"南欣掏出银行卡。

庆春和景芳两个人面面相觑，不知道该说什么。

景芳回到家。把包往地上一扔，一屁股坐在了沙发上。

徐胜强问：“又怎么了？去你大姐家又受气啦？”

“没。”景芳懒得搭理他，她叹了口气，自言自语道：“活着的人给自己买墓地，想想啊，还真不是个滋味。”

“谁要买墓地？给你妈吗？咳，老太太早晚的事，想开点。”

“是南欣给自己买。”

“啊？”徐胜强不由得放下了手机，“她还真不打算治了？”

景芳点点头：“之前听说她不想治了，我以为她只是闹情绪，有谁不想活命呢？今天陪她去挑了墓地，我才知道，她是来真的。说实话，我的心里真不是个滋味。”

徐胜强唉声长叹一口气：“你这个妹妹，也真是命苦。年纪轻轻得了癌症，还被老公甩了，现在只能住在别人家默默等死。话说那个石翔，也真不是个东西，就是一陈世美！白眼狼！”

景芳沉默了一会儿，然后说道：“我在想，南欣沦落到现在这个地步，是不是因为我啊。要是那个时候，我不和她抢房票，她说不定就顺利和石翔结婚了。退一万步说，房子在我们家名下，她老公也不会那么轻易就提出离婚。还有，如果不是因为我去找律师要去告南欣，昊昊是不是就不会离家出走，南欣就不会溺水，她的病情是不是就不会恶化？这么讲起来，我是那个罪魁祸首……”

景芳越说越慌张，手指不停颤抖着。

“你也不是故意的……谁能想到现在会这样。”徐胜强无言。

两个人正说着，门外传来钥匙开门的声音，昊昊上辅导班回来了。

“饿了吗？要不先给你烙个饼？”景芳站起身。

昊昊低着头，连看都没看景芳一眼，一言不吭地往房间里走，然后砰的一声就关上了门。

景芳失落地问徐胜强："我不在家的时候他也这样一句话都不说？"

徐胜强点点头："每天就和我们像陌生人一样。是不是之前的事刺激太大了？我真怕这孩子心理会出问题。"

景芳呆呆地望着昊昊房间的门自言自语道："在他的心里，我就是那个最坏最坏的妈妈。有谁会和这个世界上最坏的妈妈说话？"

深夜，徐胜强突然被一阵微微的抽泣声吵醒。他打开床头灯，发现景芳正把头埋在被子里，像是在哭。

"哎哟，干吗啦大半夜的。"徐胜强摇了摇景芳。

景芳转过身，眼睛哭得通红，缓了大半天才吐出五个字："我梦到阿爸了。"

"哎哟，好了好了，"徐胜强拍了拍景芳的背，"都几岁的人了哦。"

"胜强，阿爸不想南欣那么快就去找他。"景芳呜咽着说。

"哎，别乱想了。这些事情，也不是你能控制的啊，"徐胜强起身给景芳倒了一杯热水，递到景芳面前，"喝一口，然后好好睡觉，别乱想了。明天我还要出早班呢。"

景芳啜了一口水，然后重新钻回被窝，她背对着徐胜强，没有再说话。

她没有告诉徐胜强她的梦——梦里的她好像回到了阿爸离开的那个雨夜，她跑进家门，额头上都是雨水，阿爸躺在病床上，气息已经微弱。那是她第一次面对生死。但是，梦里的她却是现在的年纪，她不再是当年弄堂里的青春少女。她长出了鱼尾纹，手变得粗糙，就连声音也被生活磨砺得沙哑又刻薄。

病床上的阿爸在用生命里的最后一丝气息对景芳说，“阿芳啊，你要照顾好你妈，照顾好你妹……你要对你妹妹好……”

梦里的景芳不清楚自己为何会穿越回到这一幕，这一切似乎在那一刻似乎并不重要，她只记得自己抓着阿爸的手，对他说，“会的，我会的。你不要担心。阿爸。我会的。”

梦里杭州的雨季还没有结束。她醒了。

40. 转　变

景芳失眠了一整晚。徐胜强其实毫无察觉，他像往常一样，起床，洗漱，然后走到客厅里，早餐已经在桌上。景芳正一脸苍白默不作声地坐在餐桌前喝豆浆。

直到他啃了第一口包子，景芳才缓缓地抛出一颗重磅炸弹：“那个……我想把房子退了。”

“退……退了？！”一口肉馅卡在喉咙里，徐胜强忍不住剧烈地咳嗽了起来。

景芳对徐胜强的反应见怪不怪，她冷静地说：“是的，我考虑清楚了。把房子退了，然后把钱给南欣，让她去做手术。”

徐胜强简直不敢相信自己的耳朵，他愣了好几秒：“吴景芳，你脑子搭牢了是不是？你大姐都没说什么，你跳出来装大款？日子过腻了，想去做观音菩萨是不是？”

“观音你个头！其他人是死是活我管不着，但吴南欣是我亲妹妹，同个父母生的！”

徐胜强讽刺地笑出了声：“之前你们抢房票，你要把她告上法庭的时候，她不是你妹妹是不是？怎么你现在突然慈悲心发现？吴景芳我告诉你，平时你怎么闹怎么作我都随你，但是房子这个事，想都别想！没得商量！”

景芳本来就底气不足，见徐胜强这般态度，气焰瞬间蔫了下来。别看她平日里管得事无巨细，唠叨个没完，但其实在这个家，她只是只纸老虎。遇到大事，还得徐胜强拿主意。

“反正你不同意也碍不着我！房子是用我妈的名义买的，和你徐胜强一点关系都没有。”景芳努力维持住表面的尊严。

“吴景芳，你要把事做那么绝，就不要怪我。”徐胜强啪的一拍桌子，碗里的豆浆飞溅出来。他一口早饭都吃不下去了，站起身拎起包就出门去上班。

在一旁的昊昊低着头，盯着碗里的肉包子，一脸呆滞的模样。

“你好好吃自己的饭，爸爸妈妈的事你别操心。”景芳的话还没说完，只见昊昊放下了手里的肉包子，一声不吭地走回了自己的房间，拿起书包，准备出门。

“哎，豆浆带着在路上喝！”景芳拿起桌上的豆浆。昊昊连看都没看景芳一眼，打开门，走了出去。

景芳长叹了一口气，然后瘫软地坐在了座位上。

南欣把自己放弃治疗的事告诉了乔晶。

乔晶二话不说，直接两眼红通通地杀到庆春家。

南欣看到乔晶，她的小腹已经微微隆起，身材也臃肿了不少，头发盘起来，搭在额头的刘海有些油腻，已经是一副孕妈的模样了。

“出了那么多事，你怎么到现在才和我说？”乔晶心疼地看着南欣。

南欣笑笑：“和你说了，你肯定挺着个大肚子跑过来找我，还是不影响你养胎比较好。”

乔晶的眼眶有些湿润：“我是不是差点就见不到你了？”

南欣点点头：“算你运气好，我还活着。”

乔晶有些生气：“你怎么总是说这些莫名其妙的话？”

“好了好了，我不说就是了。”南欣其实不想和乔晶解释，她觉得乔晶永远也不会理解自己为何决定放弃治疗。她也不希望乔晶能懂，为什么要让一个人试着去理解痛苦呢？

“我今天找你过来，是有一件东西想给你。”南欣一边说，一边有些虚弱地打开自己的行李箱，翻出一个小盒，递到乔晶手里。

乔晶打开，里面是一枚闪闪发光的钻戒：“……你这是什么意思？”

“之前领证的时候，我和石翔准备的结婚戒指，一克拉，成色一般，其实不值什么钱。但是扔了也可惜，你拿着吧。”

乔晶赶紧把戒指塞回南欣手里：“我怎么可以拿你的结婚戒指！”

“我没什么值钱的东西给你。你拿着，就当以后留个念想。如果以后你遇到什么难处，急着用钱，你就拿去卖了，也算我帮到了你。乔晶，其实我身边没什么值得我挂念的人。我家里人，她们个个都过得比我好，用不着我操心。唯独你……我真的记挂你，你要好好活着，不要像我一样。”南欣低头摸着乔晶粗糙的手，她比任何人都了解乔晶的处境。

乔晶的眼泪掉了下来：“我不想听你说这种话。”

乔晶以前是照着南欣的样子活的，现在南欣让她不要活成自己。她忽然有一种手足无措的感觉。

“南欣，我求求你，你继续去治疗好不好？哪怕延长几年的寿命也好啊，万一治好了呢？现在好多这样的新闻的。”乔晶央求道。

南欣笑笑，捋了捋乔晶软塌塌的刘海：“你们怎么都觉得活着就好呢？我不是不想活，只是想结束得坦然一点。人各有命，我的命可能就是短一点。没办法的事，我不接受也得接受。”

乔晶不说话了，她其实听不太懂这些。她只知道，只要是吴南欣决定要做的事，没有人可以改变。

乔晶失落地在南欣的床上躺了下来，她望着头顶阁楼的天窗。有一种错觉，她像是回到了南欣之前租的小公寓里。南欣告诉了她公寓的密码，就算南欣不在家，乔晶也经常去她的公寓。每次乔晶什么都不做，只是在南欣的床上躺一会儿。但就是这样一小会儿的抽离，乔晶就好像能在疲惫的生活里缓过劲儿来。

对于乔晶来说，那个公寓是这个世界上，自己唯一可以享受独处的避风港。

然而现在，这个避风港就要消失了。

乔晶终究还是面对自己孤立无援的人生。

“南欣，”乔晶突然问道，“其实……我一直不太明白，你为什么会和我成为朋友？”

南欣看着头顶的天窗，想了想，认真地说道：“其实生活里的大部分人，如果你不主动联系他，就意味着你们彻底断了联系。而你是唯一一个，我不主动联系，还会联系我的人。无论我在哪里，你都会主动给我发信息。十多年了，一直如此。”

乔晶的眼泪缓缓流了下来。她其实羞于告诉南欣，其实自己的生活里没有会主动联系自己的朋友。她工作那么多年，曾经努力地和很多人建立联系，但是自己始终是被慢慢边缘化的那一个。也只有南欣，始终惦记着她的问候，没有放弃自己。她们友谊的土壤不是普通女孩之间的商场、餐厅、咖啡馆……而是一片孤立无援的荒原。

乔晶打开南欣送给自己的戒指，然后把它戴在了右手的无名指上面，然后轻声说：“我想一直戴着它。”

周末，景芳一家回婆家吃饭。刚走进门，就发现大哥徐胜利和大嫂崔丽娟也在。不到十平方米的老破小客厅里，满满当当地挤了七口人。

景芳借着去厨房洗水果的工夫，小声向徐胜强嘟囔：“怎么你大嫂也在？早知道还不如去加班。”

徐胜强心怀鬼胎，敷衍道：“我又不知道，他们要来，我还能拦着啊。”

景芳不耐烦地甩了甩水果篮，然后把水果拿到客厅。

水果还没放在茶几上，崔丽娟就大惊小怪地叫了起来：“哎哟，妈，你看看，你儿媳妇买那么高档的水果来孝敬你哎。车厘子哎！”

“你再说妈就要舍不得吃了，你就骗她是山东大樱桃。”景芳冷冷地说。

崔丽娟继续念叨：“不过啊，你可能不知道哦，这个车厘子，最好还是少吃。据说漂洋过海要一个月哎，上面都是喷了保鲜剂的，对身体不好。不信你搁冰箱试试，就算再放几个星期都不会坏的。”

“那你就少吃一点。”景芳不耐烦地把水果篮挪远了一点。

胜强妈端着菜从厨房里走了出来：“买什么进口货哦，浪费钱，刚买了房子把底都掏空了，以后装修的钱怎么办？”

景芳有点不爽。但她也见怪不怪，她早就习惯了自己在这个家做什么都是错。

崔丽娟又开贱口：“对了，你们那个房子尾款都付了吧？”

“还没。”景芳懒得搭理。

崔丽娟瞄了一眼徐胜强，然后故意扯大声说道：“难怪哦，我听说你们家准备退房？”

“退房？！”胜强爸妈齐刷刷地放下手里的活，不约而同地抬起了头。

景芳瞪了一眼徐胜强，看到徐胜强心虚地低下头的样子，她瞬间明白了为何今天徐胜强一定拉着自己来家里吃饭。

她气不打一处来，本来还想敷衍，顿时什么都不管了，直截了当地说：“对啊，家里需要用钱，准备退了。”

胜强爸妈简直不敢相信自己的耳朵：“发生了什么事？需要退房来筹钱，为什么不和我们商量？”

景芳低了低头：“和我们一家三口没关系，是我妹妹南欣，她得了癌症，现在动手术需要钱，所以我就准备把房子退了。”

胜强爸妈目瞪口呆：“那也不能……好好的房子，运气那么好才摇中的，怎么好说退就退？景芳啊，你怎么想的啊？”

崔丽娟在一旁添油加醋：“是啊，而且话说，之前你不是和你妹妹抢房票来着，现在既然房票给了你，你就踏踏实实把房子买了呗。你们能摇中地段那么好的新房，真的是祖上三代保佑哦。而且退房，哪有你说那么容易的。至少定金肯定是拿不回来的，这样不光赚不到钱，还白搭进去大几万。多不划算。”

景芳完全不理会：“人命关天，也不在乎这几万了。”

崔丽娟立刻提高声音：“哎哟弟媳，你这话说得真是轻巧。咱们都是自家人，我实话实说哈，就算你小妹缺钱看病，也是你大姐出大头。现在，你大姐都没说什么，你去逞什么能嘛。”

胜强妈摘下围裙，甩到沙发上：“这房子说什么也不能退，我们不同意。”

景芳实在忍无可忍，这么多年积压的情绪瞬间就要爆发，她冷笑道：“又不是你们出钱买的，有什么资格说同意还是不同意？”

胜强啪的一声甩下筷子：“你怎么和我妈说话的！”

景芳愣住了，她没想到徐胜强在自己的主场就变得如此硬气，她也不服软：“我说的话哪句错了？本来就是我们自己的血汗钱，他们帮忙出过一分钱吗？当时要是你们家愿意帮我们，我们也不用着急卖房，现在租着一个破房子！”

崔丽娟一听这话也毛了，她故作姿态质问道：“弟媳啊，你说这话就没道理了。爸妈帮你是情分，不帮你是本分。再说了，他们都老了，也要存着钱养老。你每年守着钱袋子不给爸妈养老费就算了，还要来割爸妈一刀。”

景芳简直不敢相信崔丽娟可以无耻到这地步，她一步都不退让地反问：“每年过年，我们出钱又出力，哪顿年夜饭不是我来做的？碗不是我洗的？你们夫妻俩，每年都两手一摊来吃现成饭还好意思说！”

“你闭嘴！”胜强爸突然说，“丽娟把胜利家操持得那么好，就是对我们最大的孝顺！你以为你来做顿饭，给我们塞个不痛不痒的红包就是孝顺了？你看看你，这些年没少折腾，一会儿买房一会儿卖的，折腾到现在连之前的房子都被你搞没了！之前你说要用你妈的名额去买新房，我们就觉得不对劲了，丽娟说的没错，你这是要把胜强的钱全部都卷到你们家去呀！”

胜强爸越说越激动，忽然捂着胸口倒了下来。众人惊吓得拥了上去，老爷子不知道是装的还是真不舒服，哆嗦着手直喘气。

徐胜强朝着景芳大吼：“你少说几句可不可以！”

景芳呆住了，对着徐胜强一家说道：“又是我的错，是不是？不管我做什么，你们除了挑剔和数落还会做什么？你们有过一句好听的话吗？好，我今天就和你们说清楚，这个房子，是用我妈沈良珠的名义买的，说到底，那就是她的房子，你们管不着！”

景芳说完，便拉起昊昊，夺门而出。

“让她滚！我们徐家没有这样的儿媳妇！”胜强妈在后面咒骂道。

景芳强忍着眼泪，用力地一摔门，然后落荒而逃似的拉着昊昊小跑下了楼。到了单元楼门口，昊昊用力地甩开景芳，然后站在原地，愣愣地看着她。

“连你也不站在我这边是不是？”景芳用手擦了擦眼睛，低头凝望着昊昊。

昊昊停顿了几秒，问道：“你退房是真的想给小姨治病吗？”

景芳点点头，哽咽地说：“我不想你小姨离开我们，妈妈想让她活着，就这样我也有错吗？”

昊昊眨着眼睛，轻声地说出了三个字：“你没错。”

景芳愣了一下，然后抱住昊昊的头，哭了出来。

“妈妈，我支持你。我们去救小姨的命。”昊昊在景芳的怀里哽咽地说。

41. 永　远

景芳的决定让所有人都震惊了。

就连南欣自己都不敢相信，她的第一反应甚至觉得，这是不是吴景芳的又一个“阴谋”？她到底要图什么？但是一想，把自己拼了老命摇到号的房子退了，还能图什么呢？

庆春把南欣和景芳拉到二楼，三姐妹一起在书房里开个小会。

“你刚才说的退房……是认真的吗？”庆春还是不相信。

景芳坦然地点点头：“我考虑清楚了，南欣现在这样，有我的责任，我不能坐视不管。把房子退了，剩下的钱，足够她看病。大姐，你也帮我劝劝她。人命关天，她不能这样任性下去。”

庆春把目光投向南欣：“南欣，你二姐为了你都准备去退房了。你也知道的，那个房子对她来说意味着什么。南欣啊，你不要让我们寒心啊。”

南欣低头沉思了一会儿，然后抬起头：“大姐，二姐，我做的这个决定，不是在赌气，谁会拿命来赌一口气。相反，我是太惜命。我不想生命最后一段时间没有任何生活质量地耗尽。我现在每一天都过得很好，该告别的告别，该了断的了断。谁也不拖欠谁。”

景芳开口：“南欣，你就是欺负现在妈糊涂了。要是妈在，肯定不会让你这样胡来。现在医生根本就没有判死刑，手术再怎么说，也是一个机会。你怎么就说放弃就放弃了？为了我们，为了昊昊，你也应该努力一下啊。”

南欣听到“昊昊”两个字，心里不由得“咯噔”了一下。

景芳继续说：“如果你就这么走了，昊昊会怪你的。你一直是他的榜样，他还说以后要好好学英语，像你一样出国去留学。”

庆春也继续相劝：“南欣，你就当为了我们，行吗？”

南欣沉默了一会儿，然后说：“对不起，大姐，二姐。人生的最后一个阶段，我想为了我自己而活。”她说完便起身，朝门外走去。刚走两步，又停下来，转过身对景芳说，“二姐，我很感激你能这样做。但是，如果你是真的为了昊昊好，就不该去退房子。”

景芳和庆春面面相觑，然后不约而同地长叹了一口气。

晚上，阁楼突然有人敲门，是庆春。她抱着一个枕头，走到了南欣的床边：“就知道你还没睡。”

“你是过来劝我的吗？”南欣问。

“没，”庆春低了低头，“我没那个本事，劝得动你。我就是突然想到，好久没和你一起睡了。”

南欣立马挪了挪身子，拍了拍床，笑着说：“我们什么时候睡在一起过，我都没有印象了。”

庆春在床上躺了下来，说道：“确实啊，你肯定不记得了。你小的时候，妈要上班，有一半时间你是我带着的，吃喝拉撒都和我一起。”

南欣转过身，静静地看着庆春，庆春身上有一股小时候才能闻到的蜂花洗发水的香味。这种味道让南欣觉得莫名的安心。

“姐，其实我一直不懂，为什么从小妈就不喜欢我。”南欣忽然开口，这个问题其实压在她的心里十几年，她从来没有问过。

庆春笑道："傻瓜，妈什么时候不喜欢你了。你也知道妈那个性格，对谁都是这样。妈如果不喜欢你，她干吗还要拼命生下你？当年她怀了你，去了好几个医院，医生都建议打掉，是她坚持要生。生你那天，她大出血，抢救了三天才捡回一条命。"

"我觉得，她是为了生一个男孩。但没想到，把命都搭进去了，生出来的却是我。"

庆春停顿了一下，说道："妈其实一点都不介意你是女孩。妈是觉得，身为女孩，太辛苦了。她这辈子就是苦大的，外婆生出她之后就去世了，是外公把她拉扯大的。所以早早出嫁，嫁给知识分子阿爸，以为日子就要好起来了，却碰上'文革'。后来阿爸就得了很严重的心理病，每天躺在家里，什么都不做。现在我才想通，那可能是抑郁症。我们家里的大事小事全靠姆妈一个人撑着，南欣啊，那日子真苦啊，一天三顿全是泡菜年糕。所以，其实我一点都不怪她早早把我嫁出去，她是不想我留在家里和她一起受苦。"

"这些你都没和我说过。"

庆春笑笑："又不是好事情，就没必要再提了。其实，妈当时拼了命地想生下你，还有一个原因。"

"什么？"

庆春低声说："这是我们家的秘密，连璐璐都不知道。其实，璐璐不是我第一个孩子。在璐璐之前，我曾经怀过一个孩子，但是半年后流产了……"

庆春的声音越来越低，那是一段她不愿意再面对的往事。只是她没有想到，哪怕三十多年之后再提及，心里还会隐隐作痛。

她继续说："说来也奇怪。就在我流产后的一个月，妈突然怀孕了。其实当时她都停经两年多了。妈觉得这是老天安排的，她觉得老天太舍不得那个我流掉的孩子，一定要给我们家多个孩子。但是，阴差阳错，孩子降临到了妈自己身上。所以她决定生下你。她舍不得我那个流掉的孩子，也舍不得你。"

南欣沉默不语，庆春继续说："怀你的时候，妈真的好辛苦。不夸张地说，每天都是在搏命。最后几个月，胎心不稳，心律失常，是在医院里躺了两个月。但你还是早产了，生出来不到五斤重，真的只有手掌般大小。"

南欣苦笑："看来我能活到现在，已经算是赚到了。"

"其实我知道为什么景芳从小就和你不对付，她是羡慕你。她羡慕你可以上重点高中，还可以出国留学，羡慕你活得自由自在，这都是她想都不敢想的事情。所以，我也能理解她为什么那么想给昊昊买一个学区房，她不想自己的孩子以后像她一样。南欣啊，你真的去过过你二姐的日子，就知道她为什么会变成你那么讨厌的样子了。但就算她那么让你厌恶，现在愿意退房来救你的，还是她。"

南欣听得眼睛酸酸的，她默默地说："其实我都懂的。"

庆春伸出手，捋了捋南欣额头的刘海："南欣啊，你一定要相信，我们永远永远都不会放弃你。因为，我们永远永远是一家人。"

南欣听完默默地转过身，庆春没有再说什么，她知道南欣在哭。

那天晚上，南欣做了一个梦。

梦里的她，回到了浣纱路上的老房子里。那年她已经升入高三，离家的日子指日可待。那天是除夕夜，她依旧是和沈良珠两个人过，自从大姐和二姐出嫁之后，她好像就已经习惯了这样的冷清的除夕夜。

沈良珠做了三两样小菜，和平常不同的是，煮了汤圆和云吞，还蒸了八宝饭。

就算是除夕，她和沈良珠两个人的晚餐还是充满着沉默。只是吃到一半，门外有人敲门，南欣疑惑地跑去开门，发现居然是景芳。

景芳红着眼睛，看到沈良珠“呜哇”一声哭了出来，一边哭，一边说：“就算过年胜强爸妈还是没一句好听的话，我一个人做了整整一桌年夜饭，就因为家里多来了两个亲戚，位子不够坐，胜强妈居然……居然让我独自在厨房吃饭……”

梦里的南欣坐在餐桌前，她没有看清楚沈良珠是什么表情。她只看到沈良珠把景芳领到餐桌前：“没事，今晚在家里过年。”然后，她把景芳最喜欢吃的八宝饭挪到了她的面前。

那晚，景芳还是没有在家里过年。吃完年夜饭，她就回去了。她或许知道，这个家已经没有属于她的床了，而那个家，无论撂下多大的烂摊子，都要她回去收拾和面对。那个夜晚，南欣在窗前，看着弄堂上空燃起的烟火，第一次感受到了成长的残忍，原来人长大以后，是会没有家的。原来总有一天，无论你是否被原生家庭所羁绊，你终究还是要独自面对这个世界的残酷和虚无——虽然，这是现在的南欣才明白的道理。

清晨，南欣照例推着轮椅，和沈良珠一起在花园里晒太阳。

冬日里的阳光明晃晃的。新年新气象，沈良珠戴着一顶新的毛线帽。南欣把护手霜挤在手里，用手心把冰冷的膏体捂热，然后抹在沈良珠干燥皱巴的手上。沈良珠的眼皮在阳光下耷拉着，好像没什么精神。

“妈，我要走了。”南欣坐在花园里的板凳上，抬着头对沈良珠说。

沈良珠缓缓地眯着眼睛，颤抖了一下嘴唇，但是没有说话。

南欣凑到沈良珠的耳边：“丽君啊，欣欣要走了。”

沈良珠突然睁大了眼睛：“欣欣……欣欣要去哪里？”

南欣突然有些激动：“妈，你认得我吗？妈，你看看我，我是欣欣啊。”

沈良珠盯着南欣的脸，然后她摇了摇头：“你不是，欣欣才六岁……我要把她送到幼儿园，安吉路上的……欣欣……我的欣欣去哪里了？”

南欣红着眼睛冷静下来，她想了想，然后缓缓地说：“她要离开你了，去另外一个世界，她让我来和你道个别。”

沈良珠慌张地摇着头：“不……不会的。欣欣不会抛下我的……我不要欣欣走……我不要……”

南欣的眼泪夺眶而出，她把头靠在了沈良珠的膝盖上，轻声说道："妈，对不起。"

"不能……欣欣不能走……我要欣欣回来，她要买什么我都给她买，连跳跳糖都给她买……"沈良珠的眼泪掉了下来。

"好，她不走，她不走了。"南欣拽着沈良珠的手，那种熟悉的温热的感觉，她和沈良珠的手心里都是汗。

清晨的阳光吹散花园里阴郁的雾气，南欣如释重负地在沈良珠面前哭了出来。曾几何时，在离家的那刻，她发誓永远不会在沈良珠面前掉眼泪。

早餐时间，南欣推着沈良珠回到餐厅里。庆春把早餐从厨房端了出来，她看到南欣红红的眼睛："这一大早的，怎么了？"

南欣用手揉了揉鼻子："妈她舍不得我走。"

庆春有点伤感，坐了下来："你走在她前面，她到了天上会埋怨你的。南欣啊，听大姐一句劝，去医院把手术做了吧，我们陪你搏最后一回，好吗？"

南欣低了低头："但我实在不希望二姐去退房，毕竟，她买房子是为了昊昊。我不想因为我，导致昊昊上不了好的学校。"

"其实，我有一个办法，可以留住景芳的房子，又能拿出钱让你做手术。"

还没等庆春说完，南欣就脱口而出："我也不想拿你的钱。"

庆春笑了笑，抬起手擦了擦南欣的眼泪，然后有些神秘地说："等会儿我带你去一个地方。"

42. 灿 烂

南欣上了庆春的车。车往市区开，驶进狭窄的上塘高架。下了高架之后，路是熟悉的梧桐树小路。

南欣问："这是要去西湖边？"

庆春不回答，她把车停在路边："熟悉不？"

南欣一愣："浣纱路……这不是我们老家吗？"

庆春指了指头顶篆刻着"平远里"三个字的石牌："看看这条弄堂，还是和几十年前一样，好像一点都没有变过。"

姐妹二人往弄堂里走，老小区的外立面被政府翻新过，透过表面崭新的白漆，住在里面的人的生活却一如往常。几家人共用一个厨房，厨房外的水龙头永远滴答着水。屋里传来炸春卷的味道。

南欣忍不住深呼吸一口气，这是她熟悉的世界。

忽然，单元门口，一个熟悉的身影像是已经等待多时。南欣一看，是景芳。

"姐，你把我约到这儿来做什么？这老房子不是卖了吗？"景芳晃了晃手里的塑料袋，"这一趟也不能白来，你们还记得门口的熟食店不？真是老底子的味道。我忍不住，买了一大袋，回去念念旧。"

"是苏记烧味吧？"南欣忍不住咽了一口口水。

"对对，等会儿你们也拿一点回去吧。"

"我们上楼吧。"三人一起走进楼里，上了二楼，来到了老家的家门口。熟悉的门牌，甚至门顶上“五好之家”的招牌都没被摘掉。

庆春掏出钥匙，插进孔里。

南欣和景芳一惊：“大姐你……你怎么还有家的钥匙？”

庆春没有回答，她转动钥匙，然后推开门，三人一起走了进去。

南欣惊讶地发现房子里依旧是以前的模样，空气中虽有尘埃飘浮的味道，但一切布置得整整齐齐。所有的家具，甚至墙上的时钟、挂画，都和以前一模一样。像是久别重逢，南欣甚至有一种穿越的错觉。

景芳忍不住叫了出来：“大姐，这是怎么回事？！”

“其实当年这个房子我没有卖。”庆春缓缓地说。

景芳惊讶地脱口而出：“那当时分给我买房的钱，还有南欣出国念书的钱，是从哪里来的？！”

庆春不紧不慢：“其实当年买下房子的人是我。”

南欣和景芳都惊住了，不约而同地问道：“大姐，你为什么要这么做？”

庆春抬起头，看着家里斑驳的墙壁，缓缓说道：“因为我要留住这个家。妈以前和我说过，不到万不得已的时候，这个房子千万不能动。妈当时说，只要这个房子在，我们这一家人，就不会散。但是当时，妈生了重病，你们要买房和出国念书，这个房子又不得不卖。思前想后，我觉得我把它买下来，是最好的决定。”

景芳叹气：“你是心甘情愿，但我们怎么承受得起啊。再说了，你这样做姐夫会同意吗？”

庆春有些神秘地说：“其实他还不知道。这笔钱是当时拆迁的补偿款，你姐夫分给了我一部分，算是我的私房钱。”

景芳笑道：“真有你的，大姐！没想到你是个隐形富婆！”

南欣不知该说什么，她走到墙边，看着上面挂着的全家福。那是一九九〇年，她还是沈良珠怀里的婴儿。她们一家子五口人，每个人都在，团团圆圆。

庆春走了过来，和南欣一起端详起墙上的全家福：“直到现在，我才明白，为什么妈当时说这个房子不到万不得已不能卖。现在，是该用到这个房子的时候了。”

景芳走近：“姐，你的意思是？”

庆春缓缓地说：“我已经联系了银行，准备用房子去做一个抵押。抵押出来的钱，足够南欣看病了。这样一来，你的房子也不用退了。这是两全其美的办法。”

南欣的心里既感动又心酸：“我就怕最后，病没有治好，房子也没了。”

庆春摸了摸南欣的头：“如果真的是这样，我们也不会觉得遗憾。但我有一种直觉，这个房子会留下来，你的病也会好。到时候你的病好了，就出去工作，慢慢把钱还我。一定要还我啊，你大姐我攒点私房钱也不容易，我还打算用这笔钱去环游世界呢！”

南欣的眼眶湿润了：“我努力，我努力把房子保住，把钱还给你，然后一起和你去环游世界，坐游轮。”

景芳用沙哑的声音激动地说道：“我也想去，我都还没有护照。

我做梦都想出国，我还想去国外唱越剧，让那些洋人感受一下我们中华的传统文化！”

庆春抹了抹景芳眼角激动的泪水：“你啊你，想得可真远，”然后，她转过身对南欣说，“南欣啊，你看我们三个人，从小就被妈各种管着，好像我们怎么活，都要依着妈的想法来。但我相信，妈一定不会让你那么早就离开的。只要是妈想做的事，她就一定可以做到。哪怕你是那么不听话的小女儿，她也一定会救你的命。我们这个家，都会救你的命。”

南欣的眼泪夺眶而出：“谢谢，姐。我会的……我会的。”

景芳紧紧地抓住南欣的胳膊，使劲地晃着：“你想通了，你终于想通了。”

老房子的午后，三人抱在一起，痛哭了起来。

去医院的前一天，全家人在庆春家聚餐。这次聚餐颇为隆重，一家人整整齐齐像是过除夕夜。

这顿饭做得好不丰盛。白切鸡、素烧鹅、元宝鱼、墨鱼花、元宝肉、八宝菜、酱肉蒸香肠、炸春卷，汤是鱼圆蛋饺粉丝。虽然道道是家常菜，但南欣知道，这些都是母亲沈良珠以前的拿手好菜。

饭吃一半，突然敲门声响。

庆春去开门，打开门之后，却没有出声。停顿了一会儿，她转过头对南欣说：“南欣，你过来一下。”

“……谁呀？”南欣走到门口，愣了一下。

是石翔。

石翔在门外哈着气，看着餐厅里满桌的人，局促又尴尬地说道："南欣，能不能和你聊聊？"

南欣停顿了两秒钟，坦然地说："行啊，等我两分钟，我上楼换个衣服。"说完，刚转身，她又折了回去，冷冷地说："你去屋外等，别让我家里人看到你，免得他们吃不下饭。"

石翔点了点头，灰溜溜地往院子外走。

其实餐桌上的各位都知道是石翔，但都不约而同地假装没看到。南欣回屋里随便裹了一件羽绒服，走到小区绿化带的路灯下，一副漫不经心的口气："是来找我签字的吗？拿出来吧，别浪费彼此时间了。"

石翔僵直着身子，用手擤了擤鼻子，问道："你难道不奇怪我为什么没在北京？"

南欣"噗嗤"一声笑了出来："你在哪里，和我有什么关系？"

石翔叹了口气："吴南欣，你还是以前那个样子，一点都没变。"

"你少说这些莫名其妙的话，直接开门见山吧，是不是你爸妈让你过来和我摊牌？其实你不用折腾这一次，直接给我电话就行。咱们见面彼此都膈应，恶心。"

石翔深呼吸了一口气，认真地说道："南欣，我今天过来，是来向你道歉的。之前是我没考虑成熟。是我太幼稚，软弱。但是，这段你不在我身边的日子里，我认真地考虑清楚了——南欣，我想和你生活在一起。无论你现在得了什么病，面临什么样的处境，我都想和你一起面对。因为，我们是夫妻。南欣，最后原谅我一次，给我一次机会好不好？"

南欣愣住了，她没有想到石翔会这样说。她抬起头，看着石翔的眼睛，没有说话。

“南欣，我已经说服了我爸妈，他们已经回老家，表示不再插手我们的事。从今以后，就我们两个人在杭州好好过。南欣，其他我什么都不管，我就想要你好好活着，好好和我过日子。我知道这个病会让我们没有自己的孩子，但我想清楚了，我不在乎，我只要你在我身边。我们已经走过了那么多艰难的日子，我不想就这样放弃。南欣，你再给我一次机会好不好？”

石翔忽然泪流满面。南欣从来没有看到他这样哭过。

有那么一瞬间，南欣还是动容了。如果在这个时刻，石翔还能为自己回头，他应该是真的爱自己的。南欣相信了。

但是她沉了一口气，抬起头，说道：“对不起，石翔。我们还是离婚吧。”

石翔惊讶：“为什么？！就因为这段时间我的消失？就因为我爸妈之前这样对你？南欣，你就不能给我们彼此一个机会吗？你也知道，我不是一个感情用事的人，我今天鼓起勇气和你袒露这些，是因为经过了每一个我们没有在一起的日日夜夜，我终于想清楚了，我想好好和你在一起。接下来的日子，我帮你好好治病，等你康复了，我们就买个真正属于我们的房子，好好生活下去，好吗？南欣。”

南欣的眼睛里有光在闪烁：“其实我根本不在乎你爸妈是怎么对我的。况且他们只是站在你这边考虑问题而已，他们从头到尾也没错。我也不在乎这段时间你的消失，因为你是否存在，对我来说好像意义不大。我想和你离婚，是因为——”南欣停顿了一下，然后继续说，“我从来没有真正地喜欢过你。”

石翔微张着嘴：“你是认真的吗？”

南欣点点头：“从一开始，我就不是真的喜欢你，更谈不上爱。我愿意和你在一起，是因为我憧憬和你在一起的生活。我承认自己被那种幻想冲昏了头脑，对不起，石翔。”

石翔不自觉地向后退了一步，摇着头说：“我不相信，你骗我。你不是那种可以和不爱的人结婚的人，你不是这样的女人，吴南欣。”

南欣笑了笑：“连我都不相信自己会成为那样的女人。但是现在，我想过诚实一点的人生，我想做回我自己了。”

“南欣，你太残忍。”

“是的，我确实骗了你，”南欣点点头，“但是，你也没好到哪里去。所以，我不会心生愧疚，你也不要觉得遗憾。我们互不亏欠，挺好的。”

南欣说完便转过身：“明天把离婚协议书快递给我吧，我签好再给你寄回去。再见了，石翔。我会好好活下去的，希望你也是。”

石翔愣在原地，呆若木鸡地看着南欣转身离开，消失在了视线里。

南欣走到家门口，不由自主地停了一下，深呼吸了一口气，然后推开了门。

温暖的光线，气温，声音，餐桌上依旧是一片其乐融融的氛围。

但是奇怪的是，大家好像并没有注意到南欣，而是齐刷刷地盯着餐厅旁边的电视机。

荧幕上正播放着新闻——“因受疫情影响，市场经济整体下滑，房产市场行情也逐渐转冷。昔日杭城热衷追捧的万人摇板块，逐渐失去‘倒挂’属性，正所谓，‘红盘’不‘红’了。近日，记者走访多个热门楼盘，往日的热闹景象已不复存在，中签率也持续走高。有多位购房者表示，曾经摇号一号难求，如今某些热门板块，甚至可以随到随买。万人摇号的场景恐不复存在。专家表示，这意味着楼市已经往健康的方向发展……”

南欣和景芳不由得对视了一眼，然后不约而同地笑出了声。

然后，这个笑声像是传染了似的，餐桌上的人都不由自主地笑了起来，越笑越大声。

人生啊，好像是一场漫长又平淡的荒诞大戏。特别是对于吴南欣这样世俗的、普通的女人来说，疲惫和挣扎才是她的常态。但是并不妨碍如此平凡的她，也有尽力享受人生每一秒的权利。这无关乎她是谁的女儿，未来又是谁的妻子、谁的母亲。她这一生，每个人的一生，就算永远活在他人的注视和期待中，也不妨碍寻找真正的自己。

南欣是这样想的，她觉得庆春和景芳一定也是。